遥远的奇克山

吴恺

北方文艺出版社

图书在版编目（CIP）数据

遥远的奇克山 / 吴悦琴著 . -- 哈尔滨 : 北方文艺出版社，2023.8（2025.4 重印）
ISBN 978-7-5317-5990-4

Ⅰ . ①遥… Ⅱ . ①吴… Ⅲ . ①长篇小说 - 中国 - 当代
Ⅳ . ① I247.5

中国国家版本馆 CIP 数据核字（2023）第 127322 号

遥远的奇克山
YAOYUAN DE QIKESHAN

作　者 / 吴悦琴
责任编辑 / 赵　芳
装帧设计 / 锦色书装

出版发行 / 北方文艺出版社
发行电话 /（0451）86825533
地　址 / 哈尔滨市南岗区宣庆小区 1 号楼
印　刷 / 三河市金兆印刷装订有限公司
字　数 / 180 千
版　次 / 2023 年 8 月第 1 版
书　号 / ISBN 978-7-5317-5990-4

邮　编 / 150008
经　销 / 新华书店
网　址 / www.bfwy.com
开　本 / 880mm × 1230mm　1/ 32
印　张 / 9
印　次 / 2025 年 4 月第 2 次印刷
定　价 / 48.00 元

献给我的家乡——逊克

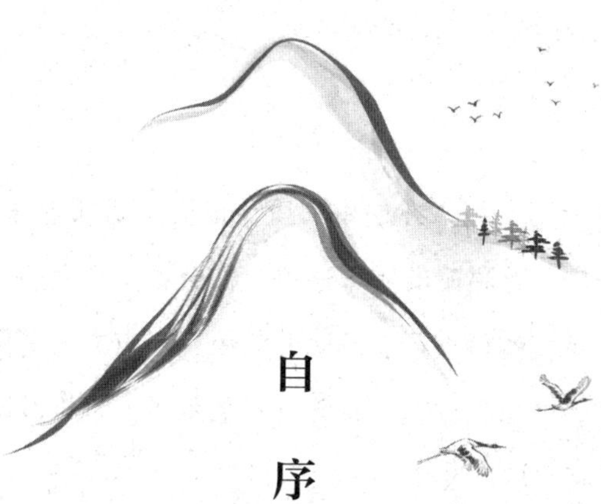

自序

这是一个关于鄂伦春族的故事。

鄂伦春族是我国人口较少的民族之一，被誉为“北半球渔猎民族的活化石”。千百年来，这个民族以原始的生存方式在山林里生生不息。

鄂伦春族主要分布在黑龙江省的大兴安岭和小兴安岭，这部小说讲的就是小兴安岭的故事。一百年前，在奇克山上生活着鄂伦春族的莫拉乎尔氏族，猎手苏热带着一家老小四代人，在山林里过着游猎生活。天冷的时候住地窨子，天暖的时候住撮罗子，他们随着四季的变化领受大山的馈赠。这部小说讲述了鄂伦春族的历史文化、民族风情，也描写了小兴安岭丰厚的自然资源、美丽的自然风光，把一幅小兴安岭的天然画卷展现在读者面前。

亲爱的读者朋友们，在这本书里，你会领略鄂伦春族的勇敢、山林生活的艰辛、狩猎时的重重危机，你会看见高大的犴达罕、美丽的梅花鹿、可爱的傻狍子、聪明的紫貂，还有主人受伤，回来求救的马儿和忠诚的猎狗。这些，无一不展示了一个勇敢智慧、淳朴善良的游猎民族的神奇过往。

我出生在小兴安岭，有很多鄂伦春族朋友，每当他们给我讲起祖辈的历史和打猎的故事，都能激起我创作的欲望。因为鄂伦春族没有文字，所有的故事都靠摩苏昆口口相传，我很想为家乡，为鄂伦春族做点什么，于是就有了你面前的这部《遥远的奇克山》。

遇见就是缘分，如果你遇见了这本《遥远的奇克山》，我希望你翻开它，阅读它，一定能让你对这个民族有所了解，也一定能让你有所收获。

2023年5月

目　录

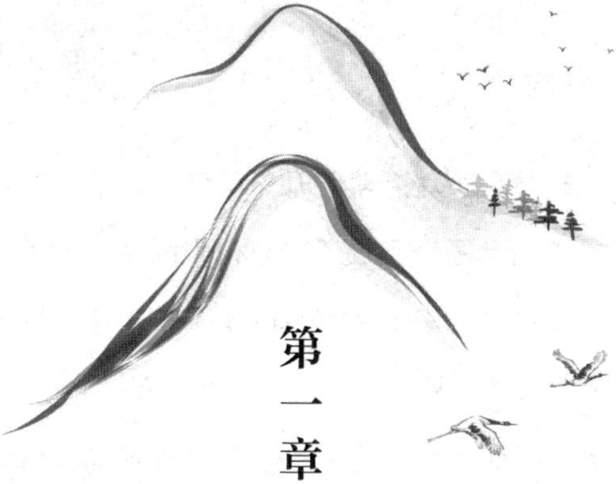

第一章

雪，静悄悄地下了一夜，奇克山上已是银装素裹，初升的太阳红光闪耀，却遮不住雪地上的寒气，片片雪花泛着晶莹的光芒，像昨夜天空坠落的星辰。

鄂伦春族猎手布库骑在马背上，在山路上慢慢地走着，后背上的猎枪也随着摇摇晃晃。四条猎狗在前面跑着，跑跑停停，不时回头看看主人，像随时等待命令的士兵。由于寒冷，布库出来的时候喝了酒，这样可以抵御零下二十多度的严寒，可是他多喝了一杯，此时的他感觉头有点晕，他闭上眼睛深深地呼吸着，雪后的空气清新凉爽，凉爽到直通心肺，似乎能把心冻住。布库闭上眼睛，让马驮着他往前走，因为这段路，他的马和他一样熟悉。

山林很安静，只有马蹄踏雪的沙沙声和鸟儿清脆的鸣叫声。突然传来“扑棱”一声，布库赶紧睁开了眼睛，一只野鸡从他眼前飞了过去，他想拿猎枪已经来不及了，只得眼睁睁地看着一只漂亮的野鸡翩翩飞走——这对他来说是常有的事。抬头看着蔚蓝的天空和美丽的山林，布库微微一笑。

奇克山位于小兴安岭山脉的北部，虽然不是高耸险峻，但是连绵不断，在起伏的山岭上，松树、桦树、杨树、柞树等各种树木茂密如织，遮天蔽日。每到冬日，皑皑白雪，给小兴安岭增添了几分朦胧而又神秘的色彩。

“布坤博！”布库喊了一声他的马，布坤博停下来，它就像它的名字一样结实，全身黑毛油光锃亮。鄂伦春族打猎的时候，离不开马和狗。布库下马向四周察看，这是猎人的习惯，他发现前边有一排清晰的野猪脚印，他便骑马顺着脚印撵下去，几条狗立刻明白了主人的意图，向前奔跑。布坤博自如地奔走在林子里，躲过灌木，躲过树杈。鄂伦春族是游猎民族，常年居住在山林里，为了方便打猎，他们的马都不是很高大。布库走出不到五百米，就听见前面的猎狗狂叫起来，他赶紧跳下马，利落地把马拴在树上，听着狗的叫声，他知道这一定是个大猎物。他摘下猎枪，端着枪走过去一看，是一只大野猪，一只长着獠牙的孤猪。几只猎狗也很惧怕，不敢靠前，只在周围转着、叫着。

老猎手都知道一个说法：一猪，二熊，三老虎。猪就是野猪，尤其这种孤猪。所谓孤猪，是成年以后离群的、长有獠牙的公猪，孤猪年龄越大越凶狠。布库今天遇到的是头足有五百斤的大孤猪，它全身通黑，只有脖颈后有一条白毛，长长嘴巴，大大耳朵，身披松油铠甲，因为孤猪喜欢在松树上蹭松木油渍。布库连忙开了一枪，由于他早晨多喝了酒有点儿醉，没打中。清脆的枪声在山中回响，野猪愣了一下，被激怒了，它微微低头，鬃毛竖了起来，眼里闪着仇恨的凶光，奔着布库像箭一样刷地直冲过来。布库愣住了，立刻惊出一身冷汗，酒也醒了，他急忙转身敏捷地爬上旁边的一棵桦树。这时，野猪离他只有五十米的距离，对于经验丰富的猎手来说，时间足够了，这是鄂伦春猎手都具备的本领。刹那间，野猪便冲到树下，布库已经稳稳地站在树杈上了。好险呀，布库想，好在野猪不会上树，要是遇到熊，自己可就完蛋了。野猪气急败坏地围着大树转圈，它瞪着眼睛喘着粗气，因为布库离地面有四米高，野猪知道这个距离是它够不到的，它嘴里“吧唧吧唧”地嚼着沫子，“噗噗”地喷着热气，鬃毛在抖动，眼睛里闪着凶狠的寒光和布库对视，足有半分钟，双方都想从各自的目光里读出一丝怯懦，这是胆量的抗衡，是智慧的较量。这更加激怒了野猪，它那闪着杀气的目光仿佛在告诉布库：一定要置你于死地！

布库是鄂伦春的好猎手，虽然只有二十八岁，但是他从小便生长在山林里，跟着父辈们打猎，练就了好枪法和胆量。此时虽然心在咚咚地跳着，但布库目光坚定。四条猎狗在周围狂叫，看到主人陷入危险，它们干着急，却不敢贸然向前，因为这野猪太大太凶狠，能瞬间把它们撕成两半。野猪根本不在乎这四条猎狗，它“哼哼”着向后退了几步，微微低下头，尖利的獠牙向上翘起，用足了力气使劲儿向大树撞去，大树颤动了一下，枯叶和雪簌簌地落下来。布库心想，好大的力气！得亏这棵树粗壮，不然会被它撞断的。他忽然觉得这是山神白那恰在保佑他，让他身边刚好就有这么粗的一棵大树，他不停地祈祷：山神白那恰保佑我，山神白那恰保佑我！

野猪一看没撞倒大树，气急败坏地喘着粗气，又“哼哼”着向后退，继续发起撞击，还是没撞倒大树。看着布库依然稳稳地站在树上，更加愤怒，于是就连连撞击，嘴里的白沫子越嚼越多，像膨胀的仇恨，顺着嘴角淌了下来。它又围着大树转了几圈，心知实在撞不倒大树，便将矛头对准了拴在树上的马儿。布坤博还没反应过来，肚子就被野猪那足有二十厘米长、像钢刀一样的獠牙豁了一个口子。布坤博疼得发出长长的一声嘶鸣，鲜血瞬间淌了出来，疼得它跳了起来。野猪还想再攻击，布库连忙开枪，虽然没有打中，但野猪还是害怕了，掉头就跑，一眨眼就像一道黑烟消失在树林里。

此时的布库惊魂未定，仍然站在树杈上，茫然四顾。他看向布坤博，发现它在那儿不停地跳动，鲜血像红梅花一样在雪地上撒了一大片，白雪地上红色的血是那么刺眼。布库大惊，心头猛地抽动了一下，赶紧从树上下来，直扑到布坤博的身边，他惊恐地瞪大双眼，嘴里发疯地喊着：“我的天啊！这是咋了？”布坤博的肠子出来了，他跪下来，用颤抖的双手捧着肠子往它肚子里塞，可是伤口太大太深，肠子又滑了出来。布库心疼极了，大颗大颗的汗珠顺着脸淌下来，嘴里不停地嘟囔：“天啊！怎么办？怎么办？”他急得直跺脚，但极力让自己镇静下来。他脱下狍皮袍子，又脱下里面的布褂子，撕成条，给布坤博包扎伤口，又把自己的鹿皮腰带给它系上。布坤博“呼呼”地喘着粗气，睁大眼睛，惊恐、痛苦地看着它的主人。此刻，四条狗也安静下来，站在旁边默默地看着。布库知道这是自己的错，鄂伦春族是不打孤猪的，一般情况下都会躲着它，因为它太凶狠。如果不是早上自己多喝了酒，就不会发生这样的事。野猪一般也不会主动攻击人，如果不向它开枪，它听见动静自己就跑了。布库后悔极了，搂着布坤博的脖子难过起来，他把脸紧紧贴在马脸上，布坤博是爸爸送给他的礼物。爸爸前几年去世了，所以他看着这匹马就特别亲切。他抚摸着布坤博的脸，对布坤博说：“你等着，我回去找人来救你！”

布库背起枪，四条狗立刻懂事地围了过来，他叫道：“库烈！楚日贺！”两条狗听话地看向他，他摸摸它们的脑袋说：“你们俩在这好好看着布坤博，我回去找人。”布库知道，山林里狼和野猪特别多，受伤的马会有危险的。然后又叫另外两条狗：“农突汗，突母哈，跟我回去！”两条狗听到命令，跟着他飞奔回去。好在他离家不远，他一口气跑了四里路，回到了他们的营地乌力楞。

布库使劲儿地拍打着叔叔苏热的地窨子门，苏热出来了，这是一位中年鄂伦春猎手，有着鄂伦春族特有的高颧骨，扁平脸，一双细长的眼睛透着沉稳和智慧。苏热看见满头大汗的侄子原本英俊的脸庞此刻煞白，浓眉紧蹙，眼含泪光，就急忙问：“布库，你这是怎么了？”

布库喘着粗气说：“我的马，我的马……”

苏热又问：“你的马怎么了？”

布库伸着脖子长长地出了口气，咽了一下口水说："阿车黑（鄂伦春语，叔叔），马的肚子被野猪挑了一个口子，肠子都出来了，怎么办啊？"

苏热一惊，忙问："在哪儿？怎么回事？"

布库告诉他在南面山岗，并简单地讲了打猎的过程。苏热赶忙进屋去叫儿子劳勒、父亲乌热松，还有住在旁边的佳林和他爸爸阿库什。女人和孩子们也都出来了。乌热松已经六十九岁了，是一位勇敢的老猎手。布库见乌热松爷爷出来了，赶紧跑过去哭诉道："阿答玛（鄂伦春语，爷爷），我的马被野猪挑肚子了，肠子都出来了。"

乌热松吓了一跳，忙问："怎么回事？"

布库又把今早的遭遇和乌热松说了一遍，乌热松也很震惊，他一辈子打猎从来没有遇过这样的事。

布库着急地说："爷爷，快救救我的布坤博吧！"

乌热松看着他，生气地说道："你这个孩子，打了这么多年的猎，为什么不小心一点儿？要是让野猪把你挑了怎么办？我们还怎么活啊！"

布库知道自己做错了事，不敢吱声了，他也知道爷爷是为他担心，山里的猎人整天跟动物打交道，说丢性命就丢性命。

苏热知道侄子平时是稳稳当当的孩子，这次肯定是多喝了酒，于是就对父亲说："阿敏（鄂伦春语，爸爸），别生气了，这不是没事儿吗？人不是挺好的嘛！"

大家都看着乌热松爷爷，等待他下命令。乌热松爷爷把脸转向儿子苏热，苏热懂了父亲的意思，便对大家说："别慌，我们现在就去看看。"苏热又对他的儿子说："劳勒，牵马来，套上马爬犁。"马爬犁是鄂伦春族冬天出行的工具，非常方便。一会儿工夫，劳勒和佳林就把马爬犁套好了，苏热进屋拿了具有止血功效的鹿蹄草粉，又拿了钢针和狍子筋等，准备就绪，大家就一起出发了。

大家的心情都很紧张，一路上没人说话，只有马爬犁在雪地上滑行的"沙沙"声。当他们来到布坤博的跟前时，所有人都倒吸了一口凉气——眼前的布坤博站在雪地里，应该说是站在红色的雪地里。身边的雪被鲜血染红了一片，身上结了一层白霜，看见主人们来了，它的眼睛突然亮了，似乎看见了希望。它抬起头，布库跑过去抱着它的头，紧贴着它的脸，嘴里不停地叫着："布坤博，布坤博！"可能是天冷，又流了这么多血，布坤博的身体在发抖。

苏热走过来，慢慢地打开缠在马肚子上的布带子，看见有十厘米长的口子，肠子就要淌出来了，他赶紧按住，多年的经验告诉他，这是一只体型庞大且十分凶狠的孤猪。苏热心疼地摸着马肚子，布坤博睁大眼睛看着他，眼里满是痛苦和乞求。对于鄂伦春族这个生活在山林里的狩猎民族来说，马和狗是他们的亲人和朋友。

苏热想，好在之前肠子刚淌出来就被布库塞进去了，不然会被慌乱中的马自己踩断，那样可救不了，而且现在是冬天，地上的雪很干净。苏热对布库说："你抱着马脖子，劳勒按住伤口。"两个孩子连忙答应。苏热拿出一根针，用火镰石点燃一块桦树皮，把针在火上烧了一下，苏热把鹿筋穿在针眼里，一针一针地把伤口缝上了。

布坤博好像知道主人们在救它，所以一动不动，苏热把鹿蹄草粉抹在伤口上止血，怕天冷伤口会冻住，又用干净的布把肚子缠上了，最后包上一块狍子皮。

苏热对几个人说：“你们坐马爬犁回去吧，我和布库牵着布坤博回去。”

苏热和布库牵着布坤博慢慢地走着，山鹰在上空盘旋着，俯瞰着白茫茫的林海雪原，喜鹊被惊扰了，“喳喳”地飞着叫着，清脆的声音回响在寂静的山林里。

布库一边走一边回想着刚才发生的一切，心头还在阵阵发紧，他终于领教了野猪的厉害。虽然从小和长辈们一起打猎，也遇到过很多危险，但是，今天这样独自遭遇还是头一次。虽然，叔叔没有说他，但是他从叔叔严肃的脸色上看出了叔叔的担心。他知道叔叔不只是心疼马，更担心他的安全，自从父亲去世，叔叔更加疼爱他。布库一路不敢吱声，默默地走着，并告诉自己以后做事要稳稳当当的，出去打猎一定要少喝酒。

他们回到乌力楞，乌热松爷爷和地窨子里的女人孩子们都出来了。布库的妻子艾和音惊呼着：“天哪，天哪！布坤博这是咋的了？”她跑过来摸着它的肚子哭了起来，眼泪一串一串地掉下来，他们的几匹马，她最喜欢布坤博了。安布伦奶奶过来了，她是苏热的母亲，也是布库的奶奶，今年已经六十八岁了。自从她十八岁的时候嫁给丈夫乌热松，从大兴安岭过来，就在这奇克山上生活了五十年，她从没有走出过这片大山。鄂伦春族常年生活在山里，和外界联系很少，尽管现在已经是民国了，对安布伦奶奶来说也没有多大关系。她只知道这片山林，这片她赖以生存的原始山林，她热爱它，热爱它的每一棵树，每一条溪流，每一个生灵，而马是她不可缺少的亲人。

安布伦奶奶看着布坤博的伤，虽然很心疼，可毫无办法，她只能祈求天神的保佑，她面向南天双手合十，替她的子孙赎罪，她满脸虔诚，嘴里不停地向天神恩都力、山神白那恰祈求保佑："原谅布库犯下的错误，可怜可怜布坤博，给它一条生路吧，恩都力保佑，白那恰保佑，保佑我们吧！"

布库眼里含着泪，难过地喊着："太贴（鄂伦春语，奶奶）！"

安布伦奶奶心疼地看着孙子，安慰他："没事的，孩子，没事的，会好起来的。"

苏热过来对母亲说："额聂（鄂伦春语，妈妈），外面太冷了，进屋吧。"

布库看布坤博流了好多血，赶紧拿了一盆温水给它喝，又拿了一盆苞米粒给它吃。布坤博大口大口地吃起来，大家看它吃东西了，都很高兴，都松了一口气。

中午的阳光直射下来，暖暖地照在马身上，黑色的皮毛油光锃亮。

鄂伦春马是在黑龙江北岸的地方马与索伦马的基础上，渗入了大量蒙古马血液而形成的。鄂伦春族原来不养马，驯鹿是他们的主要坐骑，后来发生瘟疫，驯鹿大量死亡，才改用马。鄂伦春族养马始于十七世纪中期，黑龙江南岸大部分地区当时为索伦人的领地，索伦马质量好，身长足健，毛短而有光泽。因为鄂伦春族与索伦人均以游猎为生，两族杂居。当时，鄂伦春马少，便用鹿茸、貂皮等物换取索伦马，渐渐繁衍成现在鄂伦春族的马。鄂伦春族的马体形中等，毛长腿粗，行动敏捷，步伐稳健，耐力超强，通灵温顺。布坤博就是父亲从大兴安岭的鄂伦春族那里用貂皮、鹿茸等物品换来的。布库看着他的马比早上好多了，也精神了，心里有了一丝安慰，他觉得肯定是天神和山神保佑了他和布坤博。

艾和音从地窨子出来，对布库说："依曼爸爸，布坤博好像没事了，进去吃饭吧。"

布库答应着："嗯，知道了。"

他们一起回到地窨子。地窨子就是在山沟避风的地方往地下深挖建造的类似窑洞的屋子，地面用木杆搭成人字形的顶，用泥巴把缝隙抹平，再盖上厚厚的草。地窨子的南面是门，门上钉着厚实的熊皮或狍子皮以御寒。地窨子里面很宽敞，东西各有一个用木头搭起的床铺，上面铺满了干草和狍子皮。正对着门的地方叫"玛路"，是供奉神位的地方，下面的位置是尊贵的席位，是长者或男宾坐卧的，猎枪和子弹放在"玛路"两侧。屋顶中间有一个烟囱，地中间搭着生火的架子，上面吊着铁锅。这个乌力楞有三个地窨子，苏热他们住一间，阿库什和佳林住一间，布库他们和乌热松爷爷、安布伦奶奶住一间。布库妈妈生他的时候去世了，爷爷奶奶就一直照顾着他。

由于布坤博受了伤，艾和音又惊又怕，也没心情做饭，就熬了粥，装了一盆昨天煮的狍子肉，一家人简单地吃了一顿饭。安布伦奶奶沉默着，怀里搂着布库的三女儿尔格艳，大女儿爱玛罕和二女儿依曼靠着她们的太奶奶坐着。安布伦奶奶一共生了六个孩子，只有两个儿子活了下来，前几年大儿子去世了，大儿媳妇早在生下布库后就走了，留下了布库，所以她非常疼爱他。今天的危险让她感到后怕，不断失去亲人的滋味让她太痛苦了，她觉得不能再失去亲人了。

乌热松爷爷默默地坐在吊锅前，看着燃烧的炉火，抽着烟袋锅。这个鄂伦春族老猎手从一出生就一直生活在这里，他猎过无数动物，也遇到过无数次危险，都没有这么害怕过。鄂伦春族有句谚语：**聪明人也会犯错，蛤蟆也会被泥陷住**。虽然知道年轻人要经风雨才能成为好猎手，但是，他还是替孙子担心，他也担心这么冷的天，布坤博能不能挺过来。

现在是中午，阳光很足，到了晚上气温会下降的，乌热松爷爷的担心是有道理的，他们的马、狗和鄂伦春族一样自由，他们并没有汉族人盖的马厩，马和狗都是放养的，这样可以避免狼的袭击。

布库匆匆吃了饭，赶紧出来陪着布坤博，又抱了一捆干草，一把一把地喂给它。苏热吃完饭也出来了，坐在门前的木头墩子上，冬天在木头墩子上放块狍子皮，坐在上面会暖和。在山里，树根仍然在土里的树桩是不可以坐的，是对山神的不敬。苏热看着布库，对于侄子今天冒失的行为，他很生气，心疼布坤博之余，又为布库感到后怕。如若布库发生意外，他对不起死去的哥哥。前几年的冬天，哥哥生了病，高烧不退，吃了草药也不管用，最后被病魔带走了。唯一的哥哥死了，他的嫂子，也就是布库的妈妈去世得更早，她生下布库后，在月子里生病了，那也是一个冬天，可能是受了风寒，也是高烧不退，最后也离开了人世。哥哥嫂子临死的时候，都嘱咐他要好好照顾布库。

布库抬头看看苏热叔叔，没敢吱声，低下头继续喂他的马。苏热也没有说话，从衣袋里拿出烟口袋，卷了一根烟慢慢地抽起来。喝酒是鄂伦春族的一个普遍习惯，也许是因为寒冷的冬天打猎，酒可以祛寒，也许是因为寂寞，喝点酒可以排解孤独。鄂伦春族的男人女人都喜欢喝酒，尽管苏热也爱喝酒，但是这个豪放的中年汉子，还有细腻的一面。因为他知道自己是这个乌力楞的顶梁柱，每每想到自己肩上的责任，在出去打猎的时候，他从来不多喝酒。

劳勒、佳林、阿库什吃完饭也出来了，劳勒二十二岁，佳林十三岁，都比布库年龄小。他俩看布坤博在吃草，布库脸上也不那么忧愁了，也跟着高兴起来，走到跟前叫了一声：“阿哈害（鄂伦春语，哥哥）。”

“嗯。”布库答应着并没有抬头，佳林抚摸着布坤博的脸，像是安慰又像是心疼，劳勒则抚摸着马背。

艾和音拎着两桶狗食出来了，嘴里喊着：“库烈，安巴，突母哈，吃饭了！”原本趴在草堆边上的十条狗狗，听见喊声一下子都跑过来，围着艾和音摇着尾巴，艾和音把狗食倒在几个桦皮盆子里，狗狗们“呼噜呼噜”地吃了起来。艾和音用围裙擦了擦手，走到了丈夫身边，看着马在吃草，心里虽然还有些担心，但嘴上还是安慰着丈夫：“依曼爸爸，我看布坤博没事了，会好起来的，爷爷说布坤博的肠子没断，叔叔把马皮缝得很好，只要别受冻，应该很快就会好的，它流了很多血，好好养养就行了。”

布库看着艾和音，微笑着点点头，他知道妻子在安慰他，其实布库心里也没底，因为他也从来没有遇到过这样的事，天这么冷，而且会越来越冷，他担心布坤博的伤口会不会冻了，它又流了那么多血，能不能挺过来，他也不知道。

别雅儿也出来了，端着一盆狍子骨头来到狗狗们跟前，倒在地上，狗狗们立刻围过来快乐地啃起来。别雅儿看它们吃了一会儿，又来到艾和音身边，对她说：“额贺嘿（鄂伦春语，嫂子）。”

艾和音点点头，“嗯”了一声。别雅儿是苏热的女儿，一个漂亮的鄂伦春姑娘，十八岁了。别雅儿心疼地摸了摸马肚子，问：“布库哥哥，晚上怎么办？布坤博的伤口会不会冻着？”

布库说：“不会的，爷爷说给它包上两层狍子皮，把它喂得饱饱的，我们在院子里把火堆弄得大一点，别断火，让它暖和着，就会没事的。”

别雅儿点点头，又问：“哥哥，那野猪太吓人了，你当时害怕了吗？”

布库看看妹妹，又看看布坤博，说：“野猪来到我跟前的时候，我已经站到树杈上了，而且那棵树很粗，野猪是撞不断的，我没那么怕。但是我没想到它会袭击我的马，马的肠子出来了，我真的害怕了。还好肠子刚出来，我就赶紧塞回马肚子里了，不然被它自己踩断了就完了。”他看着马，当时的情景又浮现在眼前。布坤博好像知道主人在看它，也抬头看着布库，闪着灵动的大眼睛，像是在感谢主人，也像是安慰主人说它没事。布库站起来紧紧地搂住马脖子，把脸贴在马脸上，艾和音也过去抚摸马肚子。

乌热松爷爷出来了，拿着烟袋锅坐在了儿子苏热身边的木头上，阿库什也走过来，他们都没有吱声，坐在那里抽着烟，看着围在布坤博身边的孩子们。

乌力楞的这三个地窨子，挨得都很近，这样相互有个照应。在山林里，冬季不能游猎，几家人就在院子空地上用粗木桩搭一个高脚架子，这架子鄂伦春语叫“奥伦”，用来存放物品，也可以晾晒野菜和肉干、鱼干。鄂伦春族的乌力楞是不固定的，几座山上都有，但都是临水而建的。山下就是沾别拉河，“沾别拉”为满语，“沾”译为“急流”，“别拉”译为“河”，所以“沾别拉”就是“河水很急”的意思。乌力楞下面这一段还有山泉水注入，即使冬天也不会冻住的。鄂伦春族根据每年狩猎的地方来选定乌力楞，去哪座山狩猎，就把那里的几个地窨子修一修住着。如果有别的猎人路过，看见地窨子此时没有人住，也可以住进去，棚子里的食物大家都可以随便吃——这个林中民族世世代代传下来的习惯。

苏热的父亲和祖父辈就是这样，一百多年一直没有离开奇克这片原始山林。奇克山植被茂密，水源充足，动物种类特别多，有足够的食物让他们赖以生存。

下午三点多，天就暗下来了，黑龙江就是这样，冬天光照时间特别短。太阳冻白了脸躲进西山，没有阳光的山林变得更加寒冷，厚厚的积雪和漫长的黑夜，让山林里的动物更加难熬。安布伦奶奶出来了，走过来心疼地摸摸布坤博的头，对她来说，马和狗都是她的孩子。她回头对孙子说：“布库，进屋吧，外面太冷了。”

布库答应道:“知道了，奶奶，你也快进去吧，外面太冷了。”

奶奶拍了拍布库的后背，是在给孙子信心和力量。安布伦奶奶灰白色的头发在风中飞舞着，像这灰白色的山峦，脸上深深的皱纹刻满了岁月的沧桑，广袤的山林给了她宽厚和善良的胸怀。布库把头靠在奶奶的身上，因为从小没有母亲，是奶奶一手把他养大的，奶奶在他心里是最高的大山。

吊锅里烀着狍子肉，一大锅肉“咕嘟咕嘟”地冒着泡，屋子里飘满了肉的香气。狍子肉是鄂伦春族最爱吃的肉，无论是手把肉还是狍子肉炖柳蒿芽，都是他们的最爱。布库坐在灶火旁伸手烤着火，二女儿依曼看爸爸进来，从太爷爷怀里下来，坐到爸爸的腿上。

艾和音对依曼说:“依曼，去和姐姐玩吧，让爸爸暖和暖和。”

布库把依曼抱在怀里，说:“没事的。”依曼可不听，两只胳膊使劲儿地搂着爸爸的脖子。艾和音心疼地瞪了他一眼，布库看着妻子憨憨地笑了。

依曼是布库的二女儿，活泼好动，对什么都好奇，虽然四岁了，但还没有出过这座大山，每天只和六岁的姐姐爱玛罕玩耍。此时，爱玛罕正在铺子上玩着一大堆嘎拉哈，嘎拉哈是鄂伦春女孩子的玩具，是从狍子腿上取下来的，是后腿中间连接大腿骨的那块骨头。每块嘎拉哈有四个面，四块为一副，艾和音用植物和花朵给它们染上红红绿绿的颜色，特别好看，小姐俩每天就拿着这一堆嘎拉哈玩。

狍子肉煮好了，艾和音对布库说:“叫大家来吃饭了。”布库答应着出去了。不一会儿，大家都过来了，别雅儿端着妈妈乌娜堪烧的面圈。

爱玛罕看见妈妈端上桌子的狍子肉，高兴地把嘎拉哈一推，拽着太奶奶喊着：“吃饭了，吃饭了！”可能是饿了，小丫头抓起一根肋骨就啃起来，看着她狼吞虎咽的样子，大家都笑了。

乌热松爷爷挑了一块肉多的骨头递给依曼，一家人饱饱地吃了一顿。

外面已经黑了下来，布库在院子里点上一堆篝火，狗狗们则在几个草垛旁趴了下来。马儿们都吃饱了，也在离火堆不远的棚子下避风处待着。这个乌力楞，一共有八匹马和十条狗，一年四季都是散养的，因为山林里野猪、野熊、野狼多的是，一旦野兽来袭，如果拴住马和狗，它们则会因为跑不掉而被伤到。院子亮起来了，火光暖融融的，黑夜里，红红的火苗像寂寞黑暗的山林里睁开的一只眼睛。

布库又拿了一张大点的狍子皮，给布坤博包在肚子上，两层厚厚的毛皮把布坤博的肚子包裹得严严实实，布库这才放心了。

这一夜布库几乎没睡，一会儿就出来看看，乌热松爷爷和苏热、阿库什、劳勒，都不时出来瞅一瞅，帮布库照看一下，给马儿添点草。远处传来一阵阵狼嚎，在深夜的山谷里传得好远好远，听着都瘆人。林子里传出各种响声、叫声，这是夜行动物出来觅食了。布库生怕受伤的布坤博抵挡不了野狼的袭击，一直陪伴着它。每个人出来的时候，都要往火堆里添些柴火，在火堆快燃尽的时候，东方终于出现了红光——太阳出来了，早起觅食的鸟儿飞过天空，清脆的鸟鸣唤醒了沉睡的山林，告诉山里的生灵们，新的一天开始了！

一夜过去，布坤博安然无恙，布库别提多开心了，他搂着马脖子，摸着它的脸，忘却一夜无眠的疲惫。布坤博和其他几匹马还有狗狗们的脸上、眼睫毛上全是白霜。布库帮它们把霜扫下来，又抱来干草扔给几匹马。乌娜堪和艾和音端着盆子出来了，狗狗们瞬间都跑了过来，围着冒着热气的食物大口吃起来。大家都起来了，看着精神的布坤博都很高兴，都来向布库祝贺。布库笑了，眼里噙满了泪水，因为他的马儿保住了。

一个狩猎民族，终年生活在高山密林里，长久的孤寂，让他们对马的陪伴产生依赖。人与马有着深厚的感情，这是一种无言的亲友般的感情。从布坤博灵动的大眼睛里能看到对人的信任和感激。

吃过早饭，苏热对儿子劳勒说："儿子，你去喊佳林来，咱们打狍子去。"

劳勒答应："好的，爸爸。"

苏热又对布库说："布库，你一夜没睡觉，白天你在家睡觉吧。"

布库点点头说："行，叔叔，我在家看着布坤博，你们去吧，小心点啊！"

阿库什从地窨子出来了，喝得醉醺醺的，来到苏热跟前，苏热看着他说："阿库什大哥，这一大早的，你又喝这么多酒干啥？"

佳林生气地瞪了他爸爸一眼，对苏热说："我不让他喝酒，他不听我的。"

阿库什也不在乎，笑嘻嘻地问："苏热，今天你们去哪里打猎？

带上我呗！”

“去南面山上看看，你去干啥？喝了这么多酒，你快回屋吧，连个帽子都没戴，别冻着。”

“不带我拉倒！”阿库什摇摇晃晃地进了地窨子，看着他的背影，苏热无奈地摇摇头。

打猎对鄂伦春族来说是一件快乐的事，两个小伙子立刻去拿东西，很快配好马鞍、猎枪等，装好行囊。三个人来到乌力楞后边的那棵拴着红布条最粗最高的大树跟前，这棵大树距离地面一米的地方被砍去一块树皮，削成平面，用木炭画出一张人脸，是一位有胡子的男性长者——鄂伦春的山神白那恰。三个人在白那恰像面前跪下，放上食物，向山神祈祷。苏热嘴里念叨着：“白那恰，请赐给我们林中的野兽吧，我用狍子、紫貂皮和犴换取我们食用的米和面，会呈上鲜牲的血和肉献给您，请您保佑我们人和马都平安吧！”

由于昨天布坤博受伤了，苏热希望山神能保佑他们氏族人马平安。每个民族都有自己的信仰，鄂伦春族信仰萨满教，他们相信虔诚的祈祷会得到神灵的庇佑。尤其是生存在山林里，对山神就更加顶礼膜拜。三个人磕了头，骑上马向南山走去，六条猎狗欢快地跑在前面，它们是猎人的好帮手。

今天又是晴空万里，湛蓝的天空上没有一丝云，就像这奇克山的雪原一样纯净。这是打猎的好日子，下雪天猎人不爱出去，因为雪花会把动物的脚印盖住。佳林骑在马背上，开心地唱起歌来，他最喜欢和苏热叔叔出来打猎了，可以学到很多本领，爸爸阿库什整天喝得醉醺醺的。

在佳林十岁那年夏天的一个早晨，阿库什喝醉了酒，拿着猎枪出去打猎，刚走了没多远，就看见前面林子里有一个黑乎乎的东西在动。他高兴地想，今天真是运气好，一出门就遇见了熊，这不仅是大家这几天的食物，还能收获熊皮、熊胆、熊掌，可以换酒喝呢。于是他拿起枪就开了一枪，只听“啊”的一声惨叫，他有点蒙了，摇摇晃晃地走过去一看，他顿时就傻了眼，酒也醒了，眼前哪里是什么熊啊，而是正在采野菜的妻子，子弹从背部射进了她的心脏。他吓坏了，拼命地喊，撮罗子里的人都跑了出来，大家都吓坏了，他们把阿库什的妻子抬了回去，佳林惊恐地喊着“妈妈”，她看着年幼的儿子，嘴里已经说不出话了，眼里不停地流着泪，对这个孩子和这个世界是那么不舍，胸口的血不停地往外涌，可能是伤得太重了，一会儿人就死了。乌热松爷爷气愤地用马鞭狠狠抽着阿库什，悲痛地质问道：“阿库什，阿库什，你这是造孽啊！多好的媳妇啊，让你打死了！佳林还那么小，你就让他没了妈妈！你喝那么多酒干什么？怎么不好好看看就开枪啊？”阿库什痛哭着，后悔不已，他恨不得朝自己开一枪，从此便酒不离身，不是拿着烟袋不停地抽烟，就是在喝酒，经常醉得不省人事，是乌娜堪和安布伦奶奶把佳林带大的。

阿库什和乌热松是叔辈亲戚，可怜的佳林刚刚十岁就眼睁睁地看着妈妈被爸爸打死了。从此佳林心里就有一块不能触摸的伤疤，他特别烦爸爸喝酒，看见他醉酒的样子就恨他，恨他夺走了妈妈的生命，让自己变成了没有妈妈的孩子。不知道有多少个夜晚，他抱着妈妈给他缝制的带有云纹的鹿皮袋子，在被窝里哭泣，思念妈妈。佳林边唱着歌边用马鞭抽打着旁边的树枝，鄂伦春族是能歌善舞的民族，佳林天生一副好嗓子。劳勒对他说："看把你高兴的。"佳林回头看着苏热笑了，苏热很喜欢这个孩子，心疼他妈妈死得早，把他当自己儿子一样看待。

佳林对苏热说："叔叔，我今天要打三只狍子，五只野鸡。"

苏热听了赶紧制止他："佳林，我们鄂伦春猎人出去打猎不许说大话。"

佳林点头答应："叔叔，我知道了，再不说了。"然后冲着劳勒伸伸舌头，苏热看着佳林还带着稚气的脸笑了，心想：这孩子长大了。自从妈妈去世以后，佳林总吵着要跟着去打猎，想快点成为猎手，自己打回猎物，因为阿库什经常喝醉无法打到猎物，食物都是苏热他们打回来的。但是，苏热不同意，一方面佳林还小，另一方面是因为鄂伦春族认为戴孝的人不吉利，会影响打猎的运气，因此三年没让佳林跟着去。现在佳林长大了，又聪明又机灵，所以苏热去打猎就带着他，教他打猎的本领，因为没有本领就没法在山林里生存。

佳林嘹亮的歌声在山林里回荡着，悠扬的旋律让林中的鸟儿变得欢快起来，叽叽喳喳地叫着。几只肥胖的小松鼠摇摆着大尾巴，在树上快速地爬上爬下，从这棵树蹿到那棵树，闪着两只机警的大眼睛，一身绒毛在阳光下闪着金灿灿的光芒。一只山鹰，"嗖"的一声拍着翅膀在他们眼前画了一道美丽的弧线，展翅飞向天空。一群小山雀，扑棱着翅膀，从这片树上飞起，唰地一下飞到了另一片树上。

几只小老鼠，在雪地上留下了小小的浅浅的一道道痕迹。奇克的山林是鄂伦春族的世界，也是动物们快乐的天堂。

苏热他们翻过一个山岗，来到南山下，看见雪地上有往山上走的狍子脚印。他们下了马，把马拴在树上，几个人拿着猎枪顺着脚印往前走，每个人都不出声，轻轻地踩着雪，六条狗也深知打猎的规矩，一声没有，悄悄地跟在猎人身边。到了山顶往下看，有四只狍子在阳坡背风的地方趴着，一边晒太阳一边反刍。狍子有一身浓密厚实的草黄色皮毛，在冬天的林子里很难被发现。太阳已经升得很高了，光照在大地上，给冰冷的大地增添了一丝暖意。狍子丝毫没有感觉到危险在降临。在距离狍子一百米左右的地方，苏热他们停下来，支好枪架子放好枪，劳勒看着爸爸，佳林也看着苏热叔叔，等待命令。狍子趴着不好打，这时候猎狗该上场了，苏热对库烈说："库烈，上！"几只猎狗像射出去的箭一样，奔着狍子冲了过去，狍子看见猎狗，起身就跑。

苏热果断地喊了一声："打！"三个人一起开枪，只听"叭叭叭"三声枪响，三只狍子便应声倒地。剩下一只惊慌地站起来就跑，跑了十几米，便停下来回头张望，似乎想看看发生了什么，它支棱着大大的耳朵，瞪着圆圆的眼睛，好像在思考用不用逃跑，所以猎人们都管它们叫"傻狍子"。六条猎狗迅速地冲过去，咬住了三只倒地还在挣扎的狍子。苏热看着前面停下的狍子说："佳林，快打！"佳林赶紧举枪瞄准，稳稳地开了一枪，狍子瞬间倒地。

"哇，太好了！"佳林蹦了起来，大声地喊着，"我又打中了，我又打中了！”三个人兴奋地跑过去，这三只狍子还没有死，劳勒可顾不上了，直奔佳林后打中的那只去了，猎狗们也跟着跑过来。他上前抓住狍子的两条腿就往后拽，把这只和那三只放在一起。苏热看着眼前的猎物也特别高兴，他在旁边一棵倒下的大树上坐下来，掏出烟口袋，卷了根烟抽了起来，两个小伙子围着四只狍子转圈儿看，开心地笑着。

劳勒说："你看，还是我打的这只大，你打的那只最小。"

佳林可不在乎，高兴地嘿嘿笑着说："我才不管大小呢，反正我打到了两只！"

劳勒不服气地说："那是我们让给你的。"

苏热笑着说："你俩别争了，快去把马牵过来。"两个人答应着高兴地跑去牵马。

等劳勒和佳林把马牵过来的时候，有三只狍子已经死了，剩下一只瞪着眼睛喘着气，还在流血。劳勒和佳林早已熟悉这种情况，当苏热从袋子里抽出一把尖刀，劳勒便说："爸爸，我来弄吧。"于是苏热把刀递给劳勒，佳林过去按住狍子的两只前腿，苏热按住两只后腿，劳勒拿着刀对准狍子的心脏就是一刀，随着一声凄惨的哀号，狍子猛地抖动了几下，便没了声息。佳林的心也跟着一抖，劳勒熟练地把刀子从狍子前胸往下使劲儿一划，整个肚子上的皮就被划开了，然后又把皮向两边扒开，把肉割开，取出还在滴血的心和肝。佳林接过来捧在手里，那是一颗刚刚还在跳动的心，一个鲜活的生命。可这就是自然界的法则，用一个生命去换取另一个生命的延续。

佳林把狍子放在雪地上，周边的雪瞬间变成了红色，红红的血在白白的雪地上显得那么耀眼，仿佛告诉人们那是一个生命存在过的证明。苏热又从鹿皮袋子里拿出酒袋子和一包盐，劳勒蹲下来用刀把心和肝切成薄片，三个人蘸着盐津津有味地吃了起来。劳勒又把肺和肠子分给猎狗吃。

佳林拿起一片肝直接放在嘴里，一边吃一边说："叔叔，这肝不蘸着盐吃还有点儿甜，还有黄瓜味儿呢。"

苏热看着佳林，点点头，笑着问："好吃吧？"

这热乎乎的心和肝，对鄂伦春猎人来说可是美味。苏热和劳勒每个人喝了两口酒，苏热把酒袋子递给佳林说："佳林，你也喝一口吧，暖暖身子。"

佳林说："我不喝。"他讨厌爸爸喝酒，所以他也不喝。

苏热说："我们猎人都要喝酒的，在外面酒可以暖身子，只要不天天喝醉酒就行，没事的，你长大了，可以喝一点儿。"佳林就接过来喝了两口。

苏热一边吃一边问劳勒和佳林："你们知道为什么我们鄂伦春族喜欢吃这个吗？"他俩点点头。

鄂伦春族没有文字，使用的是通古斯语，所以他们民族的历史要靠口口相传，一辈一辈传下来。苏热有意考考他俩。

佳林自豪地说："这个谁不知道，爷爷早都给我们讲过了，他说我们鄂伦春族祖祖辈辈都是使用驯鹿的，因为通古斯语把驯鹿称作'鄂伦'，'春'就是'人们'的意思，所以'鄂伦春'就是'使用驯鹿的人们’。后来发生瘟疫，驯鹿大部分都死了，我们就开始骑马打猎了。我们的祖先说猎人要有一双明亮的眼睛，因为吃生的狍子肝可以让我们的眼睛更加明亮，让我们的肝脏更好。”

“对！”苏热满意地点点头。

佳林又拿起一块放在嘴里说：“这么好的东西，我可得多吃点儿，让我的眼睛亮亮的，我要打更多的猎物。”苏热和劳勒看着他狼吞虎咽的样子都笑了。吃完了，他们三个人用雪把地上的血迹盖住了，这是他们的规矩，也是对动物的尊重。他们把狍子放在马背上驮着，开始往家走了。

佳林看着苏热说：“叔叔，我还没打到野鸡呢。”

苏热说：“别着急，一会儿就能遇见，你仔细看着点儿，你刚吃了狍子肝，眼睛要明亮啊。”劳勒在一旁偷偷地笑。

佳林骑在马背上左顾右盼，眼睛睁得大大的，把枪端在手里，以免发现野鸡、兔子时来不及。佳林长得很帅气，圆圆的脸上一对浓眉，一双丹凤眼，满脸的稚气。此时，太阳有点儿偏西了，人和马的影子在雪地上拉得好长好长，他们也离家不远了，翻过这个山岗就到家了。六条狗在前，三匹马在后，林子里只有踏雪的沙沙声。

忽然，佳林发现前面不远处的林子里有一群野鸡，足有十几只。褐色的雌鸡和颜色鲜艳的雄鸡正在寻找食物，在白皑皑的雪地中分外明显。三个人互相看了一眼，同时举枪，随着枪声响起，三只野鸡翻倒在地，其余的惊慌起飞，苏热和劳勒接连开枪，两只野鸡应声跌落。猎狗迅速地跑了过去，这是它们最喜欢做的事，它们把还在雪地上扑腾着的野鸡叼回来，放在主人面前。劳勒和佳林下马去捡野鸡，劳勒拍着他最喜欢的狗说：“库烈，好样的！”猎狗们高兴地摇着尾巴。

劳勒说：“佳林，不是你自己打了五只，而是我们一起打了五只。”

佳林笑着说：“我不管，反正有野鸡肉吃了。”佳林的性格就是这么好，所以大家都喜欢他。

当他们回到乌力楞的时候，太阳已经落山了。冬天，只要太阳一落山，气温马上就变得更低了。虽然在外面待了一小天，但是他们身上穿的是狍皮袍子、狍皮裤子，还有狍靴子，戴的是狍皮帽子、貉子皮帽子，一点儿都不觉得冷。绒毛又长又厚的狍子皮，为鄂伦春族遮挡了风寒。

布库和乌热松爷爷看他们回来了，赶紧出来帮忙卸猎物，女人们也都出来了，看见打了这么多猎物，大家都很高兴。

布库连忙跑过来说：“叔叔，你们回来啦，打了这么多呀，这几只狍子还真不小呢！”

乌热松爷爷也高兴地说：“真不少啊，这几只野鸡也很肥啊！”

安布伦奶奶双手合十说：“感谢山神白那恰保佑，赐给我们这么多食物。”

“是啊，感谢山神。”苏热跟着爸爸妈妈说。

佳林赶紧跑到跟前，高兴地说：“爷爷奶奶，我打了两只狍子，一只野鸡呢！”

“佳林，你是小猎手了，好厉害啊！”爷爷笑着夸他。

别雅儿走过来，对着佳林左看一下，右看一下，然后带着怀疑的口吻说：“你打的？”

佳林骄傲地说：“别雅儿姐姐，你不相信吗？”

别雅儿笑着扯一扯他的狍皮帽子，说：“我信，我信，你长能耐了！”大伙都笑了。

“布坤博怎么样？”苏热问布库。

布库说：“叔叔，布坤博挺好的，今天吃了好多草料呢。”

苏热放心地点点头：“这就没事了。”

乌热松爷爷对苏热说：“儿子，今天打了这么多猎物，快把心肝拿出来去敬山神吧。”

“好。”苏热答应着，让三个年轻人把狍子和野鸡从马背上取下来，他熟练地开膛剥皮，把内脏取了出来。苏热带着布库、劳勒、佳林来到屋后的山神白那恰画像跟前，用狍子心和肝的血抹在白那恰像的嘴上，把酒和肉放在前面。这是鄂伦春猎人对山神的供奉，感谢山神的保佑，让他们打到了猎物有食物吃。如果在山上打到狍子，猎人可以先吃；但是回到家里，第一口肝和心脏必须要敬山神。敬完山神，四个人把心和肝切成片，分给大家吃。乌娜堪用桦皮碗装着端给乌热松爷爷和安布伦奶奶：“爸爸妈妈，你们先吃吧。”两个老人笑着接过来。艾和音也装了一碗拿给三个女儿吃。鄂伦春族的传统就是尊老爱幼，好吃的东西要先给长辈和孩子吃，然后其余的人才开始大快朵颐。

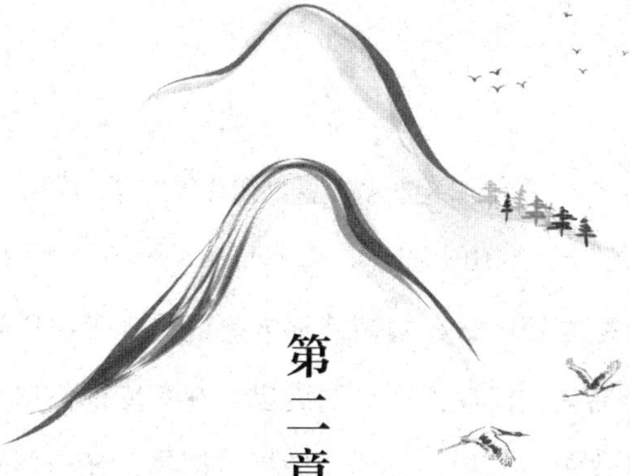

第二章

奇克山的冬季，雪可是常客，一连两天都下着小雪。雪虽然下得不大，但天总是阴沉沉灰蒙蒙的，天和山连在了一起，让住在山里的人感觉像是在混沌世界里，找不到方向。从前，鄂伦春族没有钟表，没有准确时间，是靠太阳来判断时间和方向的。没有日历，聪明的鄂伦春族发明了独特的计算日期的方法：他们在一根绳子上系上疙瘩，穿上三十根小木棍，从正月初一开始，一天拔一根，三十根为一个月，重复十二次为一年。

布库看院子里的干柴烧得很快，之前捡的干柴不多了，他知道现在天太冷，有老人、孩子，不能让他们冻着。吃完早饭，布库就对劳勒和佳林说：“咱们去捡点儿柴火吧，院子里的柴火不多了。”两个人痛快答应了。

一会儿工夫，劳勒和佳林就把马爬犁套好了，带上四只猎狗，三个人坐到爬犁上，向山上出发，马爬犁像是滑行在雪海上的飞船。

小兴安岭是原始山林，植被特别丰厚，这一带山里除了几个乌力楞的鄂伦春猎人，汉族人很少到这里。在布库他们这个乌力楞的山上，大多是柞树、杨树、桦树、榆树、柳树，还有落叶松、樟子松、红松，白桦、黑桦，还有一些杂树，而且灌木丛茂密。植物为了熬过七个月的漫长冬季，进行了自我保护，把树叶落尽，只留下光秃秃的树干和枝丫，根深深地扎进土里，地面落了厚厚的一层叶子，再落上一层雪，像一床厚被子盖在大地上。鄂伦春族只捡在地上枯死的树木作为柴火，一般情况下，鄂伦春族是不砍生长着的树，就是活着的树，他们生活在山林里，也特别爱护山林。布库他们在林子里很快就捡了一爬犁干柴，装好了往回走。他们坐在爬犁上，劳勒拿着枪坐在后面，如果看见猎物可以随时开枪。佳林今天心情很好，捡了半天柴火也不觉得累，坐在爬犁上摇着鞭子放声唱起歌来，婉转悠扬的鄂伦春长调，像这连绵的兴安岭，一眼望不到头。佳林正唱得高兴，只听“叭”的一声枪响，一只灰色的野兔子倒在地上，一只猎狗直线奔过去叼着就回来了，高兴地摇着尾巴，劳勒摸了摸它的头，夸奖着它。回家的一路上，劳勒就打了两只兔子、三只野鸡，佳林把猎物装进袋子里，放在马爬犁上，然后对布库说：“布库哥哥，我们晚上把它们烤着吃吧。”

布库点点头说：“我也是这么想的。”他特别喜欢这个小弟弟。

佳林开心地甩了一下鞭子，使劲喊了一声：“驾！”马爬犁在雪地上“嗖嗖”地划过，压出两条深深的雪沟。

不一会儿，三个人就回到了乌力楞，他们把柴火卸下来。艾和音已经做好饭等着他们了，三个人进屋时都喊着：“爷爷奶奶，我们回来了！”爷爷奶奶笑着答应。奶奶坐在铺着狍子皮的铺上，哄着尔格艳。布库过来抱起小女儿，举得高高的，格尔艳咯咯地笑着，她就喜欢爸爸这样逗她。

艾和音和别雅儿做了狍子肉炖柳蒿芽，烙了油饼，佳林一边吃一边对艾和音说：“嫂子，你今天烙的饼可真是太好吃了，好久没吃到了。”

别雅儿笑着说：“馋嘴的小狐狸，那就多吃点吧。”一家人都笑了。

鄂伦春族是狩猎民族，他们常年居住在山林里，不会农耕，所吃的米面只能等山外的老客进山，用貂皮、鹿茸等东西与之交换。大米、白面比较少，经常换的是小米、玉米。油从来不缺，他们会把野猪、熊的肥肉熬成油，存放在坛子里，长年不断。油饼不常吃，没有那么多的面粉。佳林没有妈妈，爸爸阿库什经常喝醉，佳林和爸爸就在苏热叔叔这边吃饭。三个小伙子把野鸡、野兔扒了皮开了膛，收拾干净递给艾和音，让她洗一下。他们又来到外面，把一爬犁的柴火都劈成了木头柈子，码成垛，烧的时候抱进屋里就能用了。

布库拍拍身上的灰，对劳勒和佳林说：“好了，都累了，回屋歇一会儿吧，晚上咱们烤肉吃。”布库一直有大哥哥的样子，事事想在前面，总是带着两个弟弟，想为这个大家庭尽量多出点力，他也是叔叔苏热的好帮手。

天黑下来的时候，布库和劳勒在院子里点起了篝火，柴火“噼噼啪啪”作响，熊熊的火光把院子里的雪照得通红，雪花在空中飞舞，在火光下闪着晶莹的光，在火苗上面形成一股旋风，又瞬间融化了。布库把野鸡野兔用木棍串上，放在火上炙烤。别雅儿领着爱玛罕、依曼，围着火堆追着佳林跑，狗狗们也跟着撒欢儿。这几天猫在地窨子里，人闷得难受，他们抓着地上的雪捏成团，互相打着闹着。乌热松爷爷、阿库什、苏热都出来了，看着孩子们玩耍，也被他们的笑声感染了，苏热抱起依曼：“小宝贝儿，冷不冷啊？”

依曼举着两只手上戴的狍皮手套说：“爷爷，你看，我不冷。”

爱玛罕和依曼穿着狍皮袍子，戴着毛茸茸的兔皮帽子，像只大毛兔子在雪地上跑着。阵阵狼嚎、猫头鹰咕咕的叫声，伴着孩子们的欢笑声，在这宁静的山谷里回荡着。烤野鸡、烤野兔滴着油，吱吱作响，阵阵肉香扑鼻而来，引得山林里夜行的小动物在周围的雪地上看热闹。树下，狐狸闪着夜明珠一样的小眼睛望向这边，佳林说：“看，是狐狸，它们肯定在想，今天晚上你们是吃饱了，却把我们的兄弟给吃了。它们也想吃肉了吧。”

劳勒说：“我们可没吃狐狸，而且兔子也不是它们的朋友。它们肯定在想，你们吃了我的食物。”

鄂伦春族是不打狐狸、狼和黄鼠狼的，他们认为这些动物是有灵性的，很少去伤害它们。

野鸡、野兔烤熟了，拿到屋里后一家人饱餐一顿，美味的食物是猎人们和山林之间最深的维系。除了艾和音要喂孩子吃奶不喝酒，爱玛罕、依曼太小不喝酒，所有的人都喝了酒，唱起了歌，玩了好久，醉了、累了，然后各自回屋睡觉了。苏热和布库出来看看马和狗，又往火堆里添些柴火，让马和狗夜里能暖和点。

布库来到布坤博身边，现在布坤博已经好多了，他拍拍它的脸，带着醉意说道："老朋友，你终于挺过来了，真把我吓坏了。对不起，是我的错！"他伸过胳膊搂着马脖子，低声絮叨着，"你要是死了，爸爸会责怪我的，说我没照顾好你。我很想念爸爸，也想妈妈，爸爸妈妈会保佑我们平安的。"

苏热过来拍了他一下："回屋睡觉了。"布库晃晃悠悠回屋了。

布库带着弟弟们捡了好几天干柴，劈断后码起来。

乌娜堪跟艾和音到奥伦上拿肉回来，对苏热说："劳勒爸爸，肉不多了。"

苏热说："是啊，该去打猎了，这次去打野猪。"他知道，乌力楞这十几个人，每天都需要很多食物，而且他们以肉食为主，一只狍子吃不了几顿。乌娜堪一听就说："好，妈妈最爱吃野猪肉了。"

乌娜堪是一个纯朴善良的鄂伦春女人，今年四十三岁了，她是二十岁从大兴安岭嫁过来的。鄂伦春族同一氏族是不可以通婚的，他们十分注重血统的纯正。在苏热二十二岁时，乌热松觉得儿子到了结婚的年龄，就托人在大兴安岭的鄂伦春乌力楞里介绍了一个姑娘，就是乌娜堪。乌热松带着苏热走了好些天才来到大兴安岭相亲，虽然这是第一次见面，但是苏热带去了鹿茸、熊胆、貂皮等礼物，乌热松告诉女方，这些东西都是苏热自己打的。乌娜堪看着英俊的青年，看着眼前的礼物，知道苏热就像他的名字一样，是一个精明的好猎手。苏热也从乌娜堪穿的袍子上绣的花纹和手工的精巧细致，知道乌娜堪是一个灵巧贤惠的好姑娘。鄂伦春族有句谚语：**男人不怕山高，女人不怕活细**。苏热认定乌娜堪一定会是个好妻子，乌娜堪也认定苏热一定会是个好丈夫，一段好姻缘就这样定下了。乌娜堪自从嫁过来，孝敬老人，努力操持这个家，几年内又给这个家添了一双儿女。苏热也没有让乌娜堪失望，他勇敢勤劳，从没有让她缺衣少食，他知道她远离家乡嫁给他，所以很心疼她，从不打她骂她。

布库和劳勒他们准备好了出去打猎的东西，苏热来到父母亲的屋子里对父亲说："爸爸，肉不多了，我们今天出去打几只野猪回来。"爱玛罕正和依曼在玩嘎拉哈，看见苏热进来都跑过来喊着："爷爷，爷爷！"

苏热连忙答应着："哎，哎！"又抱起依曼，"小宝贝儿，想不想吃野猪肉啊？"

爱玛罕和依曼齐声喊道："想吃！"

乌热松爷爷和安布伦奶奶都笑了。

艾和音笑着过来说："快下来，爷爷要去打猎了。"边说边伸手去抱依曼，依曼搂着爷爷的脖子不松手。

艾和音说："这孩子就能缠着爷爷。"然后把她抱了下来。

苏热对安布伦奶奶说："妈妈，你眼睛不太好，阳光强的时候别出去，别让雪打了。"苏热知道妈妈之前失去了四个孩子，有的是刚生下来就死了，有的是活了几岁后来生病死的，再加上哥哥嫂子也死了，所以妈妈把眼睛都哭坏了，很怕强光，阳光照在雪地上，反射出的光特别刺眼。

妈妈点点头答应:“知道了，儿子，没事的，你们去吧，你们一定要小心啊！”她知道儿子是心疼她。

“好。”苏热冲妈妈笑着点点头。

乌热松爷爷问儿子:“苏热，你们今天去哪里打野猪？”

苏热说:“想去李区山柞树岗，那里橡子多，这些天雪下得大，野猪找食费劲，那里野猪应该多。”

乌热松爷爷赞同地说:“是的，今年的橡子结得多，那里的野猪肯定多。”乌热松爷爷可是个老猎手，他出生在小兴安岭鄂伦春的乌力楞。成年后，在这里娶妻生子，一直在这片山林里生活。他熟悉这里的每一座山，每一道岭，每一条小溪。他知道哪里的松树多，哪里的桦树多，哪条河里的鱼多，哪片山里的熊多，对于山里季节的变化和动物的习性了如指掌。他是一个聪明的老人，“乌热松”的意思就是聪明。鄂伦春族普遍身材不高大，但都健壮、敏捷，乌热松爷爷因为常年居住在山林里，经常在雨里行走，雪中过夜，患上了风湿病，经常腿疼，现在走路也不利索了，好在儿孙已经长大，他便不再去打猎了。

苏热带着三个小伙子来到地窨子后面的白那恰神像跟前，放上肉和酒，祈求山神的保佑，磕完头，骑上马出发了。他们向李区山柞树岗走去，这次带了六只猎狗，库烈是最勇猛最聪明的狗，它带着其他几只狗在前面跑着——雪地里，狗比马灵活。虽然阳光很好，但是西北风吹着也很冷。苏热他们翻过了一座山，奇克山连绵不断，前面是山，翻过去还是山，远远望去，像一道天然的长城，站在山顶向北望去，便是四千四百多公里长的黑龙江。对岸就是俄罗斯，一个神奇的国度，那里是广袤的平原，此时也是茫茫雪原，一片银白世界。奇克山高，他们站在山上向北望去，能看见江对岸很远很远的地方。

佳林指着江对岸对苏热说:“叔叔,那边会不会也有很多野猪啊?”

苏热说:“有的。二十多年前，俄罗斯人把黑河对岸的中国人撵到黑龙江里，并且把他们都给杀了，杀了六七千人啊，江水都染红了，因为那是中国的地方，他们祖祖辈辈生活在那里，不愿意放弃自己的家园。这就是‘海兰泡事件’。”

苏热用手指着西北方向，感叹道:“就是那边，那边是黑河，对岸就是海兰泡。”他的眼前仿佛出现了多年前那血腥的一幕，江水里挣扎的人群，痛苦的哭喊，鲜血染红的江水。苏热叹了口气，无奈地摇了摇头。

看了一会儿，苏热说:“我们走吧，还得翻过一座山呢。”四个人一起向西北方向走去，已经过中午了，人、马、狗在雪里都走累了。苏热对三个小伙子说:“我们到前面歇一会儿，吃点东西。”

他们下了山坡，在背风的地方找到一片平地，还有几块大石头，上面很平整。这是乌热松爷爷打猎的时候发现的，每次去柞树岗都要在这里歇歇脚。

中午的阳光暖暖的，风也停了。劳勒说：“爸爸，我和佳林去打点儿吃的来。”

布库说：“我去捡些干柴来拢堆火。”

苏热放开马，让它们自己在林子里找草吃，又把石头上的雪扫干净，扒了一块桦树皮。布库抱了一堆干柴回来，和苏热一起点着了火堆，用几根木棍支起架子，把吊锅拿出来，装满雪，烧了开水——山里的雪特别干净，冬天猎人在外面喝的都是融化的雪水。几声枪响，不一会儿，佳林和劳勒回来了，拎着两只野鸡和两只兔子。三个小伙子把野鸡、兔子扒了皮，烤了一只兔子一只野鸡，剩下的都喂狗了。

火呼呼地燃烧着，阵阵肉香随风慢慢飘散，等肉烤熟了，四个人蘸着盐开吃，佳林边吃边说：“太香了，太香了！”

布库看着他狼吞虎咽的样子，说：“佳林，你饿了吧？”

佳林边往嘴里塞肉边说：“嗯，嗯。”佳林年纪小，正在长身体的时候，容易饿。

苏热心疼地说：“佳林，慢点儿吃。”佳林看着苏热笑了。

吃完了，他们把火堆盖上一层雪，这是山里人的规矩，无论什么时候，都要把火灭掉了才能走。

苏热说：“孩子们，我们走吧，已经不远了。”四个人骑上马，接着往山上走。佳林扭头一看，不远处，一条灰狼在雪地里打滚，玩得特别开心，这时候狼也看见苏热他们了，狼一看这么多人和狗，赶紧起身跑了。其实，鄂伦春族不打狼。

他们终于来到柞树岗，下马观察前面雪地上有没有野猪的脚印。

柞树岗有大片柞树，在这片原始山林里，柞树粗壮高大，很多树都有十几米高，秋天会结很多橡子，成熟后就散落一地，是动物们最爱吃的食物，尤其是野猪，最爱吃橡子了。有句鄂伦春谚语：**橡子落满地，野猪凑上去**。有的时候，你的最爱就是你的弱点。猎人们知道，有橡子的地方就有野猪。橡子被厚厚的雪覆盖了，这可难不倒野猪，它们的大长嘴巴在雪里拱来拱去，就能找到橡子。野猪是群居动物，总是一群猪在一起。刚走进林子里，不远处就是野猪的脚印和粪便，根据经验，他们判断这是刚刚留下的，野猪应该在前面不远的地方。苏热他们把枪准备好，轻轻地往前走，猎狗们在前面也静悄悄的，鄂伦春的猎狗非常聪明，特别通人性，从小就跟着猎人打猎，都懂得打猎的规矩和猎人的眼神。刚走出二百米就发现前面林子里一群黑影在晃动，好家伙，十几头野猪！他们悄悄走过去，在离野猪百米远的地方被发现了，野猪拔腿就跑，因为林子里树密，容易被挡住，猎人们都知道“隔枝不打”的道理，因为有的时候一根树枝就会把子弹挡飞。

苏热喊了一声：“库烈，上！”六只猎狗齐上阵。与此同时，苏热他们骑着马，枪架子架在马背上，一边追一边开枪，随着枪响，四只野猪倒地，其余的野猪四处逃窜，它们可不像狍子那么傻，还想看看什么情况等着让人打。库烈它们瞬间就撵上一只跑得慢的野猪，上去就咬，这只猪不是公猪，没有獠牙，能有二百斤，算是头小猪。库烈上去咬住了野猪的脊背，其余的狗咬住耳朵和腿，野猪拼命地号叫着，任它怎样挣扎，也逃脱不了六只猎狗的撕咬。这只野猪的哀号声和倒地四只野猪的哼哼声，与六只猎狗的狂叫声，震响了山谷。一只猎犬的腿被急眼的野猪撕开了一块皮，野猪是出了名凶猛的。

苏热他们撵过来，向野猪开了枪。一场牲畜大战在山林中上演，又在枪声中结束。一群乌鸦在树上“哇哇”地叫着，像是在给刚刚这场生死之战中的阵亡者报丧；山鹰则展开翅膀在上空盘旋，冷漠地看着这一切，然后划出一道优美的弧线，飞走了。

五条鲜活的生命瞬间消失在这个世界上，生命的意义就是生存，为了生存寻找食物，在寻找中又失去了生命，弱肉强食在山林里得到最好的诠释。

苏热从鹿皮袋子里拿出鹿蹄草粉给刚刚大战中受伤的猎狗止血，用布包扎伤口，又缠上一块狍皮，好在没有伤到骨头。布库心疼地摸着它的头，算是夸奖和安慰。猎人出去打猎，止血草药是必需品。

一下子收获了五只野猪，这一趟真没白来。苏热高兴地说：“**好汉一人打猎少，众人围猎收获多**。”三个小伙子听后都笑了。他们把地上的血迹盖上厚厚的一层雪，一场惨烈的战场被洁白的雪盖得严严实实，就好像刚才的一切从未发生。又用绳子一头把野猪拴上，另一头拴在马背上，在雪地上拽回来。因为路太远，他们把受伤的猎狗装在袋子里，用马驮着往回走。

冬季的白天很短，下午三点多太阳就落山了。越走越黑，越走越冷，他们走到来时拢火烤肉的几块大石头附近就不走了。他们把几块大石头上的雪和灰扫下去，又重新放上柴火点起火来，把马放开，把狗抱出来，有主人在，马是不会跑的。他们把野猪开膛，把心肝烤着吃了，把内脏喂了猎狗以犒劳它们的辛苦。

他们在大石头旁边点起一堆篝火，又捡了好多干柴，四人一边聊天一边抽起烟来。虽然有风为伍，有鸟为伴，但常年单一的生活模式还是很枯燥，抽烟就成了这平淡朴素生活中的乐趣，鄂伦春男人女人都喜欢抽烟。布库等大石头上的柴火燃尽了，把灰都扫下去，让石头凉一凉，就把马驮来的狍皮筒子（用狍皮缝成的长筒，毛在内侧）放在上面，然后钻进皮筒里。在狍皮筒里，人是不穿衣服的，身体直接贴着皮毛会更暖和，身上再盖一张狍皮，再戴上狍皮帽子，一点儿都不冷。旁边的火堆是不能灭的，有燃烧的火，还有猎狗，山里的狼和野猪都不敢上前，很安全。每个人轮流往火堆里添柴就行了。

今天是十五，月亮又大又圆又亮，星星也闪着碎光，月光如水般从天上倾泻下来，洒在雪地上，更增加了寒意，也给黑黢黢的山林增加了神秘色彩。微风吹过，树上一些没有落尽的叶子便发出“哗啦啦”的声响。一只猫头鹰在对面的树洞里，露出大大的头和圆圆的大眼睛，正盯着他们，佳林也睁大眼睛盯着它，就这样，一人一鸟对视着，惊奇于冬夜的相逢。在这座偌大的山林里，在这个庞大的动物世界里，很难说人和动物谁是主人。猫头鹰的大眼睛被火光照得亮晶晶的，它就这样看了好久，确定眼前这些两条腿的动物没有恶意，嘴里发出一长串“咕咕”的瘆人叫声，打破了夜空的宁静，展翅飞走了。紧跟着一群鸟儿也扑棱着翅膀，飞走了，树枝和树叶摇动起来，弄碎了一地月光。佳林闭上眼睛，这是他第一次在冬季的夜晚在林子里过夜。

劳勒看他闭上眼睛，偷偷地笑了，对他说：“佳林，你闭眼睛干啥？睁开眼睛看看天上的星星月亮，多美啊。”

佳林“嗯”了一声，这么亮的星星和这么美的月亮对山里的孩子来说并不稀奇。妈妈死了以后，他就经常独自在夜晚看星星和月亮。他听安布伦奶奶说，人死了以后就会升天，天上就会多一颗星星，他不知道哪颗星星是妈妈，他觉得每颗星星都像妈妈的眼睛。他想起小时候在篝火旁依偎在妈妈的怀里看星星，听妈妈唱歌，鄂伦春族都会唱歌，在山上，在溪水旁，晴空万里，细雨绵绵，他们都喜欢唱歌，唱欢乐也唱寂寞，唱幸福也唱悲伤。

佳林轻轻地哼起歌来，是妈妈教他的歌，他想，妈妈在天上一定会听见他的歌声。

布库也跟着哼唱起来，他最心疼这个弟弟了，他知道，佳林想妈妈了。布库是个善良的小伙子，他知道想妈妈的滋味，他也想妈妈，他一生下来妈妈就死了，他根本不知道妈妈的样子。他只听奶奶和婶婶说，妈妈是一个美丽善良、心灵手巧的女人。她会在皮袍子上绣美丽的花纹，在袋子上绣天上的云、地上的花草、空中飞的鸟、水里游的鱼，栩栩如生。在山林里，鄂伦春族的寿命大都很短，疾病则是最凶狠的，夺走了很多人的生命。两个人唱完，林子里又安静了。

苏热心疼地问：“佳林，你冷吗？”

佳林回答：“叔叔，我不冷，大狍子抱着我呢。”说完又把头往狍皮筒子里缩一缩，石头是热的，狍皮筒子里也是热乎乎的，他甚至觉得很有趣，虽然知道猎人们在外狩猎都是这样过夜的，现在他长大了，终于亲自体会了。他对苏热说："叔叔，我们的祖先真是聪明，发明了在冬天过夜的好方法。"

苏热感叹道："是啊，我们的祖先很聪明。"他看三个孩子睡不着，就开始给他们讲鄂伦春族的传说。

古时候，兴安岭上是一眼望不到边的大森林，高大的树木遮天盖地，美中不足的是没有人。天上的恩都力想别处都有人了，唯独兴安岭没有人，于是就捡禽兽的骨和肉做起十男十女来，男人做完了，正在做女人的时候，禽兽骨肉不够了，于是又找来泥土做补充。可是恩都力没有给人的两条腿做膝盖。这十男十女和恩都力做的十只鹿、二十只犴、五十只狍子混在一起，日夜奔跑在森林里。他们没有弓箭，但是跑得飞快，不费劲儿就能抓住野兽，几天时间就把恩都力做的野兽都吃光了。这可把恩都力气坏了，他发脾气的声音像打雷一样，吓得这十男十女拔腿就逃，可是恩都力几步就把他们追回来了。这十男十女就是鄂伦春族的祖先。恩都力开始教他们用兽皮做衣服穿，他们居住在洞穴中，不知用火，饿了生吃蘑菇，渴了喝白桦汁。恩都力又给他们吃盐，他们真的就长出膝盖了，跑得也没有那么快了。这时候，恩都力给大地送来了一些野兽，他们就用石头、木棍打野兽。不知过了多少万年，火山爆发了，烧死了不少野兽。后来，人们发现火挺暖和的，火烧后的动物肉比生的更好吃，从此他们就用火取暖，用火烧肉吃。再后来，他们还学会了保存火种。

苏热讲完了，佳林认真地问：“叔叔这是真的吗？”布库和劳勒早就听过这个传说了，没有吱声。

“是啊，所以现在用火烤的肉是不是很香呀？”

佳林相信了，点点头：“嗯，是的，还是熟的肉好吃。”

夜深了，风停了，林子也安静了，苏热又添了些柴火，三个小伙子把头钻进皮筒子里睡着了。

早上，苏热把他们叫醒，每个人的狍皮帽子和狍皮筒子上都结满了白霜。四个人起来在已经快熄灭的火堆上加了柴火，重新点燃，把昨天带来的面圈在火上烤了烤当早饭，把野猪内脏剁碎喂了狗，马儿早就在林子里找草吃了。他们把拴野猪的绳子拴在马身上，继续往家走。快到中午的时候，他们就回到了乌力楞，人畜平安，满载而归。

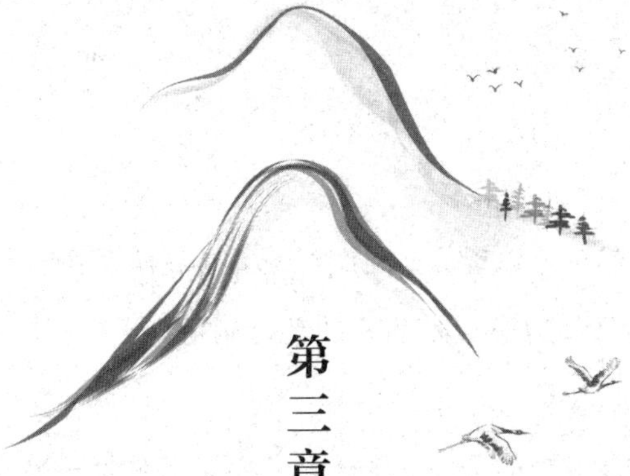

第三章

奇克山上有一种鸟，人们都叫它苏雀，和麻雀长得非常像。不同的是，它的头顶有红色的毛，胸脯也是红色的，雄鸟叫声清脆响亮，婉转悠扬，特别好听。它们是候鸟，冬天的时候来到北方，经常落满树枝，成群结队在林子里飞。佳林有一个鸟笼，是乌热松爷爷为他做的，那时候佳林的妈妈刚去世，他整天哭哭啼啼，乌热松爷爷就送他这个鸟笼哄他开心。一到冬天，佳林就把它拿出来，捉几只雄苏雀放到笼子里，它的叫声会引来许多鸟飞进院子，所以每到秋天，佳林都会采很多草籽留着喂鸟。

今天阳光特别好，佳林拎着鸟笼在院子里溜达，别雅儿领着爱玛罕也出来了。

佳林神秘地说：“别雅儿姐姐，你听我的鸟叫得多好听呀，它和我说话呢。”

别雅儿一脸的难以置信，问道:“它跟你说啥了？”

佳林满脸坏笑地说:“它说别雅儿姐姐可真漂亮啊！大长辫子像小松鼠的大尾巴！”

别雅儿捡起一根棍子打了他一下:“瞎扯！”佳林一边笑着一边躲。

“哎，对了，佳林，你去给我抓一只小松鼠来，我也养只松鼠，咱们不是还有好多榛子和松子吗？”别雅儿冲佳林发号施令，爱玛罕也跟着喊道:“我也要，我也要！”

佳林站在原地不动，别雅儿又给了他一棍子:“快点去啊！”

佳林说:“好好好！你俩等着，我给你们捉去。”他把鸟笼挂在树杈上，认真地对别雅儿说，“你可帮我看好了，别让老鹰叼去了。”

这时，阿库什拿着酒瓶子出来了，问佳林:“儿子，你去哪里？”佳林看见爸爸醉了的样子，生气地说:“哎呀，你别管，赶紧进屋去吧。”说完就往林子里跑。

爱玛罕抱住别雅儿，央求道:“别雅儿姑姑，你用小爬犁拉我一会儿吧。”别雅儿见她那可怜的样子，点点头:“好吧。”她把小爬犁拉过来，放上一块狍子皮，爱玛罕高兴地跳起来，别雅儿拍拍她说:“好了，好了，坐上去吧。”别雅儿拽着前面的绳子嘱咐道，“你可坐好了，摔了可别怨我。”然后拉着她在院子里转圈儿，小爬犁在雪地上滑动，发出“吱吱吱”的声响。爱玛罕快乐地笑着喊着:“小姑姑，快点儿，再快点儿！”别雅儿拽着绳子快速地跑着，跑了一会儿就累得不行了，放下绳子，蹲在地上喘着粗气:“哎呀我的妈呀，行了，行了，累死我了！”

布库出来看见了，笑着对爱玛罕说：“姑娘，你又欺负小姑姑了。”爱玛罕从小爬犁上下来，高兴地跑到爸爸跟前，布库抱起了她：“冷不冷啊？”

爱玛罕怕爸爸不让她在外面玩了，使劲地喊着：“不冷！”

布库说：“不要再玩了，小姑姑累了。”

别雅儿笑了，脸蛋冻得红红的，她本来就白净，现在更好看了。鄂伦春族常年生活在林子里，男女皮肤都很白，就是头发有点发黄。

布库很喜欢这个妹妹，她很懂事，和嫂子相处得非常好。他放下爱玛罕，拿起水桶要去下面的河里挑水。别雅儿看见了，赶紧进屋喊哥哥劳勒。劳勒出来对布库说：“哥哥，我也去。”哥俩来到河边。这条河叫沾别拉河，是黑龙江的大支流逊别拉河的支流，发源于小兴安岭北麓，在奇克山东南约二百里的汤元山南面，自南向北，流贯奇克山后注入逊别拉河，逊别拉河最后流入黑龙江。

沾别拉河水全长二百五十千米，宽四十多米，水很浅，一米多深，水流很急，冬天会结冰。但是在这个乌力楞的下面有泉眼注入河里，所以这一段的水是不冻冰的，因此他们才选择在这里过冬。

布库和劳勒挑够了乌力楞两天用的水，然后又去饮马，有时候马也吃雪。他俩刚回到院子里，佳林也回来了，拎只小松鼠，笑呵呵地走过来：“哎呀，你俩去挑水了，我不知道要挑水。”好像怕两个哥哥觉得他偷懒了，赶紧解释，“别雅儿姐姐让我去给她捉小松鼠了。”

劳勒说：“不用你了，我俩挑够了。”劳勒是个诚实憨厚的孩子，性格直，话语少，个子不高，但是很有力气，枪法也很准。平日里，他很疼这个弟弟，处处照顾他。

劳勒十岁的时候就跟着爷爷和父亲去打猎，这些年父亲把他教成了好猎手，他可以独自打好多猎物。现在，他还没有娶媳妇呢。

劳勒对佳林说："你抓它干啥？让它自由自在地在林子里玩多好！"佳林听他这么一说，觉得有道理，他刚要放了小松鼠，别雅儿跑出来喊："别放，别放！给我玩一会儿。"佳林把小松鼠递给她，劳勒听妹妹想玩也就不吱声了。别雅儿拿着小松鼠进了屋，爱玛罕和依曼看见了，赶紧跑过来开心地喊着："小松鼠，小松鼠！"

艾和音抱着尔格艳也过来看，尔格艳瞪着大眼睛，有点害怕，她刚一岁多还不会说话。爱玛罕和依曼则不害怕，她俩从小在林子里玩耍，天天见各种动物，也很喜欢动物，尤其是小动物。她俩伸出小手去摸小松鼠，小松鼠毛茸茸的，大尾巴上的毛夸张地奓着，用手一抓就变细了。两个小家伙开心地抚摸着小松鼠。安布伦奶奶坐在铺着狍皮的铺子上抽着烟袋锅，微笑地看着她们。乌热松爷爷也叼着一个烟袋锅，在吊锅前添柴，锅里炖着肉，肉里面加了春天晒干的老山芹，野猪肉炖老山芹可是鄂伦春族都喜爱的食物。地窨子里热气腾腾的，炖肉的香气飘满了屋子。

乌热松爷爷找来一个小笼子，别雅儿把小松鼠装进去，又拿了松子放进去，小松鼠刚才还吓得浑身发抖，这一会儿看见吃的就忘记害怕了，赶紧用两只前爪捧起松子"咔咔咔"地磕起来，几下就把那坚硬的松子皮咬碎了，把里面的大松子仁吃了。虽然地窨子里没有窗子，但是红红的火光让屋子有了光亮有了温暖，火光把小松鼠的两只大眼睛照得闪闪发亮。依曼拍着小手叫着：“它吃了！它吃了！”然后又拿松子放进笼子里。艾和音赶紧说：“依曼，小心点儿，别让它咬到你了。”依曼吓得赶紧把手缩回来，大家都笑了。

乌娜堪进来了，一开门听见家人的笑声，就问：“你们笑什么呢？”

爱玛罕看奶奶进来了，过去拽着她的手说：“奶奶，你快来看小松鼠！”

乌娜堪走近一看：“哇！小松鼠，好可爱啊！”她又去看看肉炖好了没，用勺子翻了翻，然后把尔格艳抱过来问，“谁抓的？”

别雅儿告诉妈妈：“是我让佳林抓的。”

艾和音说：“婶婶，我们烧点儿面圈吃吧。”

乌娜堪答道：“好啊！”

艾和音高兴地去拿面粉，她今年二十六岁，是从黑河那边的鄂伦春乌力楞嫁过来的。艾和音长得很漂亮，白白净净的，弯弯的眉毛，一双大眼睛，颧骨不那么高，长长的辫子垂在脑后。可能是生了三个孩子，休息不好，她有点儿瘦，这样反而使她显得更加清秀。艾和音温柔善良，她一嫁过来就知道布库从小没有妈妈，是爷爷奶奶、叔叔婶婶养大的，为了布库他们没少受累，所以她非常感激，也非常孝顺，从来不惹长辈们生气，和布库两个人非常相爱。虽然结婚这几年她一连生了三个女儿，布库和家里人从来没有埋怨过她，奶奶总是笑着说以后会生男孩的。鄂伦春族人口本来就少，所以不论男孩女孩，都是在给这个氏族增加人口，增添希望。她看着家里人对她的三个孩子都是那么喜欢，她也很开心，三个孩子让家里热闹起来了。

这些日子，苏热带着布库他们又去打了好多猎物，攒了好多皮子和肉。

当安布伦奶奶从绳子上把这个月的最后一根小木棍拔下来的时候，时光的脚步来到了一年中的最后一个月。十二月开始了，每年的这个时候，山外的老客就要进山来了，这是一家人最盼望、最开心的时候。

吃过早饭，安布伦奶奶对乌热松爷爷说："往年的今天，谷拉依尔都会带着赵掌柜的进山来，你看树上的喜鹊'喳喳'叫呢，肯定是要来客人了。"

乌热松爷爷也说："是啊，虽然今年的雪大一点儿，可是谷拉依尔还是讲信用的，肯定会来的。"他磕磕烟袋锅，点点头。

"我们的东西不多了，孩子们这几天就等着呢，上次他们来的时候已经和他们约定好了，我们今年得多换一些粮食、烟叶和酒，孩子们大了，都能抽烟喝酒了，盐也要多一些，阿库什大哥越来越离不开酒了。"乌娜堪接过话头。

苏热同意地点点头："是啊，子弹也得多换一点儿。"

兴奋的孩子们把熊皮、熊胆、貂皮、狍子皮等能换东西的物品都从木架子上拿下来，一样一样摆在院子里，摆满了期待。当人的心中充满期待的时候，人是快乐的，因为有期待就有希望。

佳林搓着手对布库说："哥哥，我想要一支新的猎枪，俄罗斯制造的新式枪，特别准，上次谷拉依尔来说的，可好啦！”他们现在使用的是俄罗斯的别旦式步枪，也叫“别拉旦克”，射程远，杀伤力大。

别雅儿撇着嘴说道：“你可拉倒吧，别做梦了，那种枪可贵了，你得打多少皮子才能换来？你哪年哪月才能攒够呀？”

佳林瞪着眼睛看着别雅儿，张了张嘴不说话了，但他心里知道，别雅儿说得对，是得用好多皮子才能换来。他失望地叹了一口气，坐在一堆皮子上，望着远山不出声了，心中刚升腾起的火苗，让别雅儿一句话给浇灭了。

布库看他难过的样子，走过来拍了拍他的后背，安慰道：“多英俊的小伙子，我们佳林一定会成鄂伦春好猎手。佳林，别着急，哥哥帮你打皮子，将来一定能给你换一支俄罗斯的新枪。”

劳勒也憨憨地说道：“是啊，佳林别上火，我也帮你打皮子。”然后回头瞪了妹妹一眼，别雅儿就是这样快言快语，她知道说错话了，于是调皮地伸了伸舌头跑回屋里了。

三个小伙子抬头望着一直伸向远方的灰蓝色的山峦，佳林觉得这些山像围城，把他们围在里面，他们就像困在鹿窖里的小鹿。佳林眯着眼睛，像是对布库又像是对远山说：“你说山那边还是山，一直走一直走，还是山吗？走多远能走出这大山？山那边是什么样子啊？”

布库说：“能啊，那边有平原，也有山，但没有我们的山这么长。那边有城市，是山下人待的地方。山下人不打猎。他们不住地窨子，也不住撮罗子，一年四季都住在盖好的房子里。”

佳林好奇地问：“那他们没有皮子，没有猎物，拿什么换东西呀？”

布库告诉他："山外的老客来说，他们种地，开工厂，打粮食，做交易，还打鱼。你看北边的大江，那大江水可深可宽了，里面有好多鱼。我们这里是河，水很浅，他们在江里有船，我们用的东西都是他们造的。"

佳林一脸困惑："我们也有船，也有鱼啊。"

"我们用的是桦皮船，他们用的是木头船，还有铁做的大船，可大可大了。"

佳林好奇地问："布库哥哥，你见过吗？"

"我见过，我是去黑河娶你嫂子的时候见的。"

"你去过北面的城了，那南面、东面、西面的城呢？"

"他们说那边的城更大，人更多，但是我没去过。"

"你说那边有多少人？有山里的动物多吗？"

布库摇了摇头："我不知道，以后哥哥带你去山外边的大城市看看。"

佳林叹了口气说道："我们也不会说汉语，也不认识路啊。"三个人都笑了。

世界上的人往往都是这样，因为距离，因为陌生，所以才有神秘感，每个人都觉得别人的世界很神奇，山里的人觉得山外是一个神奇的世界，山外的人也觉得山里的世界很神奇。大山限制了他们的脚步，却限制不了他们的思想——人和动物最大的区别就是人有思想。

佳林抬头看着在天空盘旋的山鹰，它们伸展着翅膀，像箭一样飞走了，飞向远方。他感叹道：“我要是也有像鹰一样的翅膀就好了，就可以飞出山了。”

劳勒老实胆小，他不怕野兽，他怕人，他怕和人打交道。于是忍不住哼了一声道：“山外有什么好的，我可不去，山那边有狍子吗？有野鸡吗？我们到外面吃什么？”

布库呵呵地笑着：“是啊，咱们劳勒可不去，咱们还得多打皮子，娶媳妇呢。”佳林跟着哈哈大笑起来。劳勒也憨憨地笑了，一说到娶媳妇，他就脸红了。劳勒今年二十二岁了，也到了该娶媳妇的年龄。夏天的时候，谷拉依尔和赵掌柜的来换鹿茸、鹿胎膏和草药，父亲苏热已经托谷拉依尔给劳勒寻一个媳妇了，估计这次来该有信儿了。

艾和音出来喊他们：“爸爸说中午了，先吃饭吧，一会儿他们就到了。”三个人跑进了屋。

大约过了一个时辰，只听院子里的狗狗们汪汪地叫起来，大家知道客人到了，都激动地迎了出来。他们乌力楞很少有人来，偶尔会有鄂伦春猎人路过，吃顿饭就走了。他们都很欢迎远方的客人，不愿意错过接收外面信息的机会。

谷拉依尔和赵掌柜的赶着两个马爬犁，拉来满满两爬犁的物品。大家都站在院子里，像欢迎贵宾一样，苏热迎了上去，和谷拉依尔互相问候：“阿雅（鄂伦春语，你好）！”又和赵掌柜的拥抱了一下，谷拉依尔又去给乌热松爷爷和安布伦奶奶请安问好并行屈膝礼：“阿雅阿恩古仁（鄂伦春语，安好）。”

乌热松爷爷和安布伦奶奶则右手掌心向上，回道：“阿雅。”然后大家互相问好，小辈们给长辈客人行礼问好。

他们把客人请进屋里，坐在对正门的“玛路”下面的席位上，谷拉依尔按照礼节，先给乌热松爷爷把烟袋锅点上，又去旁边的铺子给安布伦奶奶把烟袋锅点上。

别雅儿给客人端上了茶，主人已经把屋子烧得热乎乎的，看他们暖和过来了，乌娜堪和艾和音把煮好的野猪肉、狍子肉都端上桌，两位客人谢过主人，大吃起来。他们昨天从山下装好货物出来，晚上到了逊河，今天早上天刚亮就出来了，走了近十个小时，又冷又饿。山里的野味太好吃了，他俩饱饱地吃了一顿。吃饱了，他们出来把马爬犁上的物品卸下来，这时候劳勒和布库已经给他们的马喂了草，饮了水，正放开歇着呢。他们俩看院子里堆的皮子和肉类很满意，赶紧把带来的物品打开了，全是之前苏热他们订好的，还有城里的新鲜玩意儿。

谷拉依尔说：“这些面粉是刚从俄罗斯波亚尔科沃镇的磨坊加工出来的。”

佳林惊奇地瞪着眼睛问：“可以去俄罗斯吗？是从冻住的江面上去的？”

谷拉依尔笑着说：“是啊，可以啊！”

佳林羡慕地说：“哇！我也想去。”

别雅儿拍了他一下，说：“你哪儿都想去，你也不会说俄语和汉语。”

谷拉依尔接着说："可以学呀，现在山下奇克县佐还有鄂伦春小学校呢，那里有不少小孩儿去上学，学汉字说汉语，还有女子学校呢。"

佳林的眼睛瞪得大大的，看着谷拉依尔，他从来没有听说过这些，觉得一切都是那么新鲜。

"别想了，这些跟你没关系，你还是老老实实地待在山林里，打你的猎吧。"别雅儿又说。

佳林不服气地把头一扬："**河水向下流，人心向上走**。我以后一定要去看看！"他神气的样子，把大家都逗乐了。

赵掌柜打开他带来的货物：面粉、玉米、小米、盐、布匹、子弹、旱烟叶、酒、针线等，又拿出两把小孩用的银勺子、一把漂亮的梳子和一把精致的短刀，都是俄罗斯的，全家开心极了。阿库什鼻子可真好使，细长的眼睛使劲睁着，嘴里喊着："酒，这么多的酒啊，好香啊！"佳林生气地瞪了他一眼："你就知道喝酒。"可是，阿库什像没听见一样，看到酒，笑得脸上的高颧骨把小眼睛都挤没了。

谷拉依尔来到别雅儿跟前说："**好看的云彩是山里奔跑的鹿群，好听的声音是林中的百灵**。我们鄂伦春美丽的小百灵鸟，你看叔叔给你带来什么啦？"说完就神秘地笑着，大家都看着他，看他能从兜里掏出什么来。只见他慢慢地掏出一个做工精致、色彩繁丽的银质小镜子，并把镜子在别雅儿眼前一照，别雅儿立刻就看见自己俊俏的脸，害羞地笑了。

谷拉依尔炫耀道："这是俄罗斯的小镜子，是我特意去俄罗斯给别雅儿买的。"说完就自豪地哈哈大笑起来。他也是鄂伦春族，扁平的脸，细长的眼睛，高高的颧骨，笑的时候眼睛都成一条缝儿了。别雅儿祈求地看着爸爸苏热，她知道爸爸最疼她了，她也知道这是需要爸爸拿皮子换的，她太渴望拥有了。看着女儿喜欢的样子，苏热点点头说："拿着吧，爸爸以后多打点皮子就是了。"苏热就这一个女儿，既聪明漂亮又活泼可爱，每天像只小鹿跑来跑去。他也知道女儿十八岁了，用不了两年就要嫁出去了，到时候再见她一面都很难，就像他的妈妈、妻子、侄媳妇，嫁进山里就没有出去过。

苏热说："小镜子给你，梳子给你嫂子吧。"

艾和音开心地接过来说："谢谢叔叔！"

佳林眼馋地看看短刀，又看看苏热，苏热知道佳林太想要了，他本来就喜欢这个孩子，受不了他渴望的眼神，也不能让他失望，就对佳林说："短刀送给你了，以后多打些皮子就行了。"阿库什看儿子那么喜欢，也赶紧说："以后爸爸不喝酒了，多打些猎物。"

佳林高兴地拿起短刀，跳起来，嘴里不停地说着："谢谢叔叔，谢谢叔叔！我一定好好打猎物。"又把大家逗乐了。布库和劳勒都疼爱这个弟弟，没人和他争。

该赵掌柜的挑东西了。鄂伦春族人特别实在，待人非常真诚，每天只同动物打交道，不会与人做交易，他们把所有的东西都拿出来交易。赵掌柜的把他的两个马爬犁装满熊皮、熊胆、熊掌、貂皮、狍子皮、野鸡、兔子等，装得满满当当才心满意足地停了手。就这样，大家都满意了，进了地窨子，他们边喝茶边聊天。乌娜堪炒了松子、榛子端上来，还冲了山里的蜂蜜水，拿出了都柿干。谷拉依尔讲山外的新鲜事，大家都爱听。

谷拉依尔说：“现在和以前不一样了，早就没有皇上了，没有谙达收鄂伦春族的税了，谙达太能欺负我们鄂伦春族了。现在也不叫奇克特卡伦了，叫瑷珲县奇克特佐治局，也叫奇克特县佐，还有七八个地方成立了村，陆续有人往这边搬呢。现在加上村子，这一片有六七百户，三千多人了。他们开垦土地种粮食，还种大烟、打猎、捕鱼、淘沙金、采木耳、打木头栟子，也和俄罗斯人贸易。还开了邮局，七八个小杂货铺，四家小旅店，两家赌场，三家鸦片馆，还有铁匠铺、木匠铺。”一气说了这么多，谷拉依尔端起桦皮碗咕嘟咕嘟喝了一碗蜂蜜水，擦擦嘴，“山里的蜂蜜真甜哪！我们这里还好，听说里边儿的北平城和好多大城市，都在打仗呢，打死不少人了。俄罗斯也在打仗，有的俄罗斯人都过江跑到我们这里来了，可热闹了。”他们很愿意听这些事，都觉得特别新鲜，谷拉依尔也很乐意讲，他知道苏热他们终年待在山林里，不与外界接触，但也想知道外面世界的变化，谷拉依尔是他们与外界联系的纽带。

苏热也给谷拉依尔和赵掌柜的讲了山里打猎惊险的事，他们俩也觉得又惊险又有趣。

苏热又问谷拉依尔上次他来的时候，托他给劳勒说亲的事，谷拉依尔正在一块石板上用小锤子敲打着榛子，听苏热问就连忙说：“哦，这件事你不提我都忘了告诉你，我已经给他相中了一个姑娘，是大兴安岭十八站乌力楞最漂亮的鄂伦春姑娘。女方听我介绍了你们家的情况和勤劳勇敢的劳勒小伙子，就觉得很满意，女方问你们什么时候能带着劳勒去相亲。”

苏热听了特别高兴，赶紧说：“谢谢兄弟，谢谢谷拉依尔兄弟！”全家听了都非常开心，别雅儿歪着头笑眯眯地看着哥哥说：“哟，那个人要有媳妇了！”大家都笑了。劳勒不好意思地出去了。苏热告诉谷拉依尔：“还得麻烦兄弟告诉女方，明年春天化了雪，我们就去十八站相亲，这样我们可以多打一些皮子带去。”谷拉依尔满口答应：“好，好！现在山下奇克特县佐有邮局了，我回去写封信，邮局会把信送到十八站，他们就知道了。”一家人都羡慕地看着谷拉依尔，觉得他是这一带最有见识、最了不起的鄂伦春族。

晚上，三个小伙子在院子里点上篝火烤起肉来，客人和主人一边吃一边喝酒，鄂伦春族待客非常热情，他们要让所有的客人喝醉才算喝好，最后大家就真的都醉倒了。

早上天刚亮，谷拉依尔和赵掌柜的吃了饭就要回去了。苏热把下次需要的东西都和赵掌柜的订好了，他们来到院子里，苏热拥抱着谷拉依尔和赵掌柜的，充满感激地说：“**骑快马的感觉不到路远，朋友多的感觉不到困难**。谢谢你们，两位朋友，一路辛苦，给我们送来粮食和子弹。”

两个人也回道：“不用客气，苏热大哥，我们是朋友，明年夏天还会再来的。”

两个人和苏热一家道别，苏热一边送一边说：“路上小心！”谷拉依尔举着猎枪说：“放心吧！”因为山林里随时都会遇见野兽发生危险，必须随身携带猎枪。两个人赶着马爬犁上路了。

布库带着弟弟妹妹把换来的物品放在架子上储藏起来，一家人的粮食、烟、酒、子弹一定要放好了。

苏热看着他们忙活，心想孩子们都长大了，他觉得不用自己插手了，又看着刚换回来的东西，感慨这几个月的辛苦没有白费，够一大家子生活到夏天了。他抓了一把子弹，拿起猎枪想上附近转一圈儿，看看能打到点儿什么，这几个月攒的皮子和肉都给换走了，再多打点儿吧。

劳勒见苏热骑着马要出去，就问:“爸爸，你要去哪儿呀？”这是他们的习惯，谁要是出去打猎就要告诉家人，长时间不回来，大家也可以找到。

苏热说:“我去北山附近看看，你们在家干活儿吧，东西一定要放好了。”

劳勒答应道:“知道了，爸爸，你小心点儿。”

布库也说:“苏热叔叔，小心一点儿，把库烈和突母哈带上。”

苏热带了两只猎狗走了，库烈和突母哈在前面跑着，他骑在马上，这匹马叫欧嫩，是北斗星的意思，是苏热最喜欢的马。它很通人性，像他的好朋友一样，和他相依相伴十年了，它能看懂他的眼神，听懂他的口令，习惯了苏热把枪架放在它身上，开枪它都不惊。库烈也是苏热最喜欢的狗，也是从小听着他的口令、看着他的眼神长大的。它和欧嫩陪着苏热打了无数的猎物，为这个家的生存立下了汗马功劳。

苏热向北面的山走去，这里的山离他们的乌力楞有十几里路，这座山峰不是很高，三百多米。他一边走一边想着昨天谷拉依尔讲的山外边的事，唉，真是世道变了，他一出生就和父母、祖父母生活在山林里，这里一直都很安静。他听爷爷讲：在七百多年前，这片小兴安岭山脉就有百户以上的女真族部落，他们在这里捕猎动物、种地。后来经战乱摧残又内迁中原，这里就出现了人烟稀少、土地荒芜的局面。虽然这些事是老祖宗一辈一辈口口相传的，但是他们偶尔也会在挖鹿窖的时候挖到铁犁铧、刻纹陶瓷罐、铜碗、铜镜什么的，所以相信这是真的。祖辈们传下来的说法：二百多年前，沙皇东侵，黑龙江北面的鄂伦春族人都被迫南迁了，有一部分人就到了奇克这一带山脉，成为奇克山的猎人。如今，奇克山下的城有了那么多人，变成了一座热闹的小城。苏热心想：我可不喜欢热闹，这大山里头自由自在，渴了喝甘甜的山泉水，饿了打各种野味吃，春天看树绿花开，秋天看叶落果熟。与清风为伍，与鸟儿为伴，坐在溪边看云，躺在树下数星星。我是山林的，山林是我的。想着想着，他忍不住笑了，抬头望着这林海雪原，养育他的家园，他知道，他只属于这里。

苏热在林子里走着，左闪右拐地躲过树杈和灌木丛，库烈和突母哈在前面也是躲着树杈走。雪地上有各种动物的脚印。苏热看见前面有狍子的脚印，他下马伸手去探探，发现脚印周边的雪已经硬壳了，凭着多年的经验，他知道这是好几天前的了，若是刚下过雪，脚印周围的雪是软的。

他牵着马继续在林子里走着，忽然衣袖被树枝刮了一下，他抬头一看，原来是一棵山丁子树，上面还挂着一些果子，小小的红红的果子在白雪里显得那么鲜艳、诱人。山丁子是山里人秋天最喜欢吃的野果。他摘下几粒吃了起来，酸酸甜甜的，刚摘下来时硬邦邦的，但是放到嘴里就变软了。昨天陪谷拉依尔和赵掌柜的多喝了酒，现在胃里还不舒服，没想到这些小果子正好缓解了不适。吃够了，他蹲下来捧起洁白无瑕的雪又吃了起来，冰冷的雪在嘴里瞬间化成水，凉凉的，酒后烧灼的胃感觉好多了。他在身边一棵倒下的树上坐下来，掏出荷包，卷了一根烟抽了起来，他深深地吸了一口，然后慢慢地吐出去，一团青烟随风翻滚，像仙女扭动着曼妙的腰肢，舞着长袖飘然而去。

苏热抽完烟站起来，惬意地伸个懒腰，他伸手摸摸这棵树，拍拍那棵树，看笔直的松树、挺拔的白桦、粗壮的柞树，他仰起头一直看到树尖，看向天空，天空中朵朵白云像开在树尖的花朵，茂密的树林让他踏实，他觉得他和这些树都是大山的孩子。牵着马往山坡上走，到半坡的时候就看见一片灌木丛，库烈和突母哈跑到跟前回头看向主人，苏热放开马，拎着枪，刚想要往前走，忽然听见两只猎狗狂叫起来，苏热马上就猜到灌木丛后面有个洞，里面有猎物。看见猎狗有些怯懦的样子，他知道这一定是一个大家伙，他赶紧往后退，这时候，一只大黑熊从洞里出来了，原来是一只蹲仓子的黑熊。猎人都知道，霜降过后，经过一秋的大吃大喝，肥胖的大黑熊大多会钻进树洞、山洞中冬眠，也就是蹲天仓子。小兴安岭冬季南坡比较暖，北坡有点阴冷，所以黑熊大多都在避风的南坡刨出洞穴，还用树枝、草、泥土把顶封上，这叫蹲地仓子。有的熊没有树洞或地穴，就靠在树上把身上堆满树叶来蹲仓子。这只被惊扰的大黑熊跑了出来，库烈和突母哈一边躲一边狂叫，这熊太大了。苏热赶紧向它开枪，却打在了它的肩上，没打中要害。苏热回身就跑，大黑熊转眼就撵上了他，苏热想再开枪已经来不及了，大黑熊一巴掌就把苏热拍倒在地，枪也掉在了地上。苏热赶紧闭上眼睛装死，大黑熊愤怒地用嘴对着他的肚子拱了一下，一下子就拱折了三根软肋骨，疼得苏热一抖，但他依然咬着牙紧闭双眼，大黑熊以为他死了，用藐视的目光看着他，“哼哼”了一会儿，转身晃晃悠悠走了。苏热拿起枪刚爬起来，可是没等开枪，熊听见动静又转身回来，苏热转身又跑，大黑熊愤怒极了，小黑眼睛瞪得圆圆的，嘴里“嗷呜，嗷呜”地叫着，抡起熊掌又是一巴掌，直接把苏热拍倒在地。这次苏热脸向下趴着，大黑熊朝他的屁股上抓了一把，狍皮裤子都被抓开了，屁股也被抓了三道口子。苏热忍着疼痛一动不敢动，大黑熊“呼哧呼哧”地喘着粗气，庞大的身躯颤动着，一些草末从厚厚的绒毛上掉了下来。等了一会儿，看苏热不动了，确信这次他真的死了，才转身哼哼着走了。这回苏热等熊走远了，才忍着疼痛站起来，拿起枪，大黑熊听见动静又转回身来，这次因为距离有点儿远，苏热已经准备好了，大黑熊被彻底激怒了，站立起来，举起双臂朝他奔过来，苏热对准它前胸那长有一块心形白毛的地方，稳稳地开了一枪。那地方是熊的心脏，大黑熊整个身体颤抖了一下，随着“叭”的一声清脆响亮的枪声，大黑熊发出了一声震天动地的哀号，摇晃着轰然倒下。狗狗们也停止了狂吠。大黑熊扭动着硕大的身躯，吭哧一会儿便不动了。

此刻，林子里变得非常安静，苏热喘着气靠在树上，刚才发生的一幕还在他眼前回放，枪声和大黑熊的惨叫声还在耳边回响。意外的遇见，意外的受伤，虽然他是个优秀的鄂伦春猎手，如此惊险，还是让他心惊胆战。看着倒在地上的大黑熊，他才知道自己刚刚和死神擦肩而过，生死只在一刹那。几十年来，他看惯了死亡，无数动物的生命在他眼前消失，在他和猎人们的枪声中消失，死亡是这林中四季都会上演的剧目，人才是林中最凶狠的动物。

库烈看着苏热，努力地想读懂主人眼睛里的信息，因为它没有从主人的眼里看到以往打死猎物时的骄傲，也没有看到主人劫后余生的喜悦。两只通人性的狗默默地看着，此时苏热才感觉到三根断了的肋骨和屁股上口子的疼痛，他抬起头，不知什么时候欧嫩也来到他身边，正眨着大眼睛看着他，苏热把枪背在身上，忍着痛骑上马背，他回头默默地看了大黑熊好久，像是哀悼，又像是致歉。他知道，山林里的猎人不可以触动心中那根柔软的心弦，与猎物的较量就是你死我活，这是自然界里生存的基本法则。

苏热对库烈和突母哈说："阿玛哈（鄂伦春语，熊大爷）它睡觉了，我们走吧。"鄂伦春族的图腾是就是熊，熊死了不能说死，要说熊睡觉了。

欧嫩驮着苏热往回走，一路颠簸，断了的肋骨扎心一样疼，屁股下面的口子就更别提了。苏热咬着牙到了家，进了院子，把马放开，苏热见到父亲就发出"咔咔咔"的声音，意思是说："阿玛哈，喜欢我，亲吻我啦。”

鄂伦春族对熊十分崇敬，不仅因为它凶猛可怕，更是因为远古流传下来的规矩：当猎人打到熊后，不能直接说打死熊了，而是发出“咔咔咔”的声音告诉家人，家人马上就会知道打死熊了。苏热发出的声音让父亲明白他打到熊了。孩子们看见苏热回来了，都跑过来，他们发现苏热受了伤，都被吓坏了。苏热知道他是这个乌力楞的顶梁柱，不想让家里人担心，再说危险已经过去了，他就轻描淡写地讲了整个过程。但是，乌热松看到了苏热的伤势，多年的经验告诉他，这是一只健壮凶狠的大黑熊，他为儿子感到后怕，默默地看着苏热，苏热和父亲对视了一下，父子连心，都明白彼此的心情。苏热对父亲报以歉意的微笑，因为他让父亲担心了，他也从父亲的眼里看出了心疼和责备。是啊，这次太大意了，可能昨天的酒喝多了，还没有彻底清醒，自己是老猎手了，应该想到灌木丛后面可能有山洞，里面可能有熊在蹲仓子。

阿库什也来了，心疼地说：“苏热兄弟，你咋不小心点呢？”

苏热对他笑笑：“没事的，阿库什大哥。”

乌娜堪端来一盆热水，然后帮他把狍皮裤子脱了，又帮他把血擦了。父亲拿来鹿蹄草药粉给他止了血，三条口子又深又长。安布伦奶奶一直在旁边心疼地看着儿子，什么也没说，她知道鄂伦春男人进入山林就是把脑袋提在腰带上，只有每次回来站在她面前，他们才是安全的。

苏热告诉布库：“大黑熊在北山的坡上，你带劳勒、佳林去把熊拉回来，一定要小心点。”布库他们答应着，赶紧套上马爬犁走了。

可能是血流得多，苏热有点冷，父亲在火塘里又添了些柴火。乌娜堪给丈夫冲了一碗蜂蜜水，苏热喝完了趴在狍皮垫子上睡着了，经过这一顿折腾，他真的有点儿累了。乌娜堪坐在他旁边看着他，默默地流下了眼泪。这个鄂伦春女人温柔贤惠，对于情感她不会表达。当初和苏热相亲的时候，她就认定这会是一个好男人，会是一个好丈夫，在四目相对的那一刻，她就把自己的心，把一生的幸福都交给了他。二十多年，她和苏热相亲相爱，她知道苏热爱吃狍子头，每次烀好了，她都留给苏热吃；苏热知道她喜欢花，每年春天在达子香开放的时候，他都会采来一把送给她。她没有埋怨丈夫，只是把苏热的手轻轻地握在手里，在新婚之夜，他们俩就这样握着手发誓，永远都不分开。有一种夫妻，他们一生都不说情，不说爱，但情就在那里，爱就在那里。她知道山林里处处都是危险，凶狠的动物，可恶的疾病，夺走了很多人的生命，她唯一能做的就是祈求天神恩都力，山神白那恰，保佑她的丈夫，保佑她的全家人永远平安。

布库和两个弟弟来到了苏热说的南坡，远远就看见了倒在白雪地上像一座小山的黑熊。来到大黑熊跟前，只见它仰面躺在地上，眼睛直直地望向天空，望向它灵魂的归处。胸前的心形白毛被鲜血染成了红色，在阳光下，鲜红鲜红的，仿佛这颗红心仍然在跳动，仿佛这个生命还未离开。身边的雪被喷射出的血染成了一片红色，大黑熊张着嘴，仿佛呼喊着对生命的渴望，呼喊着心中的不甘，胸口的血还在顺着毛往下流，像一滴一滴红色的泪。天空那么纯净，没有一丝云，金灿灿的阳光照在它身上，它却再也无法感受温暖，寒风袭来，它却再也感受不到寒冷。也许，它的灵魂飞向了那个遥远的世界，那里不再有杀戮。它是这山林中的王者，一颗弹丸让它知道了生命的脆弱，在弱小的猎人面前，它是力量的赢家，它可能从来都没有怀疑过自己不是胜利者，可它终是输了，它不会明白，自己输给人类的不是力量，而是智慧；它更不明白，智慧又是什么东西。

布库、劳勒、佳林三个人你看看我，我看看你，然后一起向熊跪了下去。布库说："雅亚（鄂伦春语，祖父）睡觉了。"三个小伙子磕了头，然后把熊挪到马爬犁上，又把地上的血用雪盖住，赶着马爬犁拉着大黑熊回去了。

布库他们到了家，把大黑熊卸下来，开始扒熊皮，不然熊冻硬了就不好扒了。他们先把熊带毛的皮全扒下来了，然后又把熊的第二层皮，一层厚厚的肥油扒下来，才看见了红色的熊肉。按规矩，熊的上半身男人吃，下半身女人吃。女人是不可以吃上半身的肉，否则会被熊吃掉，而且女人不可以坐熊皮，否则会一生不育，孕妇会流产。狗也不可以吃熊骨头，否则会变得和熊一样凶狠。熊皮、熊胆、熊掌、熊肉、熊骨头都被分解完了，乌热松爷爷带着全家人，男人一伙儿，女人一伙儿，冲着熊骨头跪着：祈求原谅，祈求平安。

乌热松爷爷又带着布库、劳勒、佳林去屋后的山神树前，把熊骨头敬献给山神。

晚上，烀了熊肉，一家人香香地吃了一顿。鄂伦春族打到熊，不管乌力楞有多少人，大家都要一起吃。

第二天早上，他们为熊举行了安葬仪式。乌热松爷爷一手拿着熊的脑袋骨，另一手拿着叉子，叉上桦树皮，点燃后熏熊脑袋骨，请求阿玛哈保佑他们的生活平安幸福，然后大家唱起了“古落衣仁”（鄂伦春族葬熊歌）：

古落，古落，
阿玛哈，恩聂嘿，古落，
你就要启程了，古落，
到你向往的阴间去了，古落，
快吃完你喜欢的蚂蚁，古落，
快收拾好你的桦树林，古落，
你不要降祸于我们，古落，
你是善良的阿玛哈，古落，
你是好心的恩聂嘿，古落，
你要多赐给我们猎物，古落，
保佑我们幸福生活，古落，
你是我们民族的祖先，古落，
应保佑儿孙们幸福，古落，
请接受我们的厚礼，古落，
带给死去的祖先，古落。
我们尊敬你，就是尊敬我们的祖先，古落，

我们祭奠你，就是祭奠我们的祖先，古落，
给你举行这样的大典，古落，
也是我们给祖先的一份厚礼，古落，
只要给我们吉祥如意，古落，
只要你保佑我们安全，古落，
只要你保佑我们丰收，古落，
只要你保佑我们幸福，古落，
你就定能成仙哪，古落。

在神秘肃穆的氛围里，山中回响着委婉哀怨的歌声，充满了对熊的无限恐惧和虔诚，以及哀求、请罪、赞颂，向熊祈福禳灾。熊是鄂伦春族的图腾，他们既崇拜熊，又狩猎熊，他们既希望熊能永生，又希望熊不要恨他们，所以对待熊像对待死去的亲人一样。这是一种矛盾的习俗，一种独特的民族文化。

唱完葬熊歌，大家用柳条加草把熊头和骨头包好，用绳子缠好，一起来到林子里，找了一棵大树杈上挂了起来。他们相信这样熊就可以升天了，就不会怪罪他们了。

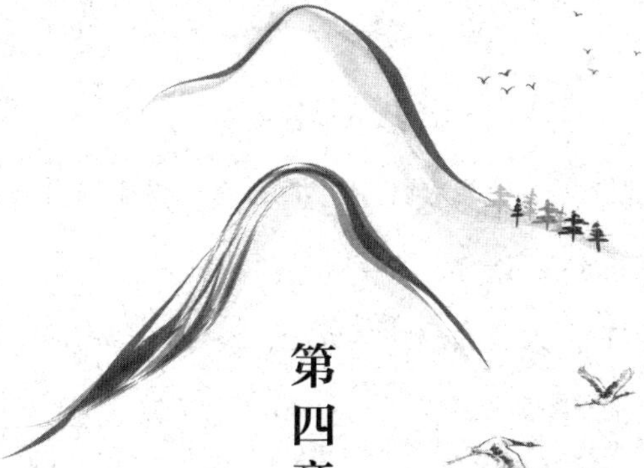

第四章

小兴安岭的冬季是寂寞的，在漫长的日子里，最常光顾的便是洋洋洒洒的雪。下雪的时候，野兽不出来，鸟儿也缩在枝头，林子里安安静静的，树木都掉光了叶子，林子显得黑黢黢的，只有地窨子不断冒着的青烟，证明这里还有人间烟火。

苏热现在只能躺在铺上养伤，父亲和母亲怕他无聊，把三个孩子带过来陪他聊天，乌娜堪跟艾和音则换着样给他做好吃的。

佳林年纪小，活泼好动，精神头十足，单调的山林生活让他觉得无聊，觉得白雪覆盖的山林毫无生气。所谓熟悉无景色，面对洁白无垠的世界，他早没了雪花飘落最初的感动。他在屋里待不住，就在院子里用雪堆了一个大熊，然后拿着棍子对着大熊抽打。

别雅儿出来问他："佳林，你在干啥呢？熊肉吃多了把你撑的吧？"

“别雅儿姐姐，大黑熊太坏了，把苏热叔叔都弄伤了，我心里很难过，我要狠狠地揍它一顿。”佳林气愤地说。

“你可拉倒吧，大黑熊早就升天啦，没准这会儿正在天上吃蜂蜜呢！”别雅儿撇撇嘴。

“真的吗？你咋知道的？”

“奶奶说的，熊死了就会升天，天上啥都有。”

佳林似信非信地看了她半天，然后问：“那我妈妈也会在天上吃蜂蜜吗？”

别雅儿瞪了他一眼：“你妈妈又不是恩聂嘿。”

佳林嘟着嘴不吱声了，他围着大雪熊转了两圈，然后说：“我想给叔叔打飞龙煮汤吃。”

“嗯，算你小子有良心，你快去吧，总比闲着强。”

佳林进屋拿了猎枪和子弹就出发了。

别雅儿说：“你去哪边儿打？可别走远了。”

“我就去南坡转转，一会儿就回来。”说完奔林子去了。

林子里没有路，都是厚厚的雪，踩上去松松软软，发出沙沙的响声。他在林间走着，左瞧瞧，右看看，在地窨子里憋了两天，实在难受，他深吸一口凉凉的空气，边走边玩。把枪扔在地上，一会儿仰面往下一倒，伸着胳膊在雪地上印下一个雪印子，接着又打起滚来，一会儿又捧起雪大口大口吃起来。他的突然出现，惊得鸟儿们“扑棱棱”成群飞走了。一只山鹰站在枝头，睁着犀利的鹰眼看着他，佳林生气地喊道：“看啥看，就你厉害，你不怕我，是不是？它们都飞了，就你咋不飞呢？”他捡起一截木棍扔了过去，山鹰“嗷”的一声展翅飞走了。佳林笑了，在林子里和小动物玩是最让他快乐的事。他继续往前走，几只乌鸦在枝头“哇哇”叫着，佳林又捡起一截木棍朝它撇过去，骂道：“讨厌的家伙，赶紧滚开！”乌鸦也叫着飞走了。一只小松鼠在地上蹲着，正在雪里刨着食物，估计是它秋天藏的榛子或松子。佳林最喜欢小松鼠，毛茸茸的，特别可爱。他高兴地捉起小松鼠，小松鼠蹿上树，转过身子，头冲下看着他，他过去抓它，它又蹿到树枝上，还向他瞪着眼睛，好像有意气他。佳林毕竟还是个孩子，玩心特别大，和小松鼠玩了起来。突然，一只野猪蹿了出来，奔着佳林就撞了过来，佳林一下子就愣住了，想捡地上的枪已经来不及了，他一转身躲到松树后面，野猪也转过身来。这是只母猪，长长的嘴巴，一对冒着凶光的小眼睛，恶狠狠的样子。佳林突然想起自己忘带猎狗来了，猎狗是猎人的好帮手，本想就在跟前转转，打两只飞龙，哪想到会碰到野猪。此时佳林知道害怕了。他又躲过野猪的长嘴巴，就这样围着树转了三圈。野猪没有咬到佳林，气急败坏地哼哼着，喘着粗气。佳林不敢大意，他虚晃一下，野猪刚转过来，他一下子就蹿到旁边一棵大柞树下飞快地爬了上去，从小练就的保命本领此刻派上用场了。野猪抬头看着他，“哼哼”叫着，围着树转圈，转了几圈，停下来把嘴往雪里拱。佳林手里没有枪，也没有棍子，这么冷的天也不能这样一直待在树上啊。他急切地想：怎么办？我总得下去啊，一定要制服它。他想起苏热叔叔告诉他，猎人要胆大心细，他渐渐把心稳定下来。野猪低头拱着雪，佳林看准时机，一下子从树上蹦下来，骑到野猪身上。佳林还算幸运，这只野猪不算大，不到二百斤。野猪还没有反应过来，佳林就用两只胳膊死死地抱住了野猪的脖子，双脚使劲儿踩着地，这是野猪万万没有料到的。野猪想把佳林甩掉，用力地扭动身子，佳林就像粘到它身上一样。它扭着头想咬佳林却咬不着，气得它“嗷嗷”大叫。佳林使劲儿地勒着它的脖子，两脚蹬着地，野猪蹦着扭着就是甩不掉佳林，不一会儿它就没力气了。佳林死死地勒着野猪，野猪渐渐不折腾了，发出“哼哼”声。佳林丝毫不敢放松，就这样一直勒着。

布库从屋里出来喂马喂狗，劳勒也来帮忙。过了一会儿，别雅儿喊他们吃饭。进了屋，布库问:“佳林呢？”

别雅儿答道:“他说去给爸爸打飞龙了。”

“去哪儿打了，走多长时间了，咋还没回来呢？”布库问。

“他说就在附近转转，有一会儿了。”

布库埋怨妹妹:“你怎么不告诉我呢？他一条狗都没带着！若带着猎狗，它们会帮忙的。有危险了怎么办？”布库知道冬天雪厚，动物们到处找食物，林子里到处都是危险，连叔叔这样的老猎手都受了伤，别说佳林一个孩子了。他忽然慌起来，拿起帽子对劳勒说:“我们去找找他。”

劳勒赶紧答应，然后去拿帽子和猎枪，带着猎狗就出去了。因为刚下过雪，佳林的脚印特别清晰，他俩顺着脚印找下去，走了三里路左右，就看见松树下面佳林正骑着野猪，库烈和几只狗先跑到跟前，布库和劳勒惊叫着:“佳林，佳林！”等他俩跑到跟前，就被眼前的一幕惊呆了，佳林抬头一看是他俩就哭喊道：“哥哥！哥哥！”布库连忙拿绳子想套住野猪的脖子，低头一看，野猪的舌头都伸出来了，眼睛也紧闭着——已经死了。他对佳林说：“快下来吧，野猪都死了。”伸手去扶他，劳勒也过来帮忙，可是佳林的胳膊由于长时间用力都僵硬了，再加上寒冷，已经打不开了。

佳林急了：“这是咋了？这是咋了？”因为他从来没有遇到过这种情况。劳勒也跟着说：“是啊，你这是咋的了？”

布库知道这是他长时间紧张造成的，连忙安慰道：“没事，佳林，哥来了。”然后和劳勒慢慢地揉搓佳林的胳膊，一会儿就把胳膊打开了，把他从野猪身上抱下来，佳林的胳膊和腿都木了，一屁股坐在地上。布库心疼地搂着他，劳勒给他揉腿。过了一会儿，佳林缓过来了。他们把绳子拴在野猪脖子上，用马拽回了家。

苏热对佳林说：“孩子，猎人的猎枪是不能离手的，记住了吗？”

安布伦奶奶心疼地焐着佳林的手，乌力楞一共才十几口人，每一个孩子都是她的宝贝，她看着佳林冻得红红的脸，问道：“孩子，害怕了吧？”满眼都是心疼和慈爱。

佳林摇了摇头，他怕奶奶担心，他看着奶奶慈祥的面容，又诚实地点点头。

别雅儿过来夸奖道：“佳林，你好厉害呀，都能把野猪勒死。”

“这只野猪有点儿小，都不到二百斤。”佳林不好意思地说。

“你还好意思说呢，都怪你，为什么不让他带着狗？”劳勒生气地责备妹妹。

别雅儿噘着嘴，不高兴地回道："怎么能怪我呢？是他自己说的，就在跟前转转。"说罢使劲地瞪了哥哥一眼。

乌热松爷爷磕了磕烟袋锅说："只有练出好胆量，才能成为好猎手。"

乌娜堪过来说："好了，好了，佳林没事就好，他是想给叔叔打飞龙吃，佳林是个好孩子，我们快吃饭吧。"

黑龙江的冬天，一到腊月，天就越来越冷了，经常在零下三四十度，可谓滴水成冰。好在乌力楞的地窨子都是建在山沟的阳面，这样可以减少北风的侵袭。天越来越冷了，这些天，布库带着两个弟弟天天去拾干柴，确保三个地窨子白天黑夜都不断火，就连马和狗都要给热乎乎的水喝，而且还要在院子里点火堆给它们取暖。三个小伙子捡回来一爬犁一爬犁的干柴堆在院子里，女人们负责烧火做饭，照顾老人和孩子。乌娜堪和艾和音、别雅儿她们知道在外面捡柴火很冷，即使有狍皮袍子和狍皮靴子也难挡这样的严寒，每天给他们做油饼、油面片儿和烀肉吃。在不下雪的时候，男人们就去打猎，打回各种动物，他们必须要有充足的食物才能熬过寒冷的冬天。

鄂伦春族是我国唯一一个单纯以狩猎为生的民族。鄂伦春语属阿尔泰语系-满-通古斯语族-通古斯语支，没有文字。元朝时被称为"林中百姓和北山野人"，明朝时被称为"使鹿部"，清朝时被称为"林中人"。十七世纪中叶以前，鄂伦春族分布在贝加尔湖以东，黑龙江以北，以精奇里江为中心的广大地区。后编入布特哈八旗"充官兵者"，被称作"摩凌阿鄂伦春"（骑马的鄂伦春）和"雅发罕鄂伦春”（步行的鄂伦春）。十七世纪中叶，沙俄侵犯黑龙江流域上游北岸的雅克萨城，烧杀抢掠当地居民，在清军收复雅克萨城的战役中，有五百多名鄂伦春族士兵参战，对雅克萨之战的胜利做出了贡献。一九〇〇年，沙俄又入侵，将我江东六十四屯人民赶至江边射杀，五百名鄂伦春族马队官兵痛击了侵略者。自古以来，鄂伦春族就是一个勇敢的民族。

进入腊月，男人忙着，女人也没有闲着，为了让一家人过年都穿上新衣服，安布伦奶奶带着儿媳乌娜堪、孙媳妇儿艾和音、孙女别雅儿一起裁剪缝制。乌热松爷爷哄尔格艳睡觉，拽着悠车绳哼着歌，尔格艳躺在悠车里冲爷爷笑了。乌热松爷爷说：“小宝贝，快睡觉呀！”这悠车是鄂伦春族在长期的山林生活中发明出来的，鄂伦春语叫“嗯么克”。为了保护孩子的安全，不受到动物的伤害，就发明了这种悠车。做一个两头圆、中间是用两块木板搭成的底板，头和尾的部分向上翘，周围用一拃多高的薄木板围起来，缝制到一起，在接近四个角的边上钻四个孔，拴上鹿皮绳子挂起来。夏天挂在树杈上，上面蒙上布，蚊虫就无法叮咬到孩子。这样一来，孩子既凉快又安全，母亲在附近干活也很放心，旁边拴一根绳子，哄孩子睡觉的时候，只要拽动这根绳子，悠车就动起来，前后摇着，孩子一会儿就睡着了。冬天把悠车吊在地窨子的棚上，如果转场就会把孩子放在悠车里，绑在后背上，骑马很方便。乌热松爷爷唱着唱着，闭上眼睛睡着了。艾和音回头一看，笑了：“奶奶，你快看，尔格艳还在笑呢，爷爷却睡着了。”她们几个看到这一幕都偷偷地笑了。奶奶说：“爷爷马上就七十岁了，这样的年龄，在森林里，在鄂伦春族中，也是难得的长寿了。”

艾和音说：“奶奶，我们先给你和爷爷做件狍皮袍子吧。”

安布伦奶奶摇摇头，说：“不用了，我们俩都老了，穿不了几年了，去年做的袍子还挺新的，给你们年轻人做吧。”

艾和音又说：“那给叔叔婶婶做吧。”

乌娜堪笑笑：“我就不用了，给你叔叔做一件吧，他身上那件袍子的毛都磨没了，在外面会冷的；再给佳林做一件袍子吧，他长得快，身上那件都小了；也给你阿库什大爷做一件吧。然后再做几双其哈密（鄂伦春语，靴子）。”

艾和音点头答应着：“好的，也给别雅儿妹妹做一件吧。”

别雅儿高兴地搂着她说：“谢谢嫂子！”

艾和音歪着头看了她一眼说：“哎呀，我们得把妹妹打扮得漂漂亮亮的，好找一位俊女婿嫁出去呀！”

别雅儿生气地瞪着眼睛，使劲儿地胳肢艾和音，说：“哼！好坏的嫂子，这么早就把我想嫁出去呀！”

艾和音笑着躲着，安布伦奶奶和乌娜堪看着她俩，也跟着笑了。

乌娜堪把狍子皮拿出来，这是春天的时候熟好的。夏天打的狍子，皮毛短，有三厘米长；冬天打的狍子，毛长七八厘米，又长又密，冬天穿在身上特别暖和。乌娜堪把皮子抻平了，和安布伦奶奶商量一下尺寸，就用剪子裁出一件袍子，然后几个女人开始缝制。这是一种带大襟儿的袍子，在衣襟、袖口处镶有薄皮贴边，贴边可以减少衣襟的磨损，还有装饰的作用。皮衣的领子口是用皮条包边的一个领口窝，领子是活的，又在领子上缝了貂皮，是立式的毛领，既舒适又暖和。她们给苏热做的是“苏恩”，鄂伦春语叫“袍皮大哈”，是平时生活中穿的长到膝盖下的皮袍子，腰间系一根鹿皮做的带子。她们用了一整天才做好。然后又给阿库什也做了一件，又给佳林做了到大腿上边的短式袍子，这样的袍子是骑马打猎时穿的。接着又给三个小伙子做了皮裤，鄂伦春语叫“囊色额刻”，和山下人的棉裤一样。她们在皮裤腿下开一个口子，两侧有皮带子，穿的时候把裤脚用皮带子系上，外面套上单皮裤，又结实又暖和。她们又给爱玛罕和依曼做了帽子，是狍子皮和兔皮拼在一起的，既暖和又好看。然后又开始给佳林做其哈密，佳林长得快，去年的靴子都小了。用狍子腿或犴腿上的皮做靴子腰，有长腰的，有短腰的，长的大概有五十厘米，用犴皮或鹿皮、熊皮做底，鞋头是圆的，抽上褶弯回来在脚面上方，在脚脖位置穿一根皮绳，把皮绳系紧，这样雪就不会进到鞋里。这样的靴子特别结实耐磨，既轻便又暖和。又做了几双狍皮考胡落（鄂伦春语，手套），大拇指同四指分开，在手脖处开一个口，平时手在里面，射击的时候从开口处把手直接伸出来，打猎时戴非常方便，而且手套很长快到臂弯处了，一点儿都不冻手脖子。她们还在手套上绣了花纹，特别漂亮。几个女人忙活了二十多天才全部做好。

歇了两天，乌娜堪说：“艾和音，你也做一件吧。”艾和音笑着说：“谢谢婶婶，不用了，我的袍子还挺好呢，我明年再做。”

乌娜堪看着懂事的侄媳妇儿笑了，她知道艾和音舍不得皮子，这些天做衣服、靴子用了不少皮子。她们开始给别雅儿做袍子，别雅儿的袍子更漂亮，是长袍子，鄂伦春语叫作“阿西苏恩”，与男士袍子差不多，也是带大襟儿的，长及脚面，不仅在襟边袖口镶了美丽的云字边儿，还在前襟、衣袖、双肩都绣了花纹，花纹都是别雅儿自己绣的。妈妈早就教会她，并告诉她女人要学会以后嫁到婆家必须掌握的本领。

日子过得真快，转眼就要过年了。早上起来，安布伦奶奶从绳子上拔下一根小木棍，说:“还剩下两根了。”

乌娜堪说:“妈妈，我们今天就做敬神的食物吧。”

安布伦奶奶说:“好啊。”她很高兴，现在儿媳妇、孙子媳妇都能把这些事情做好，不用她动手了。艾和音、别雅儿和乌娜堪烀了狍子肉、熊肉、野猪肉，烤了野鸡、兔子，然后做了油饼、烧面圈。鄂伦春族不像山下人会做那么多食物。她们把面粉揉成面团，再分成一个个小面团，把小面团从中间抠个洞，慢慢地搓成面圈儿，放到柴灰里，一会儿面圈就烧好了。

苏热休养了近一个月，身体完全好了，他和孩子们把院子里的雪都清扫干净了，在院子里摆好了柴火，除夕晚上点篝火用。

除夕早上，安布伦奶奶拔下最后一根小木棍，全家都开心极了。苏热和阿库什还有三个小伙子、别雅儿，他们都穿上了新衣服，布库、劳勒、佳林都显得那么精神，像三棵挺拔的白桦树。别雅儿就更漂亮了，像林子里快活的梅花鹿。

天一黑下来，劳勒就点燃篝火，象征着日子和篝火一样红红火火，还要驱除一切蚊蝇病魔。安布伦奶奶点上平日里舍不得用的蜡烛，平时他们点松明子，松明子烟太大再加火塘里的火，虽然有天窗，还是有些呛人的。蜡烛的光照得屋子里亮亮的，全家人准备吃年夜饭了。饭前，乌热松爷爷恭恭敬敬地在“玛路”上请出神龛，为神烧香上供，摆上食物。乌热松爷爷领着全家人向神龛上的各位神灵磕头，祈求神灵保佑全家丰衣足食、幸福平安。然后，乌热松爷爷又带着男人到院子前面的路口，给已故的先人烧纸、磕头，祈求先人保佑。全家人再跪在篝火旁祭拜火神，向火中投一些酒、肉，请火神吃肉喝酒，他们相信火神能听懂家人的话，所以这时候不能说火神的坏话，不可以用刀或铁器拨弄篝火，这样是对火神的不敬。全家人围着篝火唱歌、跳舞，这一切都结束了，他们才回到屋里。

艾和音和别雅儿早就把榛子、松子都炒熟了，冲好了蜂蜜水，端上来肉干、山丁子干、都柿干，油炸面圈和煮好的肉。苏热和阿库什带着其他人一起给乌热松爷爷和安布伦奶奶磕头拜年，敬酒。乌热松爷爷接过桦皮碗，用中指蘸酒，向天、地、中各弹一次，表示敬天、敬地、敬祖先。乌热松爷爷对大家说：“孩子们，祝你们一年平安，多打猎物！”

安布伦奶奶高兴地看着孩子们说：“这是年夜饭，咱们所有的人都必须吃饱，这样明年一年咱们都不会挨饿。”于是大人孩子们都吃得饱饱的，小伙子们放开了酒量，互相比拼，大家又唱歌又跳舞，尽情地欢乐，把一年的辛苦都忘却了。除了艾和音跟孩子们，他们都喝醉了。

半夜时分，苏热、布库和佳林捧着桦皮盆子，嘴里“么么”地叫着马，围着马儿绕圈，祈求马儿一年平安，繁殖兴旺。

初一早上，乌热松爷爷来看昨晚篝火的灰烬，他看见有朝北的小孩脚印，这预示着今年要添人进口，他笑了；他又看见朝北的马蹄印，这预示着今年马匹繁殖兴旺；可是，乌热松爷爷又看见了朝南的大人脚印，他心里一抖，这预示着今年将有老人去世，这是不祥的预兆。乌热松爷爷没有吱声，带着全家面向东方跪拜太阳神滴拉恰布堪，朝南方跪拜天神恩都力、山神白那恰，感谢诸神给他们带来光明与温暖，祈求神明保佑新的一年能够多打猎物。敬拜完毕，大家都回屋开开心心地吃了新年第一顿早饭。

过年了，最开心的还是佳林和别雅儿，他俩拉着布库和劳勒出去玩游戏。按照鄂伦春族的习俗，初一是要给乌力楞各家拜年的，初二才是大家玩游戏的日子。可是这个乌力楞就他们一家，就不用拜年了，初一没事，孩子们就玩起了游戏。

先开始拽棍比赛，鄂伦春语叫“潭滴任”。先是佳林和劳勒比，二人坐在地上，双手握紧一尺半长的棍子，劳勒的双脚蹬住佳林的双脚。

别雅儿问：“准备好了吗？”两个人点点头。别雅儿喊了一声：“开始！”两个人都用力地往自己的方向拽。佳林虽然小，但也是铆足了劲，拼命地拽，俊俏的脸憋得通红。劳勒本来就比佳林大，又比佳林壮实好多，他笑眯眯的，一副轻敌的架势，这可把佳林气坏了，用尽了全身力气，还是没挺住，屁股还是离开了地面，劳勒毫无悬念地赢了。

别雅儿毫不客气地宣布：“佳林输了！”大家哈哈笑了，佳林站起来拍拍身上的雪，气急败坏地说道：“哼！你别太臭美了，我让布库哥哥赢你！”

轮到布库和劳勒比赛，这可有看点了，全家人都围了过来。两个人坐在雪地上准备好了。艾和音抱着毛皮襁褓中的尔格艳，尔格艳只露出一双小眼睛，好奇地看着眼前的一切。

艾和音对着布库说：“依曼爸爸加油！”爱玛罕和依曼一看妈妈这么说，也跟着拍手喊道：“爸爸加油！爸爸加油！”大伙儿看着这一家子五口都忍不住笑了。布库身材比劳勒高，但劳勒比布库壮，两个人可以说势均力敌。两人已是箭在弦上，蓄势待发，别雅儿猛地喊了一声：“开始！”两个人都不敢轻敌大意，都用上了全身力气，大伙儿一起喊着：“加油！加油！”这是一场力量的比拼，也是智慧的较量，两人看着对方的眼睛，谁也不服谁，拽了好一会儿，谁也拽不动谁。布库低下头看棍子，劳勒以为棍子怎么了，他也低头看棍子，就在这一刹那，布库微微一笑，一使劲儿，劳勒屁股就离地了。佳林快乐地大喊：“劳勒输了！”大伙儿也都跟着叫起来：“劳勒输了！”布库得意地站起来，拍着身上的雪。劳勒气坏了，噘着嘴，气鼓鼓说：“是布库哥哥玩赖！”再看布库一家子高兴的样子，劳勒气坏了，坐在地上不起来了。布库拉着他的手笑着说：“还是你力气最大，行了吧。”

佳林看布库哥哥给他报仇了，开心地蹦着跳着，嘴里不停地喊着："劳勒输了，劳勒输了！"

此时的劳勒气正没处撒呢，抓起地上的雪，在手里团了两下，一边喊着一边朝佳林打去："我让你笑！""叭！"一个大雪团在佳林身上开了花。佳林哪肯示弱，也抓起雪打在劳勒的脸上，拔腿就跑，劳勒抹了一把脸，又抓起雪打佳林，他们在院子里撵着打，别雅儿和爱玛罕、依曼也加入了队伍。孩子们打起雪仗来，雪花翻飞，几个人都成雪人了。大人和孩子的笑声在山谷里回荡着，山林里的游猎民族以最简单的方式诠释快乐的意义。

初五这天包饺子，先和好面，擀成面饼，再把肉剁碎了，放油，放盐，把肉馅包到面饼里，然后放到火里烧，大大的饺子就熟了，全是肉，特别香。鄂伦春族认为初五这一天是鬼日，不吉利，不利于出外活动，于是全家人闭门不出，安安静静的，早早睡觉了。

到了正月十六这天，按照习俗，互相往脸上抹锅底黑，他们认为这样可以驱邪，确保一家人一年平安，但是子女不能给父母抹，大伯哥不能给弟媳妇抹。如果要给长辈抹，得先磕头。结果，大家都被抹了黑脸，互相看着都哈哈地笑了。

正月就快过去的时候，苏热对乌娜堪说："今天煮一块狍子的哈拉巴（鄂伦春语，肩胛骨），我要看一看今年打猎能不能丰收？"

乌娜堪答应道："好的，劳勒爸爸。"然后就去挑选了一块狍子的哈拉巴煮上了，熟了以后大家把肉吃干净了。苏热拿着吃得干干净净的骨头放在火上烤了一会儿，对着阳光看，大家都围在身边不敢出声，静静等待苏热看出来的结果。苏热拿着哈拉巴翻过来掉过去仔细地看，最后说："山神白那恰保佑我们了，我们今年能打到野猪、狍子和熊，还有飞禽。"全家人都非常高兴，佳林和别雅儿好奇地凑上去看，佳林说："叔叔，你怎么看见的呢？"于是苏热就指着哈拉巴上的阴影问："你看这个形状像啥？"

佳林想想说："像熊的头。"

苏热点点头，又指着另一块阴影问："你看这个像啥？"

别雅儿抢先答道："像野猪的头。"

苏热又点点头，又指着一块阴影问："这个像啥？"

佳林挠了挠头说："像狍子的头。"

别雅儿指着另一块阴影肯定地说："这个像野鸡。"

苏热笑了："孩子们，你们都说对了，我们今年能丰收了！"大家都很高兴。这是鄂伦春占卜的一种方式，叫骨卜。他们相信骨卜能预示一年的狩猎收成。这是一种民族神明文化，是本民族人对天地神灵的依赖和敬畏，也是他们精神和情感层面的寄托。

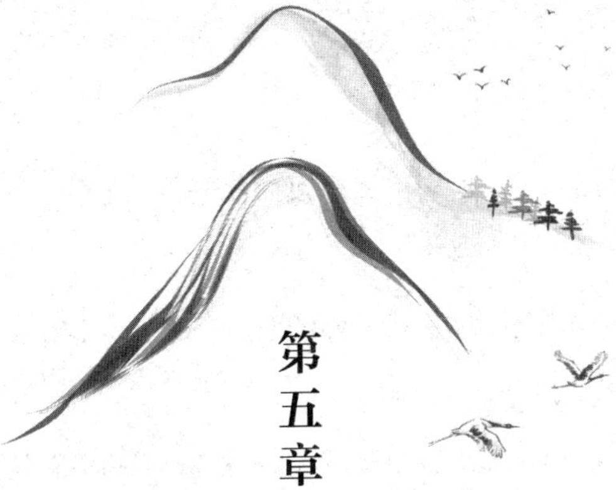

第五章

今年的骨卜结果，让苏热心情大好，他相信这是山神的旨意。年也过去了，这几天他一直在想去哪儿打獐子，他觉得应该把自己的想法和父亲乌热松说一下。他给父亲点了一袋烟，然后问：“爸爸，我想这几天去打獐子。”獐子就是麝獐，有麝香。

父亲问：“你想去哪里打？”苏热知道，獐子喜欢在针阔叶混合林，灌木丛厚密地带的悬崖峭壁和岩石环境栖息，喜食苔藓、雅格达（鄂伦春语，蔓越莓），它们也会随着季节迁徙。他对父亲说：“我想去大寿山看看，獐子每年冬天都喜欢待在那里。以前，咱们不也常去那里打吗？”

父亲点点头道：“虽然过完正月了，可是咱们这山里气温低，你看这厚厚的雪还没有一点儿要化的意思，大寿山有岩石可以避风雪，那里还有松树、桦树、柞树，獐子可以找些落叶吃的。”

布库抱着尔格艳过来说：“叔叔你说得对，我们到那里去打吧，肯定能打到。”苏热也点点头，伸手抱过尔格艳：“小宝贝儿，爷爷去给你打肉吃。”

劳勒、佳林和别雅儿正带着爱玛罕和依曼在院子里踢球，这是一种用犴皮缝制外皮，里面塞上动物毛的球，是鄂伦春孩子们冬天的玩具。他们刚一进来，就听说要去打獐子，可开心了，佳林兴奋地拍着球上的雪，问苏热：“叔叔，今年可以带我去了吧？”

苏热看着满头是汗的佳林笑着说：“可以呀，我们佳林长大了，是一个好猎手了。”

佳林高兴地跳了起来：“太好了！”他扔下手里的球，抱起依曼转了一圈儿。

别雅儿在一旁赶忙说道：“看把你高兴的，别摔着孩子。”佳林笑着向别雅儿做了个鬼脸，把大家都逗乐了，他们整天待在林子里，全靠几个孩子逗乐呢。

乌娜堪跟艾和音都知道，大寿山离他们乌力楞很远，差不多有百十里路，去一次得几天才能回来。冬天太冷了，虽然一路能打到猎物吃，但也得吃些面食。从听到苏热和乌热松爷爷说要去打獐子，她们就开始准备食物，烧了好些面圈，烙了一些油面饼，在外面用火烤一下就可以吃了。因为男人们常年在外面打猎，吃饭不应时，冷一口热一口，生一口熟一口的，而且总吃肉食又特别爱喝酒，所以大多胃都不好。

晚上，佳林兴奋得不得了，久久无法入睡，可刚睡着就做了梦，梦见一群獐子在他眼前跳来跳去，他举枪就打，獐子猛然变成一只大黑熊，一下子把他扑倒在地，压得他动不了，急得他从梦中惊醒了。原来是爸爸阿库什喝多了，睡觉的时候把一条腿压在他身上了，他把爸爸的腿挪开，给他盖上狍皮被子，接着又睡着了。

布库带着弟弟们备好马，准备好打猎的物品，就等苏热下命令了。苏热带着三个小伙子来到屋后面的山神树前，供上酒和肉，祈求山神白那恰保佑他们新的一年第一次打猎能有所收获，祈求人畜平安。四个人带着六只狗出发了。

大寿山在乌力楞的东南方向，要翻过两个山头。辽阔的小兴安岭山脉一共有一百多座山，所以在山林里走着，会感觉每个白雪覆盖的山头都是一样的，深褐色的树木和茂密的灌木丛鳞次栉比，下面是厚厚的白雪，远远望去，如烟的林海仿佛一幅水墨丹青的冰雪画在北国大地上徐徐展开。

四个人骑着马，迎着朝阳慢慢前行，太阳渐渐升高，给群山披上金辉，也给林中的生灵带来一丝温暖。在漫长寒冷的冬季，阳光是上天馈赠的慰藉。一群喜鹊在空中“喳喳”地叫着，追着他们飞，喜鹊是最爱凑热闹的鸟，不像猫头鹰那么冷漠，几个人看了心情都很好，因为他们认为出门打猎遇见喜鹊是吉兆。佳林最高兴了，因为这是他第一次去打獐子，也是第一次去大寿山。小兴安岭属于低山丘陵，最高的山不过一千二百多米，而奇克最高的山也不过八百米，大寿山是奇克比较高的山，它山势和缓，有“八山半水半草一分田”

之称，是鄂伦春族生命的摇篮，他们世世代代在此繁衍生息。

四人向东南方向行进，已经翻过两座山，离家有五十里路了，判断距离的本事也是苏热从父亲那里学来的。中午，人马都累了，苏热对三个小伙子说："孩子们，我们歇一会儿吧。"三个人答应着下了马，猎狗们也都围了过来。

佳林问苏热："叔叔，我们到那里还有多远？"

苏热说："快了，别着急。"

布库和劳勒去捡干柴，苏热和佳林拿出一路上打的八只野鸡和兔子，把皮扒下来，收拾干净，留下几只，其余的连同内脏都喂狗了。布库把捡回来的干柴堆起来点着了，架起了铁锅，锅里装满了雪，一会儿雪就化成了水，水烧开了，四个人端着桦皮碗喝着热水，缓解劳累。他们把马放开，让它们在林子里找些干草、树叶吃。布库和劳勒把野鸡和兔子放在火上烤起来，"吱吱"的烤肉声和浓郁的烤肉香，在四周飘散着，馋得佳林直咽口水，他年轻，容易饿。苏热坐在一根倒地的枯木上，抽起烟来。看着眼前的孩子们，他很欣慰，觉得他们都长大了，都学会了在山里生存的本领。再看看架着的四杆枪，他知道这代表了时代的变化和发展。老祖宗们都是用弓箭的，后来用自制的土枪和子弹，如今他们用的是更先进的枪，射程又远又准。小小的一粒子弹，瞬间就能让五六百斤的大黑熊毙命，虽然他也教孩子们练习射箭，但是现在弓箭已经不常用了。世间的事就是这样，科技与文明的每一次进步都伴随了相应的消失。苏热抬头望着远山，陷入了沉思，山还是这片山，水也还是这片水，可是时代变了，山下来了那么多人，听说他们也学会了打猎，打猎的人多了，动物就少了，他不知道在这片山上他们还能坚持几代。

不一会儿，肉就烤熟了，劳勒拿着兔子腿递给苏热："爸爸，你快吃吧。"苏热接过来蘸了点儿盐，一边吃，一边看着燃烧的篝火，狗狗们也在火堆旁低头吃着。他喜欢这种与世无争、自由自在、自给自足的生活。鄂伦春族从不贪婪，他们向山林索取的只够他们吃饱穿暖，够他们活下来就行了。因为还要赶路，天又冷，他们都喝了一点儿酒，每个人都抽了一支烟，又喝了点热水。苏热对布库说："把火埋了，我们赶紧走吧，天黑前要赶到石崖下边。"布库往火堆里扔雪，劳勒和佳林开始收拾东西，四匹马听见呼唤声，自己就回来了，于是四人又骑上马开始赶路了。

虽然已进入农历二月，山里的雪丝毫没有融化的意思，积压了一冬的雪仍然是厚厚的，因为没有宽敞平坦的路，这些路都是祖祖辈辈骑着马踩出来的，所以行程有些慢。苏热心疼马，也不使劲儿催它们，任马驮着他们向前慢慢走着，终于，在天黑前他们赶到了一片松树林，这里离大寿山石崖不远了。他们找了几块比较平的大石头，这里是他们常住宿休息的地方，布库和劳勒把大石头上的雪清理了。石头旁边还有许多以前留下的干柴，于是他们生起了火，把马放开，又化雪烧了开水，烤起了面圈，喝起了酒。鄂伦春族特别爱喝酒，其实是在外面打猎为御寒解乏养成的习惯。和之前一样，他们在烧热的大石头上睡觉，躺在狍皮筒子里聊天。佳林说："劳勒哥哥，我们这次要多打几只獐子，叔叔说春天去给你相亲带着。"劳勒听完，露出憨厚的笑容。

布库接着说："佳林，明天你可得好好打獐子，獐子可狡猾了，耳朵特别灵，不好打呀。"佳林迷迷糊糊答应了，一会儿就伴着呼呼的风声睡着了。

在一阵狗叫声中，佳林醒了，睁开眼睛天已经亮了，叔叔和哥哥们都起来了，在拢火烤野鸡呢，苏热对他说："佳林，起来吃东西了。"

佳林赶紧起来，拍掉帽子上的霜，把狍皮筒子卷起来收好。苏热很心疼地说："冷了吧？快喝点儿热水吧。"吃完了烤野鸡，喂了狗狗，收拾好东西准备走的时候，苏热带着三个小伙子来到不远处一棵大树下，佳林一看，原来是山神白那恰的像，鄂伦春族的习俗就是这样，山里很多地方都有山神像，山洞里、大树下、岩石上，只要见到，他们就会跪拜山神，祈求山神保佑。佳林在心里不停地祈祷：山神白那恰保佑，我还是第一次打獐子，保佑我打一只吧。拜完山神，他们就向大寿山走去。

到了山里，把马拴上，四个人仔细地寻找獐子的足迹，雪地上都是来来往往的各种动物的足迹，有的足印，周边的雪已经硬了，这是几天前留下的。找着找着，佳林突然看见一串大脚印，是他从没有见过的，于是就喊来苏热。苏热过来一看大吃一惊："天哪！"三个小伙子都睁大了眼睛，苏热说这是老虎的脚印，他蹲下来摸摸脚印，雪已经硬了，这也是几天前的。佳林震惊地说道："哇，我的天，还真有老虎啊！"

苏热点点头："是的，不过现在很少很少了，我和你爷爷打猎的时候也见过老虎脚印，爷爷他们年轻的时候还打过老虎呢，虎皮、虎骨可值钱了。”

布库也感叹道：“看来什么动物也没有人厉害啊。”他们拿着猎枪往石崖上走，边走边寻找着足印。佳林左看看右看看，自言自语道：“这地方这么陡，咋这么不好走呢，会有獐子吗？”

苏热告诉他：“獐子就喜欢在悬崖峭壁、坡坡坎坎的地方走。”

“为什么呢？”佳林不解地问。

苏热耐心地跟佳林解释：“獐子没有自卫能力，遇见危险就得跑，它跑得可快了，还能在岩石上跑，它的后腿比前腿粗、比前腿长，蹦得高，一两米的高坎，它能轻松蹦过去，只要跑到悬崖上，比它厉害的野兽就抓不到它了。它的蹄子和鹿、狍子都不一样，不是平的，伸出来有四个爪，只要岩石上有棱有角，它就能抓住。到了岩石上，猎狗和一般动物都上不去，猎狗在岩石上站不稳就会掉下来摔死，但是獐子就没事儿。”

佳林点点头：“原来是这样啊。”

他们在林子里寻找着，这片林子有松树、桦树、柞树、榆树、水曲柳，灌木也很多，所以落叶和干草也多，转了好久，佳林有些着急了：“怎么还没有呢？”

布库说：“你怎么没有耐性呢？”佳林不吱声了。

这时，苏热蹲下来用手摸摸蹄印儿，说：“快看，这是刚留下的。”三个小伙子立刻兴奋起来，围过来看，他们用手摸摸——雪是软软的。他们赶紧顺着脚印往上面撵，这是几只獐子脚印，库烈和其他几只猎狗轻轻地跟着走，迎风抽动着鼻子，俗话说：“有麝自来香，不用大风扬。”撵出一百米，他们远远就看见一只獐子，只见这只獐子站在岩石上，看来是望风的，再仔细看，有四只獐子在树林里找食物呢。

苏热兴奋地说：“好家伙，这么多。”此刻他们离獐子有一百米，他知道獐子耳朵都特别灵，不能再往前走了，于是他们就轻轻地摆好枪架子，放好枪。獐子毫不知情，仍低头在雪地里寻觅着树叶、干苔藓，佳林回头看着苏热，苏热对他笑笑，这是对他极大的鼓励。苏热小声地说：“佳林，你打岩石上的，我们打树下的。”三个人点点头。

布库说：“我打东边的，叔叔打中间的，劳勒打西边的。”

苏热轻轻地说了一声：“打！”四个人同时开枪，随着枪声响起，岩石上和树下的三只獐子倒下了，没打中的那只一转眼就跑了。劳勒、佳林和猎狗快跑过去，快到跟前时，只见岩石上那只受了伤的獐子努力地站了起来，回头看着倒在地上的獐子，又迅速看了一眼猎人和猎狗，扬起头望向天空，猛地一跃，它竟然从岩石上跳了下去。这一切来得那么突然，此刻，时间仿佛静止了，人和狗都愣住了，獐子最后那一瞥，是那么不舍，那么无奈，那么充满恨意，四个人都没想到獐子会有如此壮举。那决绝的一跃，在蓝天中画了一道弧线，像一道彩虹，那是生命的颜色，那是一个生命在这个世界上留下的最后印记。四个人静静地站着，都忘了倒在地上的那三只獐子。佳林怔怔地看着眼前的一切，手在抖着。“佳林”，在鄂伦春语里就是“心眼好”的意思，苏热知道佳林善良，年纪又小，柔软的心还没有变得坚硬，于是拍了拍他的肩膀，叹口气说：“猎物不死，我们就没法活。”

苏热向地上的獐子走去，劳勒、布库、佳林也跟着过去了。三只獐子，一只公的，两只刚成年的，跳下去的应该是它们的母亲，这是一家四口。还好有两只公的，因为只有公的獐子才有香囊，才能有麝香。獐子比鹿小，全身深暗褐色，背部腹部有几条浅色的斑点，头有点小，眼睛却很大，两只长耳朵，公的獐子有两颗八厘米长的犬齿露在唇外。獐子的前腿短后腿长，主蹄狭长，尾巴短短的。公獐腹部有个麝香腺，可以分泌麝香，麝香是名贵中药材，具有开窍醒神、活血通经、消肿止痛的功效，所以獐子很值钱，一个香囊能换很多东西。他们把獐子放在马上驮回来，一路又打了两只狍子，十只野鸡，五只兔子。出去了三天，回到乌力楞时，虽然收获满满，但人马劳顿。看着地上的猎物，几个人满意地笑了，这些食物又可以让这一大家子吃上好些日子了。

又一场雪连下了两天，苏热对父亲说："这场雪过后，天就该晴了，天气也会逐渐变暖，黑熊饿了一冬也快出洞觅食了，我想这几天带孩子们围猎黑熊去。"父亲吸着烟袋锅点头赞同："是啊，熊快出洞了。"

雪后初晴，白云像缕缕轻纱被寒风吹到了天空中，洁白灵透，可能是因为打过春了，风比之前大了不少，又冷又冻人，雪却要化了，俗话说：打了春就冻人不冻水。苏热带着三个小伙子、六只狗向少爷山出发了。少爷山的松树、柞树多，熊冬眠前会在那里捡橡子吃，有的还会在那里冬眠。天气比之前变暖了一点儿，雪也变得有点软绵发黏，佳林骑在马背上开心地唱起歌来，布库和劳勒也被他感染了，也跟着唱起来，嘹亮的歌声是早春飞扬的旋律，鸟儿们也高兴地飞在他们身边，“喳喳”地叫着。苏热看着他们笑了，这三个小伙子是他们莫拉乎尔氏族的希望，更是鄂伦春族的希望。他想，这三个小伙子以后会生很多孩子，他们的孩子还会生很多孩子，生生不息，想着想着，他就乐出声来。

少爷山离乌力楞有五十里路，等他们到山脚下的时候，天有点黑了。因为冬天有雪马走不快，如果是夏天，马一天能走一百里路。人、马、狗都累了饿了，他们下马休息，准备在这里过夜。他们像以往一样生火、烧水、烤肉，吃饱喝足后躺在狍皮筒子里。佳林睡不着，把头伸向外面，看着天上的月牙，问苏热：“叔叔，现在是初几呀？”

苏热把从小在父母那里学来的计算天数的方法教给他：“你看天上的月牙，等它落下去了，如果它四天后出来月牙，那就是这个月的初四，这个月就是大建三十天；如果月牙落下去三天后再出月牙，就是小建，这个月就是二十九天。”

佳林点点头，苏热接着说：“从月亮出来到月亮圆了，就是上半月，从月亮圆了到月亮落下去了，就是下半月，一共有十二次这样的循环，就是一年，你一定要记住啊。”

佳林答应道：“记住了。”

苏热告诉佳林：“咱们是游猎民族，常年生活在山林里，辨别方向非常重要。白天是用太阳辨别方向，太阳出来的方向是正东；太阳在正中时就是正南方向，相反方向就是正北；日落的方向是正西。所以我们都在晴天出来打猎，这样就不会迷路了。

“从日出到日落为一天，一天可以分三段，日出到日偏东南为上午；日从东南到正南为中午；日出到日偏西为下午。冬天夜长，就看三星和北斗星，三星正南为午夜，北斗星尾巴朝南就是快天亮了。”

佳林答应着：“记住了。”他静静地躺在狍皮筒子里，看着月亮数着星星，睡着了。

早上醒来，佳林爬出狍皮筒子，在地上蹦蹦跳跳，活动着双腿，布库把在篝火上烤热的肉干和面圈递给他，劳勒给他端了一碗热水。他们都很疼爱这个小弟弟。佳林大口大口地吃着，布库看着他说：“佳林，你多吃点儿，一会儿打大黑熊还得靠你呢。”佳林一边吃一边“嗯嗯”地点着头。

吃完饭，他们往山上走去，边走边寻找熊蹲仓子的洞穴，他们找了一上午也没找到，有点儿累了就在林子里坐下来休息，四个人抽起烟来，几缕青烟，让这苍白寂寞的山林有了人气。

佳林站起来，“叭叭”地甩着马鞭，大声喊道：“恩聂嘿，阿玛哈，你们都去哪儿了？别睡觉了，快出来吧！”

劳勒笑着说：“佳林，你去给他抽根烟，它就醒了。”

“哼！那我还不如给它送个狍子腿呢。”

“那它肯定会说，佳林，再给我一碗蜂蜜吧。”

苏热靠着一棵大树坐着，吞云吐雾，看着眼前的树木，虽然还是褐色，但已经开始孕育生机了。看不够的树林，看不够的大山，过不了多久就会用满怀的苍翠回赠一如既往的热爱。他抬头往前面看着，猎人的敏锐让他捕捉到，正对着他前面不远处一棵折了半截的大树下，一堆枯黄的树叶在动。苏热赶紧示意小伙子们别出声，然后把枪瞄准了，凭经验他知道那是一只蹲天仓子的熊。只听一阵树叶唰唰声，一只黑熊露了出来，它摇摇晃晃地站了起来，还没站稳，“叭”的一声，苏热开了一枪，黑熊瞬间就倒下了，“嗷呜”一声惨叫震响了山林。因为中午阳光暖和，这只熊可能睡着了，也可能是在冬眠，反应有点迟钝，没听见有人来。但是，现在它真的睡着了，且永远长眠不醒。猎狗们围了上去，“汪汪”地叫着，布库和佳林也想跑过去，这时从半截树顶又冒出了一只熊，原来这个空树洞里还有一只熊，它肯定是听见了枪声和同伴的叫声，爬出来看情况的，还没等它看明白怎么回事，劳勒抬手就是一枪，黑熊“嗷呜”一声跌回了树洞里。

布库急得直跺脚：“哎呀！你着啥急啊，让它爬出来再打啊，掉里边怎么整出来啊？”劳勒傻了眼，佳林刚才还在抱怨一上午没有找到黑熊，一眨眼就打到了两只。他们等了好一会儿，见地上的熊和树洞里的熊都没有动静了，确定都死了，他们才来到树下，眼前这棵大树太粗了，无论如何也弄不断，这可怎么办呢？因为他们只带了一把小斧子。

苏热想了想对劳勒说：“儿子，你去把绳子拿来。”劳勒答应着跑到马跟前，从袋子里拿出了两根又粗又长的麻绳来。

苏热对劳勒说：“你下到树洞里，把绳子拴在熊的脖子上，我们把它拽出来。”

劳勒点头答应，然后爬上了半截大树，布库递给他一根棍子，他往里看了看，拿棍子捅了捅，黑熊一动不动，的确死了。他爬进去把绳子系在熊的脖子上，然后又退了出来，四个人一起拽绳子，可是拽不动，黑熊太重了。还是苏热有办法，他让劳勒重新绑了黑熊，然后拿小斧子砍了两根木棍，把绳子缠绕在旁边的一棵大树上，四个人拿木棍把熊绞了上来。一下子打了两只熊，四个人都非常高兴，布库看着熊说道："不进深山，难得猎物。"

劳勒跟苏热说："爸爸，这两只黑熊咱们必须卸了才能拿回去啊。"苏热点点头，他也是这么想的。于是苏热带着三个小伙子给熊下了跪，磕了头，然后开始扒皮。四个人把两只黑熊卸完了装起来，把地上的血迹用雪盖上后便返程了。下了少爷山，天就有点黑了，他们赶到来时歇息的地方，又住了一宿。第二天中午，他们回到了乌力楞。

每个季节，猎人们都有该做的事。休息了两天，苏热想该把山上的鹿窖重新修一修了，这些鹿窖都是爸爸和爷爷以前挖的，挖鹿窖很不容易，但是可以用好多年。苏热带着布库、劳勒和佳林开始准备修鹿窖的各种工具，一切准备齐全后，他们就往汤元山方向走去。汤元山在奇克山东南，是沾别拉河的发源地，他们沿河流往上走，因为鹿会下来喝水，他们就在这附近挖鹿窖。所谓鹿窖，就是在鹿饮水的必经之路上，用两米多高的双层木杆筑起一道木栅栏，就这样一趟一趟往前伸，所以也叫"鹿趟子"。长达十几里的鹿趟子，每隔一段就留出一米左右的缺口，人们在缺口处会挖出两米长、一米宽、两米多深的土坑，土坑上铺满树枝、草叶进行伪装。鹿经过此地，通过缺口时，踏上窖口就掉进去了。还有“七跳八不跳”之说，就是七尺深鹿能跳上来，八尺深鹿就跳不上来了，所以鹿窖大多是八尺深。猎人一般两三天遛一次。奇克山上有梅花鹿和马鹿两种鹿，它们每年的八九月份怀孕，第二年五六月份产子，现在正好是打母鹿、熬鹿胎膏的时候。

苏热带着三个小伙子来到鹿趟子前，把鹿窖里冬天掉进去的一些树枝、草叶都清理出来，然后把杆栏重新固定，重新盖上树枝、草叶，这样一个鹿窖就修好了。他们一个鹿窖一个鹿窖地修理，天黑了就睡在外面，一连修了三天，把所有的鹿窖都修好了。

过了几天，布库对苏热说：“叔叔，我们是不是可以去看看鹿趟子了？有没有鹿掉进去啊？”

苏热说：“行，是该去看看了，明天就去。”

一说遛鹿趟子，佳林就来劲儿了，他就是想看看能捕获几只鹿，他对这些充满期待。其实，鄂伦春族的男孩子六七岁就能骑马，十岁就跟着大人出去打猎，因为佳林的母亲去世了，怕他运气不好影响打猎，三年没带他。此时的劳勒也很期待，因为爸爸说攒够了皮子和鹿胎膏，就带他去十八站相亲，想想他就美得合不拢嘴。

早上把马、狗都喂得饱饱的，苏热就带着三个小伙子出发了。他们来到鹿窖跟前，一连遛了十几个窖都没有，佳林有点失望，布库拍拍他的肩膀说：“佳林，别泄气，一会儿准能逮到。”可是到了晚上也没逮到一个。只剩最后两个鹿窖了，只听库烈在突然大喊起来，佳林知道一定是逮着了，赶紧跑到鹿窖跟前，窖口被踩塌了，一只梅花鹿扬着头，瞪着两只美丽的大眼睛直直地看着佳林，那是一双会说话的眼睛，眼里含着泪，充满了绝望和恐惧。佳林突然想起了妈妈临死前含泪的眼睛，还有獐子跳崖时的眼睛，看着看着，他不敢开枪了，他向后退了几步。苏热看了看佳林，没有难为佳林，他知道这是需要过程的。劳勒和布库过来往窖里看看，劳勒开心地说：“还真是个母的呢！”

苏热看看没说什么，开了一枪，把鹿打死了。他们把鹿弄上来，用马驮回了乌力楞，随后又熬制了鹿胎膏。鹿胎膏是非常珍贵的一味中药。

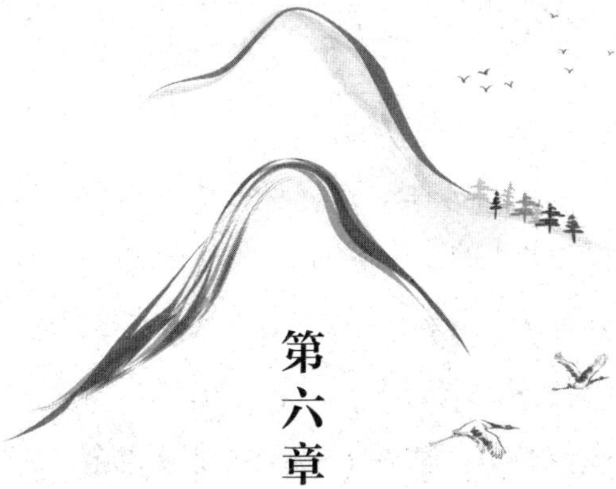

第六章

冬季，雪给了山林最长情的陪伴，她用无数个六角花瓣给山林织成一件世间最洁白的外衣，辽阔的小兴安岭山脉就变成了银色的长龙，俯卧在北国大地。一直到春姑娘轻盈的脚步越来越近，她知道自己该退场了。她用生命创造了千树万树的梨花开放，用神奇的梦幻和山林做最后的告别。

早上，别雅儿一开门就被眼前的景象震撼了:“哇！树挂！”山上所有的树都变成了白色，“千峰笋石千株玉，万树松萝万朵银”，所有树干和枝条都结满了厚厚的冰花，团团簇簇，那一树树琼枝玉叶像大山披了一件冰纨，又像亿万颗星星坠落在树上，在阳光下闪闪发亮，那么晶莹剔透、纯洁无瑕，山林像仙境一般。别雅儿最喜欢看树挂了，她赶紧跑进屋里告诉妈妈、奶奶、爷爷。其实，早上大人们都已经看见了，他们对山里的这种景象已经习惯了。别雅儿也是看着这种景象长大的，可能是因为女孩子的心灵总是充满美好，每年她看见树挂都特别激动。乌娜堪看着女儿兴奋的样子，笑着说："我姑娘一看见树挂就高兴。"

别雅儿听妈妈说她，伸了一下舌头，扭头就跑出去喊佳林。乌娜堪看着她的背影说："这个疯丫头。"她和安布伦奶奶都笑了。

别雅儿站在院子里喊："佳林！佳林！"

佳林在屋里应着："别雅儿姐姐，干啥？"

别雅儿又喊："你快出来！"

佳林急急忙忙地穿上衣服跑出来，他也惊讶地喊道："哇！树挂！这也太好看了吧！"其实，北方的三月份正是冷热空气交替的时候，就会形成这种自然现象，这是大自然打造的神奇景观。每年早春和初冬都会出现几次树挂，这次真是太漂亮了！别雅儿和佳林在林子里开心地玩了起来，摇摇这棵树，打打那根枝，冰花就簌簌地落下来，落了别雅儿和佳林满头满身。别雅儿张开嘴，冰花就落进了嘴里，凉凉的，看着美丽的树挂，她知道那是雪的灵魂。

天气刚变暖了一点儿，人们就不愿待在地窨子里了，白天都在院子里晒太阳，爱玛罕和依曼在院子里玩，乌娜堪跟艾和音、别雅儿在收拾东西，再过些日子他们就要转场了。之所以到现在还没转场，是因为依曼和尔格艳太小了，初春早晚撮罗子里还是很凉的。

佳林骑着马从山上回来了，之前他头上戴的是厚厚的狍皮帽子，现在已经换成了薄的狍子头帽。狍子头帽是鄂伦春族最有特色的帽子，它采用一个完整的狍子头颅，先将狍子头皮剥下来，熟好，把眼圈这里的两个窟窿镶上黑色的皮子，再把两个耳朵割掉，用狍子皮做两只假的耳朵缝上，狍子的两只角仍然保留着，周边镶一圈貂毛，又奇特又别致。这帽子是初春、初秋时候戴的，鄂伦春语叫“密塔哈”。

马背上的佳林戴着狍子头帽，显得英姿飒爽，格外精神，佳林下了马，向安布伦奶奶走过来，喊了一声：“奶奶！”安布伦奶奶坐在木墩上抽着烟袋锅，笑着答应，满眼慈爱地看着佳林夸奖道：“看我们佳林多好看呀，现在是大小伙子了。”

乌娜堪也夸他：“是啊，佳林今年都十四岁了，日子过得好快呀，他妈妈都走了四年了，要是能看见佳林这个样子该多高兴啊。”佳林抿着嘴笑了，艾和音看佳林回来了，冲了一碗蜂蜜水递给他：“喝点蜂蜜水吧。”

佳林接过来说：“谢谢嫂子。”一边喝一边说甜。

别雅儿歪着头看着佳林道：“好喝吗？好喝今年就多采点蜂蜜吧。”

佳林说：“当然啦，今年我要多采两桶蜂蜜。”他捏着依曼的小胖脸，“小白兔，你爱吃蜂蜜吗？”依曼眯着小眼睛点着头。

乌热松爷爷在院子的树下悠着尔格艳，悠车挂在树杈上，尔格艳正躺在里边香甜地睡觉呢。乌热松爷爷边拽悠车绳边说：“别着急，过些天就有桦树汁儿喝了。”

安布伦奶奶点点头道：“是啊，该有桦树汁儿喝了。”

依曼跑过来搂着安布伦奶奶的脖子说：“太奶奶，啥是桦树汁儿啊？我也要喝。”她太小了，去年喝完了就忘了，安布伦奶奶指着前面一片树林告诉她："就是那些大白桦树里的水。"

依曼瞪着细长的小眼睛，惊讶地说："树里还有水？"

安布伦奶奶点头道："是啊，山神白那恰看猎人在山里渴了又找不到水，就让他们割开树皮喝点儿水吧。"

爱玛罕也跑过来和依曼一起喊着："我也要喝，我也要喝！"小姐俩着急的样子，把几个人逗乐了。

这时，一排大雁从上空飞过，"嘎嘎"地叫着，一会儿排成一字，一会儿排成人字。孩子们激动地拍着手大喊："大雁！大雁！"乌娜堪也高兴地说："妈妈，大雁回来了。"安布伦奶奶轻轻地念叨着："是啊，是啊，七九河开，八九雁来。"她扬起头，暖暖的阳光照在她布满沧桑的脸上，眼里闪着光芒，这是她看了无数次的景象，听着亲切而又熟悉的雁鸣，她知道，山里的春天来了。

现在雪都化没了，苏热知道该"烧荒引兽，放火寻角"了——在春天来到前，鄂伦春族放火烧荒，甸子上会长出嫩绿的青草；饥饿了一个寒冬的野兽受到引诱前来觅食，也就成了猎物。于是，苏热带着孩子们在甸子里烧了两天。

河里的冰全都化开了，鱼儿在里面撒欢跳跃，布库带着佳林和劳勒去打鱼。布库想，应该多打些鱼让大家吃，女儿们吃了能长得快一点儿，爷爷奶奶吃了腿就不疼了。沾别拉河的水有一米多深，清澈见底，这里都是冷水鱼，哲罗、细鳞、狗鱼、鲇鱼、鲫鱼等。春天冰都化了，鱼儿可以畅游，每天他们都能打到很多鱼给大家改善伙食。忙活了一天，三个人拎了两筐鱼回来。

布库说:“现在水还有点凉，鱼不是很多，过几天鱼咬汛的时候就能打到更多更大的鱼了。”

艾和音一听高兴起来:“这可挺好的，我们一冬天光吃鱼干了，现在有新鲜的鱼吃了。”

爱玛罕和依曼牵着尔格艳走过来，布库把尔格艳高高地举起来，孩子们嘎嘎地笑着。

“爷爷，我们是不是可以采桦树汁儿喝了？”布库问乌热松爷爷。

爷爷点头:“是啊，明天你们就去吧，多采点儿回来给孩子们喝。”

第二天，布库和劳勒、佳林拿着刀，扛着一串大小十多个桦皮桶来到白桦林里。现在树木刚刚返青，叶子还没有全部长出来，布库在一棵树下放一个小桦皮桶，用刀在树干上割一个斜着的口子，有十厘米长、一厘米深，再拿一根小木棍放进口子里，桦树汁儿就顺着小木棍流到桶里了。布库他们找了十棵树，放了十个小桦皮桶。

等待的时候，他们就在林子里找草药。一片片墨绿色还有点发红的长圆形叶子在一片枯草中分外显眼，这便是鹿蹄草。在春天其他草还没有长出来的时候，鹿就靠吃鹿蹄草补充能量。鹿蹄草还是一种药材，它具有祛风湿、强筋骨、止血、止咳的功效。他们采了一筐，又去采冬青，这时候的冬青已经发绿芽了。冬青也是药材，它具有补肝肾、祛风湿、止血敛疮的功效。每个人采了一抱冬青回来，坐下来休息。布库和劳勒抽起烟来，佳林拿出口弦琴，鄂伦春语叫“明努卡”，也叫“天恩共”（意为铁的声音），十二三厘米长，手持部分为圆环形，连接两根铁条，中间夹着一条薄薄的钢片，钢片一端镶着一块木柄，用手弹拨。佳林左手拿着琴，把琴放在上下牙中间，右手弹拨着钢片。只见佳林的嘴一开一合，浑厚洪亮的琴声便在林中缭绕。两个小时过去了，小桶里的桦树汁儿已经满了，三个人饱饱地喝了一顿。

“桦树汁儿真好喝，真解渴啊！”佳林擦擦嘴，对布库说。

“是吧，清甜清甜的。在春天，人渴的时候都喝桦树汁儿的，连喝几天桦树汁儿，好长时间身体都特别好。”

“真的吗？”

“当然了，爷爷说我们鄂伦春猎人春天都喝桦树汁儿补身体的。”

“那我们这几天都来采桦树汁儿吧。”

“好啊，明天我们再来。”布库说。

他们把十个小桶里的桦树汁儿倒入两个大桶，高高兴兴地抬回去了。初春，桦树汁儿是从树根底部往上面供应，所以得在树根底部取汁儿，等到桦树汁儿供应到上面，树长满叶子的时候，桦树汁儿就苦了，就不好喝了。回到家，全家人都很开心，你一碗，我一碗地喝起来，布库告诉依曼：“姑娘，这就是桦树汁儿，好喝吗？”依曼点点头。桦树汁儿清清爽爽的，有一种淡淡的甜，是天然的饮料，它营养丰富，不光人爱喝，黑熊也爱喝，春天黑熊冬眠刚醒过来的时候，就用爪子挠开桦树皮，喝桦树汁儿以补充体力。一连几天，布库他们都去林子里给家人采桦树汁儿。在山林里生活就是这样，应季的东西都得及时享用，过季便没有了。

春天的时光最好了，又暖和又没有蚊虫。乌娜堪带着艾和音和别雅儿抓紧时间熟皮子，攒了一冬天的皮子该熟了。熟好的皮子一部分用来和山外老客换物品，一部分留给乌力楞的人做夏天的衣服。熟皮子是鄂伦春女人的专利。乌娜堪一嫁过来，安布伦奶奶就教给她这项本领。安布伦奶奶是熟皮子的能手，这些年，乌娜堪也愈发得心应手。艾和音嫁过来的时候，奶奶和婶婶就开始教她，本来在娘家就学了一点儿，几年时间下来，熟皮子的技术也越来越纯熟自如。熟皮子这活又脏又累，乌娜堪每次叫别雅儿过来学，别雅儿都不情不愿。

“别雅儿，来熟皮子了。”乌娜堪说。

“哎呀，臭死了，我可不熟。”

“这可不行啊，你得学啊。”

“我不！”别雅儿捏着鼻子。

乌娜堪耐心地说：“姑娘，你不学，将来嫁到婆家怎么办？婆家人和你的孩子不穿衣服吗？难道你要男人熟皮子吗？”

一说到婆家，别雅儿没有办法，只好跟着学。乌娜堪她们把在阴干处晾晒好的狍子皮、鹿皮、犴皮铺在地上，把煮熟的狍子肝捏碎，搅拌在温水中，用草编刷子蘸着狍子肝水均匀地涂抹在皮子上，然后卷起来，在潮湿的树叶堆里放两天。再用类似镰刀头的工具把皮上的肉和残渣刮掉，不能割破皮子，否则皮子就不值钱了。最后用工具反复揉搓。就这样，一张柔软、光亮、洁白的皮子就熟好了，熟好的皮子可以做各种样式的衣服。但是，抹了狍子肝水的皮子发酵后味道特别难闻，熟一次皮子，身上的味道好几天都去不掉。

别雅儿捏着鼻子和母亲一起弄，艾和音一闻到这个味道就哇哇地吐起来，乌娜堪心疼地问她：“你这是怎么了？不舒服你就别弄了，喝点儿水，歇一会儿吧。”

艾和音不好意思地告诉婶婶，她又怀孕了。

“真的吗？”乌娜堪听了高兴极了，赶紧告诉安布伦奶奶和乌热松爷爷，两位老人也非常高兴。乌热松爷爷心想，过年的时候，他看见了火堆旁向北的小孩儿脚印，就预示着今年乌力楞会添人进口，还真准了。

晚上，布库他们回来了，乌娜堪赶紧把这个好消息告诉他们。布库惊喜地拉着艾和音的手，激动地说：“依曼妈妈，这是真的吗？”艾和音点点头，布库高兴地抱起小女儿尔格艳喊道：“哇！我要有儿子了，我要有儿子了！”全家人都非常开心。

一场春雨苍翠了广袤的山林，春天的气息弥漫在整个山岭间，苏热知道该举行春祭了。他前几天就让布库和劳勒去几个山上的乌力楞邀请那里的人来参加春祭，并且请那里的萨满选择了吉日、吉地。按照规矩，吉地必须是无人去过的平地或者沙滩，且必须是妇女没有去过的。他们找好了一块儿吉地，搭起用柳条编成的“斜仁柱”，也就是撮罗子，并准备好了祭品和客人来吃的食物。按规矩，凡是来参加春祭的人都要带上猎物祭品。

吉日这天，苏热带着他的家人早早就在祭场等候着。其他乌力楞的客人在中午陆续到了。先来的是小顶山乌力楞的乌恰尔坎氏族的客人，巴彦族长带着十个人来到了祭场。巴彦他们先向乌热松爷爷、安布伦奶奶请安，又和苏热夫妻问好，年轻人则互相问好。

巴彦拉着乌热松爷爷的手说："阿车黑，几年不见，您身体还这么硬朗啊！"

乌热松爷爷非常高兴，几个乌力楞隔山隔水，人们不能经常见面。这几年，乌热松爷爷的风湿病总是发作，他已经七十岁了，这个年龄在鄂伦春族算是很长寿的了。每年的春祭，他都因腿疼无法参加。

苏热对巴彦说："阿哈害，你们这一年都好吧，去年收成怎么样？"

巴彦笑着说："纳昏（鄂伦春语，兄弟），挺好的，两个儿子都长大了，都能帮忙了。山神白那恰保佑，赐给我们好多猎物，换了好多粮食和子弹。我们乌力楞有三十多口人，一年需要很多东西才能生活呀。"然后回头喊他的两个儿子，希克腾、奇奇勒过来见爷爷奶奶。两个小伙子过来给两位老人请安，行屈膝礼："阿雅阿恩古仁。"两位老人右手掌心向上回道："阿雅。"两个小伙子又给苏热和乌娜堪行屈膝礼。

乌娜堪看着两个小伙子，夸道："巴彦大哥的两个儿子好精神啊，娶媳妇了吗？"

巴彦说："还没有呢，希克腾二十二岁了，奇奇勒二十岁了。"然后又笑着说，"我早就听说苏热兄弟家有一个女儿，像月亮一样美丽（'别雅儿'就是'月亮'的意思），不知道能不能相中我们的儿子呀？"

苏热赶紧说："我的女儿还小，又笨又不懂事。"这是鄂伦春族的习俗，在别家求婚的时候都要这样说。第一次求婚，不能立即答应，要三次才行。而且还要正式提出求婚才能答允。这时，别雅儿跑过来告诉爸爸：“麒麟山乌力楞的葛瓦依尔氏族的客人到了。”她看见两个小伙子，有点不好意思，刚要转身走开，苏热叫住女儿：“别雅儿，见过大爷。”

别雅儿行礼：“阿雅阿恩古仁。”巴彦看着别雅儿笑着回道：“阿雅。”然后又夸奖道，“别雅儿，几年不见，你都长成大姑娘了，越来越漂亮了。”

苏热接着说：“还有这两个哥哥呢！”苏热有意让年轻人认识认识。别雅儿红着脸和两个小伙子互相行礼。两个小伙子睁大了眼睛，看着漂亮的别雅儿，满脸的欢喜。苏热心里美滋滋的，脸上溢满了自豪的神情，对巴彦说道：“我去看看客人。”说完便要带别雅儿去招呼其他客人。

巴彦赶紧对两个儿子说：“你们两个和叔叔一起去吧。”希克腾和奇奇勒明白爸爸的意思，转身就去追别雅儿。

葛瓦依尔氏族的克库迪族长到了，他带着儿子和儿媳妇、他的两个兄弟等八个人，他们一下马，苏热赶紧上前问好：“克库迪大哥，辛苦了！”

克库迪连忙回道：“不辛苦，不辛苦！苏热兄弟，近来还好吧？”然后又带人去给乌热松爷爷和安布伦奶奶请安，大家互相问好。

布库带着几个小伙子，放开他们骑来的马，让马儿吃草、饮水。一下子来了这么多马和狗，这可热闹起来了。突然来了这么多客人，艾和音、乌娜堪、别雅儿都有点儿应接不暇了，好在还来了几位女客人，也跟着帮忙。每年春祭的时候才能见上一面，大家一边干活一边唠着家常。

不一会儿，无高程山乌力楞的谷拉依尔氏族的客人到了，一共来了十一位客人，其中有两位最尊贵的客人，那就是今天春祭的主持人——四十岁的大萨满吉若和三十岁的小萨满霍查布。

鄂伦春族信仰萨满教，他们相信万物有灵，认为人处在各种神灵的包围之中，而且人在生活中又往往触犯神灵，只有萨满能与神灵沟通解决问题。鄂伦春萨满主要有两种：一种是“穆昆”萨满，即氏族萨满；另一种是“德勒库”萨满，即流浪的萨满。一个氏族只能产生一个萨满。最初的萨满产生在母系氏族社会，那时，萨满都是女人，到了父系社会才有男萨满。如果女萨满嫁了人，她娘家氏族也不允许出现萨满，直到她死后，她的灵魂回到娘家，氏族才会出现萨满。鄂伦春族认为氏族萨满是“恩都力”萨满，即万能的萨满。在鄂伦春族心目中，萨满神通广大，既能医治各种疾病，又能驱走死人的灵魂，还能祈祷狩猎丰收，所以春祭请他们来祈求神灵保佑。

谷拉依尔氏族的大萨满吉若（鄂伦春语，性格特别）和小萨满霍查布（鄂伦春语，富裕）来给乌热松爷爷和安布伦奶奶请安，因为两位老人是这里年龄最大的长辈，互相问好后，乌热松爷爷请两位萨满坐下。此时，所有客人都到了。他们一边吃着肉干、榛子、松子，喝着茶，一边聊着天，大多数人都是一年才见一次面，都感到非常亲切，祭场一下子就变得热闹起来。

乌热松爷爷问："霍查布，你的父亲还好吗？"

霍查布难过地说："我父亲去年冬天就去世了，他太爱喝酒了，胃不好，后来吐血了，人就没了。"

乌热松爷爷叹息道："可惜了，我也没能见上最后一面。"

苏热问巴彦："巴彦大哥，你们乌力楞的哈达罕和他儿子怎么没来？"

巴彦摇摇头，叹口气说："唉，他们爷俩都特别爱喝酒，去年秋天，有一天正在吃饭，他俩都喝醉了，吵起来了，哈达罕儿子脾气暴躁，哈达罕的脾气也不好，竟拿起枪把儿子打死了，没多久他也死了。"

大家都非常震惊，苏热又问："他儿媳妇呢？"

巴彦说："他儿媳妇后来跳河死了，死的时候肚子里还怀着孩子呢，唉，造孽呀！"

大家听了都为他们一家子难过，因为今年冬天雪大，乌力楞没有来人，他们一点儿都不知道，大雪封山也封锁了消息。阿库什听完后把头低下了，他的媳妇就是他喝醉后失误打死的，他起身离席了。苏热看着他的背影，知道他心里不好受。

安布伦奶奶哀叹道："怎么会发生这样的事呢？天神恩都力保佑我们平安吧。"

一下子来了好几个年轻人，布库带着他们布置好祭场。夜幕降临，祭礼便开始了。大家神情庄严，围着篝火，祭礼在肃穆神圣的气氛中进行着，吉若带领大家在心里祈祷神灵保佑一年中狩猎丰收、平安吉顺。

春祭活动举行了两天晚上，到第三天早上就要结束了。大家互相祝福、道喜，相信有神灵的保佑，今年定会平安、丰收。

巴彦临走的时候对苏热说：“苏热兄弟，你的女儿像月亮那么美丽，像梅花鹿一样可爱；我儿子希克腾像熊一样强壮，像狐狸一样聪明，他很喜欢别雅儿，允许我们过些天来向你家来求婚，让别雅儿给我做儿媳妇吧。”

希克腾看着别雅儿，眼神里满是爱慕，别雅儿不好意思地低下了头。苏热看看两个孩子，笑了。

苏热一家把客人陆续送走了。

乌娜堪对苏热说：“劳勒爸爸，春祭完事儿了，你是不是该带儿子去相亲了？”

苏热答道：“是啊，皮子和鹿胎膏、熊胆都攒够了。大兴安岭十八站那么远，来回要走很多天，不能拖到夏天，雨水多路不好走了，得趁着春天雨少。等我们这两天转场竖好撮罗子，安顿好你们，我和劳勒就去。”

“那好吧，我这几天给劳勒做两件新袍子。”

“行，过几天我们就走。”

“你不是和谷拉依尔定好了吗？”

“是的。”

“知道了，我也早点准备。”乌娜堪高兴地答应着，为儿子娶媳妇是她多年的心愿。

乌娜堪把刚熟好的皮子裁剪出来。这次熟的皮子是短毛和去了毛的薄皮子，乌娜堪用短毛皮子做了一件春天穿的衣服，鄂伦春语叫“卡热莫纳”；一件夏天穿的薄皮子短衣，鄂伦春语叫“依力格依”；一条皮裤，鄂伦春语叫“额勒开依”。乌娜堪、艾和音和别雅儿她们做了四天，因为是给劳勒相亲穿的，所以她们做得特别精细。

这些天，眼看着青草都长出来了，苏热便带布库他们去打狍子，想留给家里人吃。

苏热和布库、劳勒、佳林四个人带着猎狗，骑着马来到烧荒的草甸子。可能是熬了一冬天，终于等到有青草吃了，鹿竟忘记了危险的存在。四个人远远就看见了几只鹿正低头香喷喷地吃着草，他们下了马，悄悄地隐藏起来，支好枪架，四个人同时开枪，打中三只，其余的都吓跑了。

连着两天，苏热带着三个小伙子忙着转场，他们在南面那座山的山顶阳坡的林子里选了一块平地，作为乌力楞营地，搭起三个撮罗子。这个地方非常好，四周都是白桦树、榆树、柞树、黄波椤树、水曲柳树，又粗又高的大树下面是灌木丛，山坡下就是沾别拉河，青草也多，马儿自己在林子里就可以找草吃。苏热他们用五根上面有枝杈的碗口粗的木杆子，交叉搭成上面聚在一起下面分开的骨架，然后用三十根木杆子搭在骨架之间捆绑固定，外面用兽皮从上往下一层压一层围住，又在兽皮外面围一层桦树皮防晒防雨。南面留一个门，门帘是用草和树条编的。撮罗子里面，东、北、西面搭成卧铺，在卧铺上铺满干草和狍子皮，老人睡右边的铺位，小辈的睡左边铺位。睡觉时，男人在北，女人在南，因为鄂伦春族以北为尊，以男为尊。

苏热他们一共搭了三个撮罗子，又搭了两个奥伦架子装物品，平整了一大块地，最后又把地窖子里的东西全都搬过来。马和狗也跟着过来了。两天来，这四个人累坏了，阿库什自从春祭的时候听说哈达罕父子的事以后，喝酒比以前少点儿了，看见苏热他们转场，他也来帮忙，大家看了都很欣慰。

鄂伦春族有句谚语：**熬过冬天的人，才知道春天的温暖**。虽然辛苦了两天，但是看着新的营地，大家还是很开心。搬进撮罗子，爱玛罕和依曼很开心，觉得这个新家特别好。

依曼在院子里玩着，忽然飞来几只蝴蝶，依曼伸手去抓，蝴蝶飞走了，依曼就去追，越追越远。爱玛罕正在给兔子喂草，乌热松爷爷牵着尔格艳在院子里溜达，乌娜堪和艾和音在做饭，安布伦奶奶和别雅儿摘着刚采回来的蕨菜、婆婆丁、柳蒿芽。春天山林里的野菜长势旺盛，几天的工夫就长出来一片，鲜嫩鲜嫩的，是全家盼望一冬天的美味。大家各自忙碌着，谁也没注意依曼已经走远了。饭做好了，男人们也回来了，布库问：“依曼呢？”因为每次他一回来，依曼都会飞奔过来迎接他。

大家这时才发现依曼不见了，全家都慌了，这偌大的山林处处都有野兽出没，艾和音急得哭了起来。布库安慰她：“依曼妈妈，别着急，我们一定能把依曼找回来。”

苏热也说：“咱们别慌，现在就去找，分四个方向，你们看，库烈不见了，可能跟依曼走了，有库烈保护，不会有太大危险。布库去东边找，别雅儿和你嫂子去北边找，我和你婶婶去南边找，劳勒和佳林去西边找，下面有河，没准依曼去那里玩水了。”阿库什也很着急，他也想去，苏热没同意，让他在家等着。劳勒和佳林跑得快，一边喊着依曼的名字一边跑，一路跑到河边，河水哗哗地流淌着，却没有依曼的身影。佳林让劳勒往上游找，自己去下游找，两人分头行动。

苏热和乌娜堪也是分开寻找，这样搜索范围大一点儿，他们在林子里一边找一边喊着依曼。苏热心里也很急，也很担心，依曼活泼可爱，他非常喜欢，在他心里，男孩儿、女孩儿都是一样的，都是他们莫拉乎尔氏族的希望。他们一路向南，走了好远，苏热对乌娜堪说："劳勒妈妈，我觉得依曼那么小，不可能走这么远，我们也往东边找吧。"

艾和音和别雅儿往北边找，艾和音怀孕了，别雅儿搀扶着她，怕她跌倒。艾和音一边找一边喊着依曼的名字，满脸的泪水，如果依曼遇见狼和野猪怎么办？她不敢想了，在心里不停地祈祷：山神保佑，保佑依曼平安吧！林子里生长着各种野菜，平时最喜欢采野菜的她，此刻无暇顾及，她不停地用手拨开每一处草丛，生怕落下一处，错过女儿。

布库发疯一样在林子里找，使劲地喊着依曼，他的心都提到嗓子眼了，虽然他有三个女儿，马上又要有第四个孩子了，可每一个孩子都是他的宝贝。依曼又那么黏着他，每次打猎回来，不管多累，只要依曼扑进他怀里，他都觉得值了。爱玛罕长得像妈妈，水灵灵的大眼睛，又白净又漂亮，而且是他的第一个孩子，生她的时候，天上飘着朵朵白云，特别美好，他很喜欢这个漂亮的女儿。但是，每当看见高颧骨、眯着细长的小眼睛、嘟着红红小嘴的依曼，每次听见她喊着爸爸的时候，他就欢喜得不得了。她是下雪天出生的，所以叫依曼。依曼活泼好动，对什么都好奇，整天问东问西，像只小喜鹊一样围在布库身边，喳喳地说个不停。想到这些，布库的眼泪就掉下来了。布库从小没有妈妈，对亲情特别看重。他找啊喊啊，走出了好远，他也觉得依曼那么小，不可能走那么远。眼见前面是石崖了，他突然害怕起来，万一依曼掉下去怎么办？他不敢往下想了，慢慢地往前挪着。

前面有一丛达子香花，花开得正艳，蜜蜂、蝴蝶在花丛间飞舞着。他用手扒开花丛，这边看看，那边看看，都没有。忽然发现前面有一块大石头，他刚走近，呼啦一下子，有什么东西站起来了，把他吓了一跳，他睁大眼睛一看，是库烈，它冲布库使劲儿地摇着尾巴。大石头上面，依曼手里拿着一把花，正甜甜地睡着呢，阳光暖暖地照在她身上，花丛中飘满香气，布库惊喜地喊了声“依曼”，一下子把她抱在怀里。依曼醒了，看见是爸爸，高兴地搂着爸爸的脖子，喊着爸爸。布库又心疼又生气地说：“姑娘，你咋跑这么远来了，吓死爸爸了。”他把依曼紧紧抱在怀里，这时他才明白原来库烈一直看着依曼睡觉呢。他感激地拍拍库烈的头：“谢谢你，库烈！”

布库一边抱着依曼往回走一边喊着：“依曼找到了！”苏热和乌娜堪也正往这边赶来，看见库烈在前面跑，就知道依曼找到了。布库抱着依曼走过来了，依曼看见苏热喊着：“爷爷，爷爷！”

苏热答应着：“哎，小宝贝。”然后把依曼抱在怀里，眼里噙满了泪水。

布库说:“我们快回去吧，家里的人都急死了。”他背着依曼走在前面，苏热和乌娜堪跟在后边，找到依曼了，他们的心情一下子就好了，苏热摘了一大把达子香递给乌娜堪，乌娜堪接过来说:“今年的花朵真大啊，真好看！”边说边低头闻着，“好香啊！”她深情地看了苏热一眼，苏热会心一笑。达子香是山间开花最早的报春之花，迎着早春的寒风开放，它有五个花瓣，简单大方，像极了鄂伦春女人，艳而不娇，媚而不俗。民间曾经有诗人赞美它:宁居山野外，不肯为尘荣。花气凌冰雪，清华自荡胸。

看到依曼平安无事，乌热松爷爷和安布伦奶奶、阿库什都高兴极了，安布伦奶奶拉着依曼的手，高兴地叫着:“小依曼！小依曼！你可回来了。”其实，安布伦奶奶一直在祈祷，祈求山神保佑依曼。不一会儿，佳林、劳勒满头是汗地回来了，佳林一看见依曼，惊呼着“依曼找到了”，把依曼举起来转了一圈，依曼开心地嘎嘎大笑。

别雅儿搀着艾和音也回来了，听见了依曼的笑声，别雅儿跑过来，回头喊道:“嫂子，依曼找到了！”

艾和音跑过来抱起依曼哭了:“姑娘，你去哪儿了？吓死妈妈了。”依曼用小手擦着妈妈的眼泪，她太小了，不知道自己把妈妈吓坏了，把全家人都吓坏了。

别雅儿瞪着依曼问道:“小丫头，你去哪里了？我们是怎么告诉你的？不许离开撮罗子，不许自己进林子里，你怎么不听话呢？”

依曼天真地笑着说:“小姑姑，我去抓蝴蝶了。”

别雅儿生气地说道："抓什么蝴蝶？你知不知道，你把人都吓死了！我不是告诉你了吗，林子里有狼，会吃了你！"

依曼认真地说："库烈跟着我呢。"她觉得库烈会保护她。

布库说："是的，我找到她的时候，依曼在大石头上睡觉，库烈在旁边看着她呢。"

佳林听了赶紧搂着库烈夸奖道："库烈，好样的！"库烈仿佛听懂了主人们的赞许，高兴得使劲儿摇着尾巴。

这时，别雅儿才看见爸爸和妈妈站在一起，妈妈怀里抱着一大把达子香花，她知道，爸爸妈妈两人感情很好，每年在达子香开花的时候，爸爸都会采回来送给妈妈。于是，她走过来歪着头调皮地说："哟，有人给你送花了！"乌娜堪这时才想起来自己还拿着花呢，不好意思地说："你这个疯丫头！"大家都笑了。乌娜堪将桦皮桶装上水，把花插在里面，这样花能开好些天呢。

苏热带孩子们去河里打鱼，现在正是鱼咬汛的时候，能打到很多鱼。鱼咬汛就是鱼的产卵期，这时候鱼聚集在一起，很容易打到。河岸上的猎人会抓住这个时期，利用鱼叉、鱼罩，能打很多鱼。这个时候的鱼不仅肥美，而且满肚子的鱼子，特别香。他们扛着桦皮船、鱼叉、鱼罩来到了河边。哲罗鱼、细鳞鱼都聚在这里，它们喜欢在水流急的、有大石头的地方聚堆产卵。苏热拿着鱼叉，布库划船，劳勒和佳林拿着鱼罩，分工明确。沾别拉河的水很清澈，一眼就能看见鱼。苏热瞅准了，将鱼叉迅速扎进去，一条几十斤的大哲罗鱼就被叉住了，大鱼拼命地挣扎，水花翻滚，鱼在水里特别有劲儿，布库赶紧帮忙，又叉了一下，劳勒拿网兜把鱼兜在里面，水面上泛起红色的浪花，鱼就折腾不动了。一上午，他们叉了十条，都是十斤往上的大鱼。佳林收获也不小，虽然没有太大的鱼，也装满了一袋子。一连三天，苏热他们都来打鱼，因为鱼咬汛就这几天，他们要抓紧时间多打一些。乌娜堪和艾和音、别雅儿她们天天用河水炖河鱼。鄂伦春族做鱼很简单，把鱼收拾干净，放上河水放上盐，就开始炖。现在的鱼正在产卵，满肚子金灿灿的鱼子，有高粱米粒那么大，鱼肉是蒜瓣儿肉，又香又鲜，真是人间美味。吃不完的鱼就收拾干净，用盐腌一下晒干，留着慢慢吃，小一点儿的鱼都喂狗了。

几天后，过了鱼咬汛期，鱼不那么聚堆了，但是天热了，鱼还是不少，毕竟这一带人烟稀少，只有这一个乌力楞。一家人喜欢在河边待着，布库带着弟弟们用新桦皮船打鱼，总能打到很多，有时候会点起篝火，把鱼直接放在火里烤，也不刮鳞，也不清除内脏，烤熟了就把皮撕开，蘸盐吃。烤熟的鱼总是先给乌热松爷爷、安布伦奶奶、孩子们吃。

又到了打飞龙的时节，因为四五月份是飞龙的繁殖期，飞龙会用清脆而尖厉的叫声呼唤伴侣。苏热他们来到林子里，多年的打猎经验让他们学会了飞龙的叫声，苏热巧妙地吹出飞龙求偶的声音，不一会儿，就有飞龙过来了，布库和劳勒赶紧开枪，飞龙被打下来了。一天下来，他们打了十几只飞龙。佳林高兴地说："叔叔，我也要学飞龙叫，还要学打飞着的动物。"

苏热高兴地拍拍他的头说：“好的，以后叔叔教你。”

下了一天的雨，第二天终于放晴了，苏热就带着三个小伙子去石砬子里打獐子。猎人模仿公獐子和母獐子的叫声，引来更多的獐子。他们来到石砬子，隐藏在林子里，放好枪架，学着獐子叫，叫了好一会儿，真的有獐子来了。苏热他们不着急，继续叫，又来了两只。苏热告诉布库，獐子特别机灵，一定要瞄准了再开枪，三个小伙子点着头，做好了准备。苏热轻轻一点头，四人同时开枪，打了两只獐子。獐子身上有麝香囊，非常值钱，可以换很多物品，獐子肉也好吃。他们回到乌力楞，乌娜堪看见可高兴坏了，因为这几天就要带劳勒去大兴安岭相亲了，这下有贵重的礼物了。

劳勒也想，过几天就要去相亲了，应该去打几只石兔，石兔皮特别好看，他想给那个姑娘做一顶帽子，她一定会喜欢的。石兔是小兴安岭的一种兔子，体型娇小，身长三十厘米左右，耳朵又大又圆，毛长绒厚，色泽发亮，每根毛的尖是棕色，中段是黑色，贴近皮肤的是红色，非常漂亮，最适合做帽子了。但是，石兔胆子特别小，喜欢待在僻静的地方，如石隙中。秋天的时候，石兔咬断很多草放在石头上晒着，干了就运回洞里储藏起来留着冬天吃，它们不吃雨淋霜打过的草。石兔冬天很少出来，春天和秋天喜欢在石头上玩耍。

劳勒躲在草丛里，守候了一天，打了三只石兔。苏热看见了对他说：“劳勒，等你的兔皮干了，我们就去十八站相亲。”劳勒不好意思红着脸答应了。

别雅儿看着哥哥说：“哟，要给我娶嫂子了？看把你美的呀！还没见到呢，就开始偏向她了，这么好看的石兔皮咋不给我打几只？”

劳勒瞪了她一眼说:“一边去！你自己找小伙子给你打呗！”

别雅儿调皮地伸了一下舌头，转头跑了。

第七章

布库和劳勒昨天就把去十八站相亲要带的东西都装好了，晚上又把马和狗都喂得饱饱的。

早上天刚亮，一家人除了三个孩子全都起来了，乌娜堪跟艾和音做好了早饭，吃完饭，苏热和劳勒准备上路。劳勒穿上了新衣服，非常合身，艾和音看着劳勒夸奖道："看劳勒兄弟多精神，十八站的姑娘一定会相中咱们劳勒的。"劳勒不好意思地笑了。

从乌力楞到十八站大概有一千里路，骑马也要走七天。路途遥远，山林里又充满了危险，不仅有野兽，有时候还会碰到胡子（土匪），全家人都很担心。出发前，苏热带着劳勒来到撮罗子后面的山神白那恰像跟前，供上酒和肉，祈求山神保佑他和儿子一路平安。又来到乌热松爷爷和安布伦奶奶跟前，说："爸爸，妈妈，我们走了，你们在家也要小心点儿。”

安布伦奶奶说：“知道了儿子，你们也一路小心呀！”

“儿子，多带点儿子弹，一路上胡子很多，要多加小心！”乌热松爷爷告诉苏热。

苏热答应着：“知道了爸爸，放心吧，我们半个月就回来。”

乌娜堪看着丈夫和儿子，心里很是担心，但她什么都没说，千言万语汇成了默默的注视，苏热向她点点头，说：“劳勒妈妈，爸爸妈妈就交给你了。”

两个人准备妥当，骑上马，苏热骑的是欧嫩，劳勒骑的是他最喜欢的依哈善，带上库烈、安巴、浓突汗三条猎狗出发了。他们向西北走到李区山，又向西一直走了一天，在晚上赶到了茅兰河，爷俩下马歇息，生了火烤了点儿东西吃，然后就睡觉了。早上起来又继续赶路，就这样又走了两天，在天黑前到了黑河瑷珲。苏热去过几次瑷珲，所以比较熟悉路，劳勒可是第一次走出山林来到这么远的地方。他们来到城里，谷拉依尔正在这里等着他们呢，因为他的汉语说得好，一路可以帮到他们，而且十八站的姑娘也是他介绍的。见到谷拉依尔，苏热心里就有底了。

谷拉依尔高兴地说：“苏热大哥，一路辛苦了，咱们先去馆子吃饭，晚上在旅店歇一宿。”

苏热说：“好，谷拉依尔兄弟，都听你的。”

他们去馆子里吃了面条和炒菜，这是劳勒第一次吃山下人做的食物，他觉得很特别很好吃。

谷拉依尔带他们找了一个旅店住下了。早上吃的是白面馒头，这也是劳勒没吃过的，他觉得馒头很暄腾，比烧面圈好吃。

谷拉依尔说：“苏热大哥，劳勒第一次来黑河，我带你们去看看这个地方，再去看看大江，看看对面的俄罗斯。”

苏热感谢道：“好的，谢谢谷拉依尔兄弟。”

他们来到江边，滔滔的黑龙江水缓缓地流淌着，黑色的水面和沾别拉河完全不一样，那么宽广，那么大气。江面上行驶着一条俄罗斯的大船。大兴街西头江岸边的戊通公司码头上，中国的大船正在卸货。好大的船啊，劳勒想，这可比他们的桦皮船大多了。

谷拉依尔指着江对岸的城市说：“那就是海兰泡，以前是咱中国的地方。你们看，俄罗斯城里的房子和江边的人。顺着这条江上游一直向西走，就是咱们要去的呼玛县，到那里就快到十八站了。”

劳勒点点头：“这江水可真宽，真长啊！”

谷拉依尔看着劳勒，笑着说：“是不是比沾别拉河大多了？”

劳勒感叹道：“是啊，真是大太多了！”

谷拉依尔又对他们说：“我带你们俩好好看看黑河吧。”他们来到海兰泡公园，又来到了振边酒厂，劳勒瞪大双眼：“哇，这里有好多酒吧？好大的酒味儿啊！”

谷拉依尔知道鄂伦春族喜欢喝酒，就跟他们详细介绍：“当然啦，这是东北最大的酒厂，咱们黑河人，还有周边地方的人喝的酒都是从这里拉走的，这里的酒都是用粮食酿成的。”

他们又来到街上，大街上很热闹，来来往往都是人，有中国人也有俄罗斯人，街两边都是当地人和洋人开设的铺子，现在黑河有二三百家铺子。谷拉依尔指着鳞次栉比的店铺给他们介绍："这家是'鸿盛德'，专造男靴女鞋、四季冠帽；这是'大同药房''志仁堂药行'；这'福和堂药房'是河北昌黎人马庆礼开的，也是黑河第一家药房。黑河有三十多家药房呢。"他看着爷俩羡慕的神情，自豪地笑了。

苏热看着这么大的药房，感叹道："劳勒，你大伯有病的时候，要是能在这个地方买药看病就不能死了，布库就不会没有爸爸了。"谷拉依尔知道苏热心里充满了遗憾，就轻轻地拍了拍他的肩膀。

他们又来到了黑河松涛照相馆，谷拉依尔说："这是给人照相的地方。"

劳勒好奇地问："照相是干啥的？"

谷拉依尔指着橱窗里的照片说："这是相片，就是用照相机把你的样子照在这样的纸上。"

劳勒似懂非懂地点点头，看着谷拉依尔说："叔叔，你太厉害了，你什么都知道，而且汉语也说得这么好。"

他们又来到学校，教室里，学生正在上课，琅琅读书声让劳勒羡慕不已，谷拉依尔告诉他："黑河还有女子学校呢，以后的孩子都得学文化，才能有知识，才能走出去，以后你的孩子也要让他们下山上学啊。"

劳勒看看爸爸，两人没有说话，这个问题他们还不敢想，那应该是很遥远的事情，或者说是跟他们没有关系的事情。劳勒好奇地看着这一切，这一切都是那么新鲜，在山林里除了树还是树，他想，要是佳林能来他得多高兴啊。这是劳勒有生以来第一次来到这么大的城市，看见这么多的人，他以前只到过奇克特佐治局。

劳勒禁不住惊叹道:“黑河瑷珲可真大啊！”

谷拉依尔告诉他:“咱们国家可大了，这只是一个小城市，再往四面八方走，那些城市比这里要大好多好多呢。”他一边说一边比画着。

劳勒摇摇头，有点想象不出来，他看着谷拉依尔敬佩地说:“叔叔，你可真了不起，什么都知道！”

谷拉依尔骄傲地笑了，又带他们来到杂货铺，买了一包糖、一包香烟、一包火柴，三人就上路了。谷拉依尔给他俩一人一根香烟，他们抽起来都觉得很特别。又给他俩一人一块糖，告诉他们这是俄罗斯的糖块。劳勒吃到嘴里，不禁赞叹:“哇，这么甜，这是蜂蜜做的吗？”

谷拉依尔摇摇头，笑着说:“不是，是用甘蔗和甜菜做的。”劳勒才知道，这世界上除了蜂蜜，还有这么甜、这么好吃的东西。

一路上，他们沿着山路行进，累了就歇息，饿了就进林子里打野鸡、兔子吃。走进大兴安岭地带，发现这里比小兴安岭山高林密，也比小兴安岭更加大气。三天后，他们终于来到了大兴安岭北坡，呼玛河下游的十八站。十八站隶属大兴安岭呼玛县，是清朝康熙年间，由墨尔根（嫩江）修至漠河金矿的第十八个驿站。这里素有“古黄金之路”的美誉，早在康熙年间，朝廷决定进剿盘踞在雅克萨城的沙俄入侵者，自大兴安岭北坡开始斩草伐树，修筑驿道北上。每隔六十里左右设一个驿站，总共开设了二十五个，直至雅克萨城，驿道全长一千四百里。驿站和驿道对战时输送兵丁，运输粮食和军需物资以及传递情报等，都起到了重要作用。雅克萨城战争结束后，这条驿道上的驿站渐渐荒废，光绪十一年（1885），清政府决定在漠河胭脂沟开办金矿，为了顺利开采黄金，朝廷派李金镛又重修驿道和驿站，共修整了三十三个驿站，十八站就是其中的第十八个驿站。

谷拉依尔带着苏热和劳勒来到第三个撮罗子，里面的人一看见他们到了，就热情地迎了出来。主人叫莫日根，是一个五十岁的鄂伦春猎人，他的妻子乌达内是一个贤惠的女人，两人的儿子叫查班莫，儿媳叫爱玛罕，还有一个女儿沙吉雅。这一家人看见他们都非常高兴。

谷拉依尔和苏热跟莫日根一家人问好后，谷拉依尔把劳勒带到莫日根面前，介绍道："莫日根大哥，这就是来自小兴安岭奇克山的劳勒小伙子。"

劳勒礼貌地向莫日根和妻子请安："阿雅阿恩古仁。"夫妻俩伸出右手掌心向上还礼："阿雅。"

谷拉依尔又给劳勒介绍查班莫及其妻子："这是哥哥、嫂子。"最后把他带到沙吉雅面前，说，"这位美丽的姑娘就是沙吉雅。"

劳勒紧张得脸都红了，腼腆地向沙吉雅问好，虽然经历了一周的奔波，劳勒有点疲惫，但是善良憨厚的面庞配上一身新衣服，仍然显得诚实可爱。美丽的沙吉雅也微笑着低声回了礼。看着眼前两个很般配的年轻人，莫日根和妻子脸上都露出了满意的笑容。莫日根对谷拉依尔说："谢谢你，谷拉依尔兄弟，给我们带来了尊贵的客人。"

谷拉依尔说道:“**放马要选丰茂的青草地，交友要找真诚的老实人**。苏热大哥和劳勒大侄子都是善良老实的猎人，劳勒是勇敢的好猎手。”

莫日根说:“苏热兄弟，你们赶了几天的路都累了，快进屋吃饭吧。”然后又嘱咐儿子查班莫把客人的马和狗喂一下。

苏热和劳勒把带来的礼物卸了下来，送给主人。苏热带来的都是上等的貂皮、鹿皮、鹿胎膏、熊胆，又拿出来三条石兔皮说:“这是劳勒特意为沙吉雅姑娘打的，送给她做帽子。”

莫日根接受了礼物，并表示感谢，沙吉雅接过漂亮的石兔皮，看着劳勒不好意思地笑了。乌达内和儿媳妇准备了丰盛的晚餐，大家一边吃一边聊。谷拉依尔对苏热说:“莫日根大哥是远近闻名的好猎手（鄂伦春语中，‘莫日根’就是‘好猎手’的意思)，沙吉雅也是美丽善良的好姑娘，苏热大哥，你是遇对人了，两个孩子非常般配，我看这门亲事就成了吧。”

苏热赶紧接话:“我们是很相中沙吉雅的，不知道莫日根大哥愿不愿意把美丽的女儿嫁给我们劳勒啊？”然后举杯敬向莫日根。

莫日根也举起了酒杯，回道:“按我们鄂伦春族的习俗，求婚要三次才可以，但是奇克山离我们这么远，你们来一次不容易，又带来了这么多珍贵的礼物，是真诚的求婚，而且劳勒也是个勤劳的好猎手，我想我女儿嫁过去一定会幸福的，我同意了。”

听了这席话，苏热高兴极了，一路的辛苦也值了，能给儿子娶上这么好的媳妇，真是太好了。他举杯说道:“谢谢莫日根大哥，我们一定会好好善待沙吉雅的。我先干为敬。”说完一口气干了一杯酒。莫日根也很高兴，也把酒一口干了，鄂伦春族特别实在，他们通过酒品看人品，莫日根认定苏热是一个人品非常好的人。大家把酒都干了，皆大欢喜。劳勒和沙吉雅互相看了看，都偷偷地笑了，知道他们的婚事就这么定下来了。

第二天早上起来，春光明媚，微风徐徐吹着，喜鹊喳喳叫着，谷拉依尔赞美道:“看看你们的沙吉雅，和喜鹊一样吉祥(鄂伦春语中，‘沙吉雅’就是‘喜鹊’的意思)。”大家都笑了。

莫日根对苏热说:“兄弟，我带你认识一下乌力楞里我们氏族的人吧。”

苏热心里明白，莫日根想让大家看看劳勒，于是他们就一个撮罗子一个撮罗子地去拜访。大兴安岭的鄂伦春族比奇克山的鄂伦春族多很多，光这一个乌力楞就有二十几户人家，七八十口人。大家知道是沙吉雅相亲的对象来了，而且又是从那么远的奇克山来的，都很热情，对劳勒也很满意。

莫日根又带苏热他们骑马去了萨吉满盛山。萨吉满盛山是一座四百多米高的大山，山上的岩石比较集中，山中奇石拔地而起，千姿百态，呈一字形状排开，构成了一幅神韵流动、蔚为壮观的天然画卷。萨满教是北方民族信奉的教，他们认为万物有灵，天人感应，萨满是天神恩都力的使者，这座萨吉满盛山是大兴安岭历代库玛尔路鄂伦春族祭拜的地方。相传，鄂伦春族英雄萨吉满得真神之助，战胜邪恶之神斯文博后，其身化为山石。人们在最高的山石上画了萨吉满的神像，在最粗壮最高大的树上绑了很多彩色的布条，画了山神白那恰的神像来祭拜。在萨满神像和白那恰神像前，苏热献上了酒和肉，这是小兴安岭毕拉尔鄂伦春族对神灵的敬意。

莫日根指着南面的山介绍道：“那是五士力前沟，离十八站五十里地，是采金点。北面是五士力后沟，也是采金点。南边还有干德套子，是呼玛河的一个汉子，水很稳，没有急流，鱼很多。西面是耳尖山，邬奇罕山和白鲁提山。”

苏热望着辽阔的大兴安岭，感叹道：“这些美丽的山林是我们的祖先曾经生存的地方，它们养育了一代又一代的鄂伦春族，这是我们的根啊！”

“是啊，我们的祖先在这里繁衍生息，这里的动物让我们得以生存。”莫日根也感叹道。

两个人聊起了打猎的技术和惊险的故事。莫日根告诉苏热，大兴安岭的动物特别多，又特别寒冷，喝酒是当地人御寒的一种方式，男女老少都爱喝酒，酗酒就成了普遍现象，因酗酒发生的悲剧也不少。去年他们乌力楞的一个猎人就因为喝多了酒，遇见了黑熊，一枪没把熊打死，受伤的黑熊撵过来，把他的头皮都掀开了，还好他及时拔出腰间别着的小斧子，把熊砍死了。

苏热吓了一跳，忙问猎人后来怎么样了，莫日根告诉他，猎人还好，回来后，他们用鹿筋给他缝合了伤口，虽然头上留下一道大伤疤，但人没事儿。

苏热给他讲了阿库什误杀妻子的事，都是因为喝了酒。苏热又诉莫日根，从前他们乌力楞有一个猎人，喝醉酒就打媳妇，大家总是劝他，他也不听。有一次把媳妇打急眼了，他刚从撮罗子里出来，媳妇竟拿起枪把他打死了。

莫日根听后不禁叹息，眼神中立马多了几分忧愁。聪明的苏热马上明白了，莫日根是不放心女儿嫁那么远。于是苏热对莫日根说："大哥，我的劳勒不爱喝酒，你放心，我绝对不让你的宝贝女儿受委屈的，我向天神恩都力和山神白那恰保证，一定善待你的沙吉雅。"

莫日根看苏热说得那么认真，满意地笑了。他又向苏热介绍："我们乌力楞下面是呼玛河，呼玛河是黑龙江上游右岸比较大的支流，在大兴安岭的西北部，向东北流入黑龙江，全长一千多里呢。呼玛河里有哲罗鱼、大马哈、细鳞鱼等。呼玛河还有一个支流叫疙瘩干河，也就是咱鄂伦春族说的大马哈鱼窝子。你们秋天来吧，我会让你们把大马哈吃个够。"

苏热一听说让他秋天来，莫非是同意秋天来娶沙吉雅？他哪能放过这个机会，赶紧答应："莫日根大哥如果同意，我们秋天就来迎娶沙吉雅。"

莫日根回头看看劳勒和沙吉雅，他俩在后面边走边说笑，沙吉雅是那么高兴，他知道女儿很满意这门亲事，于是就爽快地答应道："好！苏热兄弟，一言为定！"

莫日根带苏热、劳勒、沙吉雅和谷拉依尔来到呼玛河，他们坐在河边聊天。劳勒和沙吉雅在不远处的大石头上坐着，劳勒看着水流湍急的呼玛河，看着高高的大兴安岭那辽阔的大森林，心中充满了无限的崇敬和喜爱。

沙吉雅问:“劳勒，你是第一次来大兴安岭吧？”

劳勒点点头:“是的，我是第一次来，也是第一次离开奇克山，到这么远的地方来。”

沙吉雅又问:“你听过嘎仙洞的传说吗？”

“听奶奶说过，大兴安岭有一个嘎仙洞。”劳勒说。

沙吉雅说:“嘎仙洞离我们这里也有几百里地呢。你奶奶给你讲过它的传说吗？”

劳勒诚实地摇摇头，说道:“那你给我讲讲呗！”

于是沙吉雅就给劳勒讲起了嘎仙洞的传说:“在很久很久以前，有一个天神般的鄂伦春族首领叫嘎仙，住在一个大仙洞里，大家都管这个仙洞叫嘎仙洞。一天，嘎仙正在打猎，得知有个叫满盖的九头魔鬼霸占了嘎仙洞，便带着巨大的神箭赶回来。满盖见嘎仙回来了，就说，嘎仙，你这个仙洞归我啦。嘎仙说，你这个愚蠢的废物。满盖一听说他是废物，就十分生气，便提出来要与嘎仙比武，谁把挡在洞门口的大石头扔得远，谁就是仙洞的主人。嘎仙说，好啊，你先扔吧。满盖举起大石头，使劲一扔，扔到了甘河边上。轮到嘎仙了，只见他轻轻一扔，就把大石头扔到了甘河对岸那座山的山顶上，嘎仙脚下也踩出了一个大脚印。满盖输了，他不服气，又提出射箭比赛，谁射中刚才扔过去的那块石头的正中心谁赢。又是满盖先射，连射三箭也没射中，而嘎仙一箭就射穿了巨石中心，还射出了一个大圆洞。满盖吓坏了，嘎仙太厉害了，他彻底认输了，伤心大哭起来，他的眼泪变成了嘎仙洞东边的泉水，呈米汤色。满盖看着手持神箭、威风凛凛的嘎仙，撒腿就跑了。”

沙吉雅讲完了，劳勒睁大眼睛道：“这么神奇，太有意思了！”

“以后你再来，咱们去嘎仙洞玩吧！”沙吉雅看着劳勒说。

劳勒高兴地答应道：“好的，以后我们一起去嘎仙洞。”

晚上，莫日根邀请乌力楞所有的人都来他们家，在撮罗子前点起篝火烤肉吃，一起庆祝沙吉雅订婚。大家都特别高兴，都拿着礼物前来祝贺。各种野味在熊熊烈火中飘香四溢，大家一边吃一边喝，一会儿跳舞，一会儿唱歌。鄂伦春族本来就热情好客，况且这些客人又是沙吉雅未来的夫家，免不了一醉方休。

劳勒感叹道：“大兴安岭的山峰比我们小兴安岭雄伟多了，像一条天降的巨龙！”

莫日根自豪地说：“那是啊，我们大兴安岭绵延两千八百多里，最高的黄岗梁山有两千多米高呢。这里有大片的原始森林，有各种松树，是全国松树最多的地方，各种动物和鱼更是数不胜数！”

谷拉依尔赶紧夸奖道：“是啊，莫日根大哥，不仅大兴安岭美丽，大兴安岭的姑娘也非常美丽！”

“说得对！我们大兴安岭最美了！”大家一起欢呼畅饮，放声歌唱：“高高的兴安岭，一片大森林，森林里面住着勇敢的鄂伦春，一匹猎马一杆枪，獐狍野鹿漫山遍野打也打不尽……”

歌声在大森林中回荡，人们也在欢庆中醉倒了。

苏热他们又歇了一天，也想让劳勒和沙吉雅培养一下感情。

第二天清晨，在温暖的阳光里，在热情的欢送中，苏热他们踏上了归途。

在古老的山林里，最先长出的野菜就是蕨菜，一根根一片片的蕨菜在枯叶和杂草间直立立地钻出来，向山林宣告绿色生命的到来。又嫩又绿的蕨菜把头向下弯弯地卷起来，像低头害羞的小姑娘。此刻，别雅儿和妈妈正忙着采收大山的馈赠，这时节的蕨菜有一尺高，有筷子那么粗，一会儿就能采一大筐。艾和音则在家里用开水焯了后晾晒。她们得抓紧时间，蕨菜长出来几天就会老，等叶子伸开了就不好吃了。大自然是如此慷慨，荠菜、四叶菜、柳蒿芽、婆婆丁、鸭嘴菜、狍蹄子菜、山葱、寒葱、老山芹等野菜陆续登场。困了一冬的人们终于可以吃到脆爽可口的青菜了，可以缓解一下肉食的油腻。春天雨少阳光充足，春风吹着，野菜干得快，每天架子上都晒很多。

乌娜堪一边翻弄着这些干菜，一边高兴地说："我们要多晒点儿，如果今年劳勒把大兴安岭的姑娘娶回来，我们又多一口人呢，冬天要让新媳妇儿有干菜吃。"

别雅儿嫉妒地说："妈妈可真是的，八字还没一撇呢，就开始惦记儿媳妇了，可真偏心呀！"

乌娜堪笑着说："以后你嫁到希克腾家，婆婆家也会把你当宝贝的。"

别雅儿调皮地翻了一下眼皮。艾和音忍不住笑了，别雅儿总是这么调皮可爱，她很喜欢这个小姑子，一说到她要嫁人，还真有点儿舍不得呢。虽然都在奇克山这一带，可是不在一个乌力楞，离得远也不能经常见面，特别是以后有了孩子，见一次面就更难了。艾和音嫁过来已经八个年头了，这里离黑河太远了，骑马也得走三天，所以她一直都没有回去过。每当想起父母、亲人，她就会站在山上向西北方向眺望，偷偷地流泪。好在弟弟来看过她两次，好在丈夫一家人都对她特别好，让她安心。所以艾和音干活儿从来不攀小姑子，想让她在娘家多享几天福。

下午，乌娜堪让艾和音在家里把晒干的蕨菜打成捆放起来，自己和别雅儿去采黄花菜。艾和音爽快地答应了。乌娜堪和别雅儿挎着筐来到林子里找到了一片黄花菜，黄花菜喜欢成片生长在阳坡，绿草丛中一片黄，那么清雅悦目。自从乌娜堪嫁过来，在这座山里生活了二十多年，每个地方有什么山野菜她都知道，还不到一个时辰，娘俩一人采了一大筐回到家，三个小姑娘高兴地跑过来，乌娜堪把筐放下，抱起尔格艳问道：“小宝贝儿，喜不喜欢花儿啊？”尔格艳奶声奶气地说：“喜欢。”乌娜堪递给她一朵黄花，她高兴地接过来闻了又闻。

艾和音过来说：“婶婶，你们俩今天采了这么多呀。”她把筐里的黄花菜倒出来，和别雅儿一起挑出草叶，先烧开水焯一下，再用凉水拔一下，最后晾在草帘子上。三个小姑娘一人拿了一把黄花在院子里跑着。

吃午饭的时候，布库和佳林打了一只狍子回来。他俩把皮扒了，大家把心和肝蘸着盐吃了。这几天，他们天天吃鱼、吃野菜。晚上，乌娜堪跟艾和音炖了狍子肉加柳蒿芽，鲜嫩的柳蒿芽用开水焯一下，放在狍子肉里，别提多好吃了。乌娜堪盛了一盆放在安布伦奶奶和乌热松爷爷面前，两个老人开心地吃了起来。天气好，他们都坐在撮罗子外面吃，艾和音跟别雅儿还用野猪油烙了油面饼，可香了，大家美美地吃了一顿。

春天，天黑得晚，大家吃完饭就在院子里坐着，就可以眺望很远很远的地方，不像冬天为了保暖把地窨子挖在避风的山沟里。撮罗子搭在山顶，向西就可以看见山坡下的沾别拉河，微风吹动河面波光粼粼，翠绿的山峦云雾缭绕，犹如仙境一般，鸟儿们唱着歌，呼叫同伴归巢，夕阳西下，晚霞染红了半边天，告诉山里的生灵们，明天又是一个艳阳天。

一家人喝着山泉水，吃着松子，聊着天。爱玛罕和依曼拿着青草在喂小兔子，艾和音怀里坐着尔格艳，别雅儿靠着母亲，佳林骑在木头上，阿库什喝得有点儿醉了，拿着烟袋锅半闭着眼睛，乌热松爷爷和安布伦奶奶也抽着烟，悠闲地吞云吐雾。

乌娜堪对婆婆说:“妈妈，劳勒和他爸爸走了这么多天，也不知道在那边怎么样了，亲事有没有说成，也快回来了吧？”

安布伦奶奶看着儿媳妇，知道她心里担心丈夫和儿子，就安慰她道:“劳勒妈妈，没事的，他们有猎枪，而且还有谷拉依尔，他们三个人呢，还带去了三条好猎狗，不会有危险的，就快回来了，他们走的时候说十五天准到家。”大家都很惦记苏热和劳勒，听见奶奶这样说，也相信他们一定会平平安安地回来。其实安布伦奶奶心里更惦记儿子与孙子，路途那么遥远，怎么能不让一个母亲担心呢?

为了消除这种忧愁的气氛，乌娜堪说：“妈妈，你给我们唱摩苏昆吧，不然我们民族的故事就失传了，孩子们都不知道了。”

安布伦奶奶听儿媳妇这么说就答应唱首《格帕欠莫日根》。安布伦奶奶刚一开口，两个小姑娘赶紧跑过来坐在爸爸怀里，认真倾听。

安伯伦奶奶唱道：

我歌唱马背上的民族，
我歌唱狩猎人的生活，
我要把记忆中的民歌，
留给下一代传唱不落。

奶奶唱的《格帕欠莫日根》，讲述了英雄格帕欠的故事。格帕欠是鱼神和猎人的后代，妖魔犸猊派妖精抓走了他的父母，他长大后决定找犸猊复仇。一路上，众多勇士跟他比武，都是格帕欠胜了，他还与这些勇士结拜成兄弟。他骑着宝马连连战胜十个妖怪，来到了犸猊的老巢。格帕欠非常勇猛，搏斗中，他砍掉了犸猊的脑袋，但是它又长了出来，格帕欠被它拍昏了，是格帕欠的宝马救了主人，并打听到犸猊的灵魂还藏在鸟巢的巨卵里面。格帕欠找了鸟巢，砸碎了藏有犸猊灵魂的巨卵，除掉了妖魔犸猊，历经千辛万苦，终于和父母相见，并和自己的心上人成了亲。

安布伦奶奶唱完了，孩子们都没听够，吵着还要听，奶奶又唱了一个，孩子们还想听。乌娜堪说：“今天太晚了，明天再让奶奶给你们唱，你们别光听，还要记住我们鄂伦春的英雄故事啊。”

鄂伦春族的摩苏昆形成于清末，流行于黑龙江大小兴安岭鄂伦春族聚居的地方，是一种曲艺形式，就是以说唱形式讲故事。安布伦奶奶会唱很多摩苏昆故事，比如《波尔卡内莫日根》《鹿的传说》《库巴列》等，有的长有的短，长的要讲几天或十几天，大家都喜欢听奶奶说唱。她是从娘家乌力楞学来的，那里有一个老奶奶经常给族人们唱摩苏昆。所以安布伦奶奶也经常给她的孩子们唱摩苏昆，要让后代们记住他们的民族文化和民族英雄光辉的历史。

第八章

安布伦奶奶觉得自己老了，总是不相信自己，她把从苏热去十八站以后每天从绳子上拔下来的小木棍查了一遍，确实是十五根，也就是说苏热和劳勒走了半个月，按照计划，今天晚上他们应该到家了。但是这中间下了一天的雨，她知道雨天没法儿赶路，肯定要耽误一天。安布伦奶奶每天都祈求天神恩都力和山神白那恰保佑她的儿子和孙子一路平安，她看见乌娜堪每天都站在院子里向西眺望，也看见老头子坐在树下默默地抽烟，就对他们说：“你们别担心，可能是下雨那天耽误了，明天准回来。”可是到了第二天，苏热他们还没有回来。

白天等了一天，晚上，佳林骑在树上向远方眺望，看着天空飞翔的山鹰，佳林羡慕地自言自语道：“唉，我要是也有山鹰一样的翅膀就好了，就可以飞到山外，看看山外面是什么样子，看看劳勒他们走到哪儿了。”他将两只胳膊伸向天空，做出要起飞的样子。

别雅儿说：“我也要像山鹰一样飞出去！”爱玛罕和依曼也跟着凑热闹，伸着两只胳膊一边跑一边喊着：“我也要飞，我也要飞！”

安布伦奶奶看着佳林，夕阳的光辉照在他身上，全身金灿灿的，真像一只将要展翅飞翔的山鹰，还有两个在地上伸着胳膊跑的小姑娘。安布伦奶奶的心颤了一下，她忽然意识到古老的狩猎生活方式似乎受到了动摇。自从谷拉依尔来讲了山外面奇克特佐治局的很多新鲜事儿之后，这些孩子的灵魂就不再安分，心就像长了翅膀。她认为鄂伦春族虽然是游猎民族，但是鄂伦春族的心是不游动的，他们的灵魂永远属于山林。

早上，安布伦奶奶从绳子上又拔下一根小木棍，来到院子里，看着一群喳喳叫的喜鹊，她知道今天她的儿子、孙子一定能回来。乌娜堪心情也很好，走过来对婆婆说：“妈妈，你看，喜鹊在告诉我们，苏热他们要回来了。”安布伦奶奶笑着点点头，使劲儿地吸了一下烟袋锅。多年婆媳相处产生的默契，让乌娜堪明白了婆婆的意思，吃完午饭，她就和别雅儿采了老山芹和寒葱回来，把狍子肉烀上了，和好了面，就等着丈夫、儿子回来包饺子了。太阳就快落山了，一家人都在撮罗子前翘首期盼。忽然，院子里的狗狗们都跑了出去，不一会儿，库烈和一群猎狗跑回来了，苏热和劳勒披着余晖回来了。

苏热和劳勒下了马，布库和佳林接过马牵到院子里开始卸东西，爱玛罕和依曼喊着“爷爷”跑了过去，苏热高兴地把依曼抱起来转圈圈，接着放下孩子，来到父母面前，给两位老人请安。看着儿子、孙子安然无恙地回来了，两位老人乐得合不拢嘴。乌娜堪和艾和音也很高兴，乌娜堪噙着眼泪对苏热说："劳勒爸爸，你们回来了。"

苏热看着妻子的眼睛，就知道这些天她有多担心，鄂伦春族不喜欢用语言表达感情，苏热只是深情地看着她说："是的，我们回来了，我们去了一趟萨吉满盛山，所以耽误了。"

艾和音舀了一瓢山泉水递给苏热："叔叔，渴了吧，快喝点儿水。"

别雅儿欢快地跑到苏热跟前叫着"爸爸"，然后又对劳勒说："哎哟，我以为你让人家给留下做女婿，不回来了！"

劳勒哼了一声道："你以为我回来是因为舍不得你啊！"

别雅儿瞪了他一眼，就和艾和音去包饺子了，她们包的饺子有巴掌那么大，是放在炭火里烧的。饺子一会儿就烧好了，狍子肉老山芹也炖好了，撮罗子里满满的香气。吃饭的时候，劳勒兴奋得不得了，像变了一个人似的，一边吃一边讲着这些天的所见所闻，一家人好奇地听着。他讲了黑河的商铺、药房、酒厂、公园、学校、照相馆，还有中国和俄罗斯的大船。大家都惊讶地看着他，惊讶他出门一趟的变化，同时也惊叹他说的这些事物。劳勒又自豪地说："你们知道吗？我在黑河看见汽车了，可漂亮了！"

佳林和别雅儿瞪大眼睛，同时问道："什么是汽车？"

劳勒笨拙地用手比画着，绘声绘色道："就是这样的，长的，方的，有铁棚子还有四个轱辘，然后一冒烟就跑了，跑得可快了，里面能坐好几个人呢。"

佳林和别雅儿没听懂，佳林便问："前面有马拉着吗？"

劳勒摇着头：“没有马拉着，它自己跑，有人握着方向盘，可快可快了。”

“那它怎么跑？人怎么操控它？方向盘又是啥？”佳林一脸疑惑，怎么也想象不出来，大家也都没有听明白汽车是什么东西。

劳勒干着急也说不清楚：“哎呀，我也说不明白，等谷拉依尔来你们问他吧。”别雅儿生气地瞪了他一眼。

吃完饭，劳勒给大家分礼物：“这是沙吉雅妈妈送给爷爷奶奶的茶叶，这是沙吉雅送给妈妈的帽子。”

乌娜堪高兴地夸奖道：“看看儿媳妇的手多巧，这帽子做得多好看呀！”

劳勒拿着两条漂亮的丝绸手帕说：“这是我们在黑河的商铺里买的，是汉族女人用的丝绸手帕，是给嫂子和别雅儿的。”

别雅儿接过来赞叹道：“哎呀，这手帕太好看了，你看这花儿绣得多好呀，这料子可真柔软啊！”

乌娜堪说：“给我看看。”别雅儿递给她说：“妈妈，你看看，山下人的东西就是好，又薄又软又好看。”乌娜堪她们这几年用的也是山下人的手帕，都是棉布的。

乌娜堪接过手帕仔细看着，夸奖道：“是啊，又滑又软，凉凉的，这花儿绣得可真好看呀，就是不知道有没有鹿皮的结实。”艾和音也夸奖道：“是啊，丝绸可真软啊！”说着转身递给安布伦奶奶，奶奶接过来，看了也称赞很好，但她心里不明白，这么一条小小的手帕，这么一个丝滑柔软的小东西，竟然瞬间打败了结实耐用的鹿皮，看着眼前这几个女人兴奋的样子，她仿佛看见森林里最古老的大松树在摇动，经年的树皮在一点一点剥落，年轻人正探着头向山外眺望。

小姑娘们等不及了，站在地上拍着手叫道："叔叔，我的呢，我的呢？"劳勒摸摸依曼的小脑袋："小白兔，着急了？"然后拿出一袋糖块递给艾和音说："这是俄罗斯的糖块，嫂子，你快给她们分了吃吧。"艾和音给孩子们一人一块，又给所有人分了糖。

给布库和佳林的礼物是一人一包香烟，给阿库什的是一壶酒。

布库和佳林打开香烟，烟盒上画着美女，里面是排列整齐的细长的烟，看着就让人喜欢。布库拿出烟分给家人，鄂伦春男人女人都抽烟，大家接过烟先闻了闻，都觉得这烟好香啊。布库给他们点烟，空中弥漫着浓浓的烟草味和香精味。年轻人直夸好，可是乌热松爷爷、安布伦奶奶、阿库什都觉得还是烟袋锅好。一场现代文明与传统文明的对决，在这古老的山林中悄悄上演。

全家人都很开心，别雅儿问劳勒："哥哥，你哪来的钱买这么多东西？"

劳勒说："我们没有钱，是谷拉依尔叔叔拿钱买的。爸爸说我们去一趟黑河挺不容易的，要给大家都买礼物，等谷拉依尔叔叔进山的时候，咱们再多给他点皮子和鹿茸什么的。"

乌娜堪最惦记的是儿子的婚事，于是就问苏热："劳勒爸爸，儿子的婚事成了吧？人家都送我们礼物了，肯定是成了。姑娘挺好吧，名字是叫沙吉雅吗？"

苏热笑着说道："你没看见你儿子那个高兴劲儿？肯定是成了呀，

姑娘叫沙吉雅，很好的一个孩子，爸爸是一个好猎手，妈妈也是一个好女人，我们定在秋天八月十五去娶亲。”一家人听了都非常高兴。

乌娜堪满心欢喜地说道：“姑娘叫沙吉雅，是一只喜鹊啊，她会给我们带来吉祥的，秋天娶亲真是太好了。”

别雅儿歪着头看着哥哥：“看来哥哥很喜欢啊，看把你高兴的，从回来就没住嘴，快把你一年的话都说了。”一家人都乐了，劳勒不好意思地瞪了妹妹一眼，说：“你快嫁出去吧，免得沙吉雅来了你欺负她。”

别雅儿气得直跺脚，对乌娜堪说：“哎呀，哎呀，妈妈你快看看你儿子，这媳妇还没娶回来呢，就偏向了。”看着斗嘴的兄妹俩，大家都笑了。大家也看出来了，这门亲事劳勒有多满意，从回到家就乐得合不拢嘴。

苏热告诉大家：“现在外面的变化非常大，以前去大兴安岭时路过的黑河和现在的黑河很不一样，不光人多了，还多了那么多新鲜的东西，那么多新鲜的事儿。而且，没有钱在外面什么事也做不了，这一趟得亏有谷拉依尔兄弟了，都是他花的钱，等他再来的时候，要多给他些皮子才行。”苏热说完叹了口气，他深深感到他们古老的生活方式受到了威胁，他们的游猎生活和社会的发展存在很大的差距，这个差距让他感到不安，一丝忧虑涌上心头。

山里一连下了几天的雨，小兴安岭变得郁郁葱葱，万物在充沛的雨水中疯长。住在撮罗子里的乌热松爷爷和安布伦奶奶却因潮湿感到不适，浑身酸痛，两个人被风湿病折磨着。苏热看着很是心疼，就对孩子们说:“布库,你带劳勒和佳林去给爷爷奶奶采点爬山松针叶回来,给他们熬水喝,爷爷奶奶的老寒腿病犯了。”

布库答应道:“好的,叔叔,我们这就去。”三个小伙子来到东面山坡上找到爬山松,很快就采了一兜针叶回来。爬山松是北方山上的一种树,它的松针具有安神、益气、治疗风湿的功效。乌娜堪熬了水,递给两位老人:“爸爸,妈妈,快喝了吧,喝了腿就不疼了。”长年生活在山林里,聪明智慧的鄂伦春族发现了很多草药,一辈传一辈,用它们来治疗疾病,消除痛苦。

这是一年最好的季节,嫩绿的青草养肥了林中的食草动物们。乌力楞这两天快没有肉吃了,苏热便带着三个小伙子去打狍子。这时候的狍子很肥美,但美中不足的是,春天有些狍子身上会“长嗡”。有一种身长十四毫米左右的像蜂子一样的牛皮蝇,秋天它在狍子身上产卵,卵在五六天内孵化出幼虫,幼虫就会钻到狍子的皮下,皮里肉外就鼓出一个虫包,有一个绿豆大小的孔,到第二年春天,牛皮蝇就从孔里钻出来,狍子身上就会留下一个嗡眼。苏热带着猎狗在林子里寻找猎物,因为这时候林子里灌木丛、草丛茂盛,不好发现猎物,只能靠猎狗帮忙。库烈很聪明,多年来追随主人出去打猎,它总是能带着其他狗把狍子撵起来,让主人追着打。这时候的母狍子就要产崽儿了,鄂伦春族是不打的,看见公狍子再打——这是山林里的规矩,要让动物繁殖,才能有更多的猎物。而且现在的狍子皮有嗡眼,还容易掉毛,天也热了,肉也不能长时间存放,所以他们每次打一两只够吃几天就行了。

今天苏热他们打了两只狍子用马驮回来,到了家,布库他们把狍子皮扒了，把狍子心肝敬山神，剩下的给一家人蘸盐吃了。苏热和父亲母亲一边吃一边聊着天，给两位老人讲大兴安岭和山外的事。

乌力楞有十几口人，以肉食为主，所以这些天有时间苏热就带布库他们去打兔子、野鸡，或是打鱼，总能让全家人吃饱。

吃完晚饭，佳林发现劳勒不见了，就问别雅儿："别雅儿姐姐，劳勒哥哥去哪儿了？"

别雅儿说："我不知道，他现在喜欢自己待着。"

佳林说："我也发现，自从他回来后就经常自己出去。"

别雅儿也纳闷："是啊，他又去哪儿了？我们去找找他吧。"两个人去林子里转了一圈儿，没找到。别雅儿猜他肯定是去河边了，于是就往河边跑去。到了河边就看见劳勒坐在大石头上，手里拿着什么东西看着河水发呆。他俩悄悄地走过去，佳林一把从劳勒的手里抢过来，劳勒猛地跳下来过来抢，嘴里不停地喊着："你俩干啥？还给我，还给我！"佳林拿着东西就跑，其实他根本没看清是什么。看劳勒真的生气了，别雅儿撇着嘴说："哟，什么了不起的宝贝啊，还急眼了，佳林，快还给他吧。"

佳林赶紧把东西还给了劳勒，别雅儿继续说："哥哥，给我们看看，是什么让你天天偷偷跑出来一个人在这儿发呆？"她从劳勒手里拽过来一看，原来是一个漂亮的鹿皮烟荷包。别雅儿拿着荷包仔细欣赏着，只见上面绣了一对喜鹊，绣工非常好，一看就出自一位巧手的姑娘，禁不住夸奖道："沙吉雅给你的吧，她的绣工还真厉害呀，比我强多了。"

说着就还给了他，劳勒不好意思地笑了，夕阳把他的脸照得更红了。

别雅儿说：“哥哥，快给我们讲讲，沙吉雅是一个什么样的姑娘。”佳林也凑过来说：“快说说，劳勒哥哥。”

劳勒看看佳林又看看妹妹，然后眯着眼睛说道：“沙吉雅啊，她有一张白净的脸，弯弯的眉毛，细长的眼睛，红红的嘴唇，还有一对酒窝，她是一个温柔漂亮的姑娘，她像梅花鹿——你像傻狍子！”还没等别雅儿反应过来，劳勒一把抢过荷包转身跑了。别雅儿气坏了，捡起一块石头打过去：“臭劳勒，你这个坏哥哥，嫂子还没进门就嫌弃我！”佳林没想到劳勒会来这么一出，还把别雅儿比作傻狍子，站在大石头上哈哈大笑，别雅儿的气正没处撒呢，就抬手一推：“我让你笑！”佳林没防备，一个趔趄掉进河里了。这回轮到别雅儿笑了，看着佳林像个落汤鸡在河里扑腾，她赶紧跑了。佳林在水里坐了一会儿，看见水草底下有鱼，便猛地扑过去抓到一条鱼，机灵的佳林迅速抠住鱼鳃，鱼就跑不了了。鱼还不小呢，他开心得不得了，忘了衣服都湿透了，抱着鱼就往回跑。

艾和音看着湿漉漉的佳林，惊讶道：“佳林，你咋就这么下去抓鱼了？”别雅儿在一旁笑个不停，大家猜到一定是她的恶作剧。乌娜堪责备她说：“看看你，一点儿也没个姐姐的样儿。”

别雅儿围着佳林转了一圈，说：“哟，佳林，你很厉害呀，掉水里了还能抓条鱼，明天多抓几条吧。”

佳林生气地瞪了她一眼，回自己的撮罗子换衣服去了。

阿库什把苏热给他买的酒全喝完了，又醉了，睡了一觉起来在院子里晃晃悠悠的，他来到他的马依嘎布（鄂伦春语，思念）身边，抚摸着马的脸，嘴里念叨着：“依嘎布，依嘎布……”这匹马的名字还是佳林妈妈起的，现在他经常看着马思念妻子。这匹马已经十岁了，非常聪明，特别通人性，他像爱儿子一样爱护着它。他突然想起佳林昨天说想吃烤野鸡了，就进撮罗子里拿猎枪和子弹，想去打几只野鸡。自从他误打死佳林妈妈后就总喝酒，不爱动枪了，只是偶尔出去打点野鸡、兔子。其实，以前阿库什人如其名，是狩猎技术过硬的猎手。佳林看他拿出枪来就问：“爸爸，你去哪儿？”

阿库什看着儿子说：“我去北坡给你打几只野鸡吃，一会儿就回来。”

佳林让他小心点，快去快回。阿库什骑上马带着狗走了，一路上唱着动听的鄂伦春长调。来到北坡，他下马抽了一根烟，靠在树上听着鸟儿清脆悠扬的叫声，看着蝴蝶、蜜蜂在飞舞，他把烟头按在土里，熄灭后又用土埋上，这是山里人恪守不变的规矩。他拿着枪在林子里转悠着，突然一只野鸡被狗惊扰飞了起来，他抬手就是一枪，野鸡被打中了，他晃晃悠悠去捡。可是野鸡没死，等狗跑过去，野鸡扑棱棱掉到下面的沟里了。狗狗们去撵，他也想下去，于是又往前迈了一步，却脚下一滑，直直掉了下去。依嘎布急了，往下看，坡那么陡它也下不去，急得直打转。阿库什晕过去了，依嘎布等了好久也不见人，于是就往撮罗子跑。

大家正在吃午饭，依嘎布站在撮罗子前嘶鸣，院子里马多，经常有马叫声，谁也没有当回事儿，以为是阿库什回来了。过了一会儿，依嘎布不见人出来，急得来到门前掉转身子，用后蹄“啪啪”踢撮罗子的门，撮罗子晃动起来。大家突然觉得有什么不对劲，跑出来一看，是依嘎布在踢撮罗子呢，却不见阿库什，苏热马上说：“不好，佳林，你爸出事儿了。”

依嘎布见人出来了，仰头长长一声嘶鸣，灵动的大眼睛闪着泪光，院子里的马都靠过来了，也许动物自有它们的语言，听懂了依嘎布的话。依嘎布看看苏热他们，然后掉头就跑，苏热和三个小伙子骑上自己的马去追，一路跑到山坡上，依嘎布停住了脚步。苏热他们猜阿库什一定在这里，过来一看，这一片灌木丛都被依嘎布踩平了，说明它在这里转了好久。他们看了看地形，发现下面有沟，但下不去，于是就绕到远一点儿但地势比较缓的地方。几个人跳进沟里，看见阿库什躺在地上已经昏迷了，狗狗都围在他身边。佳林一边哭一边喊着爸爸，虽然爸爸成天醉醺醺的，但是妈妈已经去世了，他不能再失去爸爸了。佳林还是一个孩子，他不知道该怎么办，他害怕爸爸也死了。他慌张地看着苏热说：“叔叔，这可怎么办呀？这可怎么办呀？”

苏热过来摸了摸阿库什的鼻子，还有气儿，就是脸刮破出血了，就大声喊道：“阿库什大哥，阿库什大哥，你醒醒！”

阿库什真的醒了，睁大眼睛还带着醉意说：“你们怎么都来了？我这是在哪儿啊？”

看到爸爸醒过来了，佳林说：“爸爸，你掉进沟里摔坏了。”

阿库什似乎想起来了：“我想捡野鸡，就掉下来了。”

苏热对布库和劳勒说：“把大伯背上去吧。”

佳林赶紧说:“让我来吧。”

“不行，你背不上去，劳勒来背。”苏热说。

可是，阿库什的左手不能动了，好像骨折了。最后还是布库、佳林合力把他弄上去了。回到乌力楞，把他抬到铺子上，可把家里人都吓坏了，安布伦奶奶一边发抖，一边叨咕着:“请恩都力保佑，白那恰保佑。”

乌热松爷爷也吓了一跳:“阿库什，你这是怎么弄的呀? ”

布库打了一盆水给阿库什擦拭血和泥，正好还有头一天采的鹿蹄草，乌娜堪把它捣出汁敷在伤口上止血。艾和音端了一碗粥过来，佳林接过来喂爸爸。乌热松爷爷看着阿库什肿起来的手脖子说:“这个位置很重要，伤势好像很严重。再说他年纪大了，如果弄不好，以后这只手就废了，得让中医先生把骨头接上才行。”

苏热想了想对爸爸说:“明天我们去北边的逊河，让那里的中医先生看吧，谷拉依尔说那里有一个中医药铺，有个先生看病挺好的。”

劳勒看着爸爸，问道:“可是我们没有钱呀，人家能给看病吗? ”

没钱下山办事太不方便，真是个问题，苏热叹了口气:“我们拿些鹿胎膏、鹿茸去吧。今天来不及了，明天咱们早点儿出发。你们先去北面山坡采一点儿接骨木回来。”

布库和两个弟弟在北坡找了好半天才找到接骨木，东北的接骨木有五六米高，有活血、祛风、利湿、消肿、镇痛的功效，可以治疗跌打损伤。

艾和音和别雅儿熬了接骨木水，让阿库什喝了，又把叶子捣碎敷在他的手脖子上面，看着又红又肿的手脖子，别雅儿吓得咬着嘴唇直摇头。

入夜，酒劲儿过了，药劲儿也过了，疼得阿库什直冒汗，浑身发抖，他虽然爱喝酒，但也是个汉子，咬着牙一声不吭。佳林起来给爸爸倒了一碗接骨木水，又给他换了药，看着他痛苦的样子，又心疼又生气地说："你看看你，就不能让人省点儿心，这段时间刚不那么喝酒了，又把自己弄成这样。"

阿库什张了张嘴想说什么，但是看儿子生气又把话咽下去了，他其实是想给儿子打野鸡吃。他愧对佳林，在佳林十岁的时候，自己就把他的妈妈误打死了，让孩子那么小就没了娘。这些年自己总是醉醺醺的，儿子的吃穿都是苏热管着。本想做点儿让儿子高兴的事儿，却添了麻烦，自己也很懊恼，于是低下了头。佳林看爸爸这个样子就不吱声了，倒了一碗酒给爸爸说："喝了吧，喝了就能睡着了。"

阿库什像做错事的孩子一样，听话地把酒喝了，一会儿就睡着了。人们也都睡着了，狼嚎和猫头鹰的叫声此起彼伏，这是山里每夜都会奏响的催眠曲。

早上天刚亮，乌娜堪就把饭做好了，苏热和布库、佳林、阿库什四个人吃完饭，骑上马奔逊河去了。逊河以前是逊别拉河边上的一个村子，五年前设立了逊河稽垦局，并从瑷珲、龙镇等地招来一百五十多户垦荒者定居，现在已经有几百户居民了。这个地方最早是鄂伦春族游猎地，鄂伦春族经常在此地与商贩交易猎物、货品。这里有一家中药铺，是一个叫遇文臣的先生前两年来逊河开的。苏热在逊河有一个山下人朋友李明也喜欢打猎，有的时候去山里打猎路过苏热的乌力楞，都会留下吃饭。虽然语言不通，但是不影响彼此交流，有的时候苏热来逊河也去找李明。

中午，他们赶到了逊河，一进村就直奔李明家，李明一看苏热他们来了非常热情，苏热比画着告诉他是给阿库什接骨来了。李明就赶紧带着他们来到药铺，跟遇先生说明情况，告诉他山上的鄂伦春朋友受了伤，下山一次不容易，求遇先生好好给看病。遇先生请他们坐下来，先检查了阿库什的手脖子，确实是骨折了，还是粉碎性骨折。他把断骨给接上了，上了一些药，又用木板把断处固定包扎好，开了一些服用的中草药。阿库什疼得顺脸淌汗，苏热他们虽然心疼却没有办法。苏热没有钱，便把他带来的鹿心血和鹿胎膏、鹿茸给了遇先生作为诊费，其实这些东西的价值已经远远超过了诊费。他又给了李明貂皮表示感谢。

李明把他们带回家，请他们吃了午饭。李明知道苏热他们在山上缺少生活物品，就带他们来到杂货铺，为他们换取了盐、白糖、蜡烛、毛巾、肥皂等，杂货铺虽然不是很大，但是里面很多商品已经让布库、佳林惊叹了。语言不通，有些东西他们都不知道是什么，而且他们来得匆忙，也没带太多皮子，没法交换。尽管两个小伙子很眼馋，也只能作罢。他们骑马回到山里，到家的时候天已经黑了，乌娜堪和别雅儿已经把饭做好了，在等他们呢。

乌娜堪问："阿库什大哥是骨折了吧，已经接上了吧？"

苏热说："确实是骨折了，还好有李明帮忙，中医先生已经把阿库什大哥的手脖子接上了，好好养着就行了。”乌热松爷爷和安布伦奶奶过来了，安布伦奶奶看阿库什的脸色发白，知道他可能很疼，就心疼地问：“阿库什，你还好吧？”

阿库什说：“谢谢婶子，我还好。”

乌娜堪让他们快吃饭，不然都凉了。布库把换回来的东西拿出来，艾和音和别雅儿都特别喜欢，用肥皂给大人孩子洗衣服、洗澡最好了，而且他们的盐、白糖也不多了，蜡烛更是宝贝，平时都不舍得用。

一连几天，苏热都带孩子们去打猎，这时节，青草肥嫩茂密，动物们吃饱了趴着不动，不容易发现，所以有时候一天都打不到猎物。不能让一家人饿着，他们就去打鱼，天热了，鱼多了，水浅的地方一群一群的。他们在水里下鱼罩。鱼罩是用柳条摵三个圈横着做骨架，一圈比一圈大，上面口有一尺宽，中间的大一点，下面的有两尺半宽，底下口是敞着的，在圈外每隔三厘米就竖着绑上一根细柳条儿。发现水里有鱼，快速地将鱼罩扣入水中，把鱼罩在里面，动作一定要快，再从上面的口里把鱼抓出来。这一段的沾别拉河边上只有他们一个乌力楞的人打鱼，有时候，黑熊也来水里抓鱼吃。这里的鱼是冷水鱼，由于水温低，冷水区的水质好，鱼生长的速度缓慢，又肥又大，肉质紧实鲜美，艾和音就用河水加盐炖上一锅，别提有多好吃了。

刚吃完午饭，天就阴下来了，越来越暗，一阵狂风吹起，真是“山雨欲来风满楼”，天上团团乌云翻滚着，像奔腾的野马向山顶涌来。树木在摇晃，枝条甩来甩去，像大山被弄乱的长发，树叶哗啦哗啦地抖着，整个大山发出呜呜的声音，像巨大的怪兽在吼叫。撮罗子颤动着，孩子们吓得一动不敢动。突然电闪雷鸣，一场暴风雨呼啸而来，顷刻间，瓢泼大雨倾泻而下。此时，山朦胧水朦胧，烟雨中的小兴安岭像一条蜿蜒的巨龙，雨水顺着山坡流进河里，河水瞬间猛涨，变得又宽又深，因为水流急，在撮罗子里面都能听到沾别拉河水“哗哗哗”流淌的声音。因为小兴安岭是原始森林，植被丰厚，所以不会发生山体滑坡，山里的猎人和动物都安安静静地缩在窝里等待，等待暴风雨过去。

林子里露水大，本来就有点潮湿，一连两天的雨，让撮罗子里更潮湿了，乌热松爷爷和安布伦奶奶的风湿病又犯了，乌娜堪就给他们熬草药喝，布库往火塘里多多添柴，多烧点火去潮气。

晚上起风了，安布伦奶奶说：“明天能晴天了，风会把乌云刮跑的。你们看，**松鼠上树尖，准有大晴天**。明天一定能晴天。”

乌娜堪说：“妈妈说的是，快晴天吧，湿漉漉的，人都难受死了。”

半夜，雨停了，满天的星辰，这预示着明天一定是个大晴天。安布伦奶奶说得对，早上起来天真的晴了，一轮红日在东方冉冉升起，光芒万丈。山坡下，山岚氤氲，云蒸霞蔚，整个小兴安岭像被云雾托起的绿舟，神游在北方大地。好天气带给山里的生灵们好心情，森林里的鸟儿在枝头欢呼雀跃，叽叽喳喳地飞来飞去，像是在抒发愉快的心情，又像是在晾晒潮湿的翅膀。呦呦鹿鸣，鸟雀啁啾，天籁之音此起彼伏，这是山林的晨间奏鸣曲，这里是山神赐给猎人的幸福家园。

一家人都来到外面，在撮罗子里面憋了两天，孩子们在院子里跑来跑去，马儿和狗狗们也都在撒着欢儿，抖动着潮湿的皮毛，小兴安岭的青草把马儿滋养得膘肥体壮。佳林把爸爸搀出来，布库也把爷爷奶奶搀出来，他们坐在木头上抽着烟聊着天。布库和劳勒给马儿梳着毛。艾和音端来一盆狗食，狗狗们呼啦一下围了过来，突母哈摇晃着大肚子慢腾腾地走过来。乌娜堪也端着一盆狗食单独给突母哈吃，别的狗也想过来分一杯羹，乌娜堪一边撵一边说：“去去，这是给突母哈吃的，不是给你们吃的。”

乌娜堪对安布伦奶奶说：“妈妈，我看突母哈这两天就能下崽了，看看这肚子大的，准能下七八个崽子呢。”

安布伦奶奶看着突母哈，点点头说道：“是啊，突母哈这肚子可真不小，崽子肯定少不了。”

乌热松爷爷对老伴说：“苏热妈妈，你看母马普楚的肚子也不小，下的小马驹也小不了。”

“是啊，咱们乌力楞人丁兴旺啊！”安布伦奶奶高兴地说。

乌热松爷爷此时有说不出的感觉，既高兴又忐忑。艾和音怀孕了，普楚也要下小马驹了，这些都是人畜兴旺的喜事。但山林里的生存条件太差了，人生病不能得到良好的医治，而且又爱酗酒伤坏了身体，所以鄂伦春族不长寿。他和老伴都七十岁了，已经是几个乌力楞里最长寿的了，这得益于儿孙的孝敬。乌热松爷爷看着兴旺的氏族，看着青山绿水，心中满是不舍，他抬头凝望蔚蓝的天空，眼底流露出复杂的情绪。

乌娜堪对艾和音说：“今天咱们做油面片吃吧，虽然面粉不多了，但是好久没吃了。”

艾和音说：“好的，婶婶，我也想吃了。”

“没事儿，吃吧，这几天谷拉依尔和赵掌柜的就快来了，我在他们上次来的时候就多订了好几袋面粉。”苏热说道。

“是啊，谷拉依尔快来了，这次他们来，咱们得给艾和音多订点儿她生孩子用的东西，过年的时候，咱们家又会多一个小宝宝呢。”

艾和音感激地笑了，虽然乌娜堪是婶婆婆，但是对她像亲婆婆一样。她对乌娜堪说：“婶婶，过年的时候，咱们家还得多一个儿媳妇呢，沙吉雅也要来了。”

“对呀，我怎么把这个儿媳妇忘了呢？”乌娜堪高兴了，又说，“我们可得多订点儿物品，让儿媳妇在咱们家好好过一个年。”

别雅儿听后不高兴了：“可真惦记你儿媳妇啊，还没过门儿呢，粮食都准备好了。”

佳林插嘴道：“别雅儿姐姐，你不是也要嫁人了吗？你去希克腾他们家吃吧，他们家肯定也把你的粮食准备好了。”

别雅儿生气地说：“你再胡说，看我不拧你的嘴！”

布库问别雅儿：“过两天去小顶山祭祀火神，就可以看见希克腾了，别雅儿，你去不去？”

别雅儿脸红了，看着苏热说：“不知道爸爸让不让我去呀？”

苏热看着女儿笑了，他知道，这是让别雅儿和希克腾增进感情的好机会，虽然鄂伦春族的婚姻也是由父母做主的，但他还是想给女儿找一个她喜欢的人，于是就说：“爸爸当然让你去呀！”

别雅儿开心地笑了，此时她心中已经开始期盼祭祀火神那天的到来了。

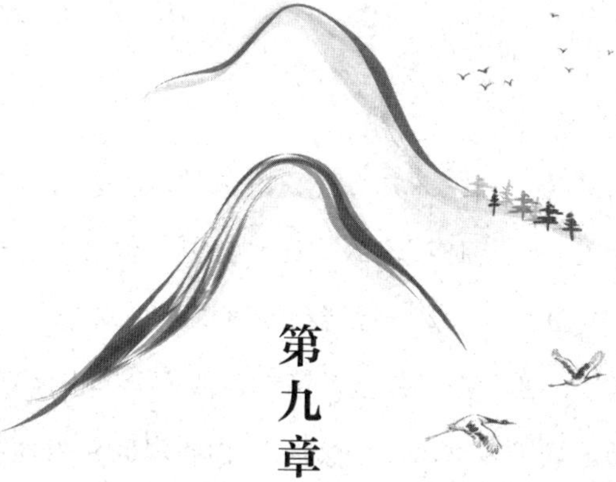

第九章

佳林把艾和音熬的爬山松水给爸爸喝了，看他的手脖子已经有点消肿了，心里很高兴。佳林来到院子里，走到依嘎布的跟前，搂着马脖子跟它说道:“依嘎布，谢谢你救了爸爸，这些年都是你陪着他，我知道他把妈妈打死了，心里很难过，他是不是在你面前流了很多眼泪？你看见了他的悲伤和痛苦。我也知道爸爸不愿意跟别人说，只和你说，是不是？”他摸着依嘎布的脸，从心里感激它救了爸爸，救了他最亲的人。依嘎布眨着大眼睛看着佳林，仿佛听懂了他的话。

这时，佳林的马绍保看见主人搂着别的马，赶紧过来用头蹭着佳林，把佳林逗乐了，回身拍拍绍保的头，说:“哎呀，我说绍保，你真小气，怕我不喜欢你了，是不是？我是谢谢依嘎布，谢谢它救了爸爸，你还是我的好伙伴。”说完他骑上绍保，在山路上狂奔起来。

绍保是一匹枣红马，毛色油光红亮，四条腿粗壮有力。金灿灿的阳光照在佳林身上，让佳林英俊的脸庞显得更加帅气。奔驰的少年已完全融入这片灵山秀色，似一幅流动的画卷。

佳林跑累了，在一个山坡上停下来，他下马爬上坡顶的大石头，站在上面使劲地喊着：“妈妈，妈妈！”山谷里回荡着他的呼喊，两行热泪顺着脸颊滚落下来，那充满忧伤、凄凉、思念的声音在山谷里传得好远好远。他太想妈妈了，她已经去世四年了，那时他还那么小，现在他已经是大小伙子了。他多希望妈妈能听见他的声音，看见他的模样，他仰望着天空，任热泪流淌。

布库这两天一直看着突母哈，等着它生产，他来到装物品的奥伦架子下面，他已经在那里铺了很多干草。他轻轻地走到跟前，惊喜地发现突母哈已经下了六只小狗，正在给狗崽子们舔身上的血迹。

布库夸奖道：“小妈妈，你太棒啦！”然后就去告诉大家突母哈下崽儿了，大家都高兴地过来看，六只肥肥胖胖的小狗，非常可爱。乌娜堪心疼地说：“突母哈，你辛苦了！”艾和音赶紧去给它弄吃的。

鄂伦春族待马和狗像亲人和朋友，他们从来都不吃马肉和狗肉。艾和音端着一盆肉给突母哈，别雅儿端来一盆温水给它喝。三个小姑娘看见小狗崽就想去抓，布库赶紧把她们拉过来，告诉她们：“现在不能抓小狗狗，狗妈妈刚生下宝贝，它特别护崽儿，它会以为你们要抢它的孩子，它会咬你们的。这几天你们都不能碰小狗崽儿，记住了吗？”三个小姑娘点点头，尔格艳还太小，根本听不懂爸爸说的话，看见两个姐姐点头，她也跟着点头。布库看见了，抱起了尔格艳，开心地笑了。苏热陪着乌热松爷爷和安布伦奶奶、阿库什坐在木头上抽着烟袋锅，看着院子里的孩子、马、狗，他们都非常开心。乌热松爷爷记得四十多年前，自己刚把安布伦奶奶从大兴安岭娶回来的时候，山上乌力楞只有他们几个人，现在有了这么多孩子，他们的氏族真兴旺啊。

乌娜堪和别雅儿去河边洗衣服，商量下午去采刺玫果花，因为去年采得少，早就吃完了。午饭后，娘俩拿着桦皮桶来到山坡上，一片一片粉色的刺玫果花正开得热烈，远远就闻到了香味，别雅儿一边用鼻子嗅着一边说："妈妈，刺玫果花可真香呀！"

乌娜堪说："是啊，又香又好看，今年多采一点儿刺玫果花，用蜂蜜腌上，冬天泡水喝，奶奶最爱喝了。等你哥哥把沙吉雅娶回来，也要给她喝。"

别雅儿又开始吃醋了，酸酸地说："妈妈可真惦记儿媳妇啊。"

乌娜堪拉着别雅儿的手说："姑娘，你是妈的宝贝，沙吉雅也是她妈妈的宝贝，人家从那么远的地方嫁到咱们家来，咱们得好好待她。等她嫁过来，你一定不许欺负她呀。要是以后你嫁人，他们家对你不好，妈妈也会心疼的。"别雅儿点点头答应："妈妈，我知道了。"娘俩一边聊天一边采，一下午采了满满一桶花瓣儿。

一回到撮罗子，艾和音闻声赶紧出来，不好意思地说："哎呀，婶婶，你们去采刺玫果花了，我吃完饭哄尔格艳睡觉，她睡着了，我也睡着了。"

乌娜堪笑着说："没事的，采花瓣又不累，你怀孕了就容易犯困，以后你困了就睡，累了就别干了，还有我和别雅儿呢。”艾和音笑着点头答应，她很庆幸自己有一个好婶婆。她接过桦皮桶倒在盆子里，三人把刺玫果花瓣儿挑干净，放上蜂蜜腌起来，放在桦皮桶里三年都不会坏的，冬天的时候挖一勺泡水喝特别好。

下午，艾和音看乌娜堪和别雅儿又去采刺玫果花了，就想去河边采点儿水芹菜，晚上给大家做着吃。于是就拿着筐往外走，孩子们都在睡午觉，有乌热松爷爷、安布伦奶奶看着她很放心。这时，布库回来了，他和劳勒、佳林打了几只兔子回来，看见艾和音拿着筐就问:“依曼妈妈，你去哪儿？”

艾和音说:“我去河边采点水芹菜去。”

“我和你去吧。”

“不用，你还没吃饭呢，还得扒兔子皮呢。”

“没事儿，我不饿，一会儿回来再吃，兔子皮让他俩扒吧。”

布库知道妻子怀孕了，很心疼她，于是拿过筐，两人往河边走去。自从艾和音嫁过来，生了三个孩子，又要侍候老人，又要操持家务，很少有时间和布库两个人单独出来。艾和音温柔、美丽，布库很爱她也很心疼她，两个人从来不吵架。古老的生存方式决定了他们简单的生活，一家人忙忙碌碌，只为了生存，没有利益纷争。所以鄂伦春族特别单纯，他们不会应对复杂的人际关系，也讨厌复杂，他们的心就像沾别拉河水一样清澈，像天空一样纯净，每一代人都是，简单的环境、简单的生活、简单的心、简单的爱。

来到河边，青草茂密如织，像碧绿的地毯，一片一片的水芹菜被河水滋养得水灵灵的，嫩嫩的叶子好像一碰就能滴出水来。两个人很快就采了一筐，布库在草地上坐下来，这绿色让他踏实，让他宁静，他伸手搂过艾和音，艾和音闪动着大眼睛，含情脉脉地看着他。鄂伦春族大多数是细长的小眼睛，可是艾和音有一双美丽的大眼睛，布库特别喜欢。艾和音把头靠在他肩上，布库搂着她，两个人就这样静静地看着河水，沾别拉河像个淘气的孩子，翻卷着浪花，左冲右突，一路唱着欢歌向远方流去。

艾和音问布库："你说这河水流到哪儿去了？"

"流入逊别拉河，就是逊河那里，然后再流入黑龙江，就是你们家跟前的大江。"

"那黑龙江流到哪儿去了？"

"听叔叔说流入了三江口。"

"然后呢？"

"流入大海。"

"大海在哪里？很远很远吧？"

"我也不知道，现在的世道变化那么大，连黑河都有汽车、大船了，说不定你以后会坐汽车回娘家，或者坐船回去。"

艾和音叹了口气："唉，要是真能那样多好呀。"她心里难过起来，布库知道她想家了，山里的猎人苦，嫁给山里猎人的女人更苦，有的女人一生都没有出过几次山。布库擦去艾和音的眼泪，紧紧握住艾和音的手，说："别难过，我多打猎物，以后带你和孩子们坐汽车回娘家。"然后把手放在她的肚子上说，"我感觉这个孩子一定是儿子。"

一说到孩子，艾和音就高兴起来了:“我也不知道。我们都有三个女儿了，要是真能生个儿子就好了。”

布库也高兴地说道:“是啊，我也太想要个儿子了。”说着站起来，又把艾和音拽起来:“草地上湿，你怀孕了，不能坐太久。”他俩蹲在河边把水芹菜洗了一下，两个人捧着清凉甘甜的河水喝了起来。艾和音一边喝一边说:“这水咋这么甜呢！”

布库告诉她，这一段下面有泉眼，他们喝的是泉水，所以甜。一群小鱼在水里游着，布库拿起石头扔过去，小鱼刷地一下子都跑了，艾和音笑了。布库拿起筐说:“我们回家吧。”艾和音点点头，跟着他往回走。山路两边开着五颜六色的山花，非常漂亮，布库看见一朵粉色的花，他伸手摘下来给艾和音别在头上。艾和音看着他，不好意思地笑了，满脸绯红。艾和音水灵灵的大眼睛再配上粉色的花朵，把布库看呆了，他歪着头欣赏着，情不自禁地夸道:“我的艾和音真美！”

艾和音推了他一把:“去你的吧，没个正形。”两个人笑着回家了。

晚上，艾和音把水芹菜用开水焯了，放上盐和山葱拌了一下，又和了面。这时候，乌娜堪和别雅儿也回来了，她俩又采了一筐刺玫果花，她们一起把花瓣挑干净腌了起来。别雅儿又帮艾和音烧了面圈，布库他们已经把兔子烤好了，一顿香喷喷的晚饭让大家酒足饭饱。

乌娜堪和艾和音做好早饭，等着大家起来吃饭，天暖和后他们就在院子里吃饭。艾和音发现爱玛罕还没有起来吃饭，安布伦奶奶牵着依曼和尔格艳的手出来说：“爱玛罕不起来。”

艾和音一边叨咕着“这个小懒蛋”，一边进了撮罗子，看见爱玛罕还在睡觉，于是就过去拍拍她说：“姑娘起来吃饭了。”爱玛罕还是不起来，艾和音又拍拍她的小脸，这一拍才发现她的脸咋这么烫，赶紧把手伸进被子里一摸，身上也很烫，这可把艾和音吓坏了，赶紧把爱玛罕抱在怀里说：“姑娘，你这是怎么了？”

爱玛罕睁开眼睛，看见妈妈抱着她，开心地笑了，喊了一声“妈妈”，艾和音把脸贴在她脸上，虽然艾和音只有二十七岁，却已经生了三个孩子，而且第四个孩子也要出生了，这些年让她欣慰的是三个女儿从出生以来都很健康。爱玛罕也才七岁，艾和音要照顾更小的依曼和尔格艳，还要和乌娜堪做一家人的饭，洗一家人的衣服，还有别的家务。平时就由乌热松爷爷、安布伦奶奶照看爱玛罕，艾和音很少有时间抱抱她，爱玛罕开心地搂着妈妈，艾和音一阵心酸，爱玛罕刚出生的时候，自己有多欢喜，天天将她抱在怀里，这几年却渐渐忽视了她。艾和音喊布库进来，布库进来看见艾和音抱着爱玛罕就问这是怎么了，艾和音告诉他爱玛罕在发热。布库赶紧过来摸摸爱玛罕的头说：“哎呀，是发热了，没事儿，一会儿我去采点草药熬点水喝就好了。”

吃完饭，布库和劳勒上山去采板蓝根，采回来后，艾和音赶紧煮水喂爱玛罕喝了。爱玛罕又睡着了，过了一个时辰，烧终于退了。山林里缺医少药，孩子生病死掉的事太多了，艾和音一整天都守在女儿身边。爱玛罕喝了一天的草药水，虽然不发热了，可是一直睡不醒，也不吃东西，这可把一家人愁坏了。

苏热心疼得在地上走来走去，三个小姑娘他都非常疼爱，他觉得，孩子们在院子里跑来跑去，就是这山里最美的风景，孩子们的笑声，比百灵鸟还好听。两天了，爱玛罕一直睡不醒，他心里着急呀。全家人也都很着急。安布伦奶奶攥着爱玛罕的小手，对苏热说："儿子，你带布库他们再去采点儿雷公藤回来，给爱玛罕熬水喝，应该就能好了。"

"好的，妈妈，我们这就去采。"

草药采回来了，艾和音赶紧煮成水给爱玛罕喝了。

艾和音和布库守了爱玛罕一夜，天亮时支撑不住睡着了。忽听爱玛罕喊妈妈，艾和音猛地醒了，睁开眼睛一看，爱玛罕坐起来了，艾和音激动得一下子把女儿抱在怀里，眼泪流了出来了，高兴地答应着。布库也醒了，看着女儿高兴得不得了。爱玛罕睡了三天，告诉妈妈她饿了，她要喝水，布库赶紧给她拿水喝。乌热松爷爷、安布伦奶奶都过来了，安布伦奶奶不停地感谢天神，感谢山神。布库把爱玛罕抱过来，艾和音去给女儿熬粥。爱玛罕真的饿了，捧着桦皮碗就喝起了粥。一家人悬着的心终于放下了，都露出了欣慰的笑。在山林里，他们最担心的便是亲人生病。

下午，布库拿着一块儿刚刚扒下来的桦树皮回来，看见爱玛罕和依曼在院子里喂小兔子呢，心里特别高兴，女儿彻底好了。尔格艳在悠车里睡觉呢，爷爷叼着烟袋锅坐在木头墩上，一边抽烟一边拽着悠车绳。奶奶和乌娜堪在缝补破损的袍子，艾和音端着一盆狗食去喂狗，看见布库回来，就问布库拿桦树皮干什么。

布库说："我要做几个皮卡兰（鄂伦春语，狍哨）。"

苏热走过来接着说："是啊，狍子下崽儿已经好久了，是该用狍哨打狍子的时候了。"

布库从小跟着爷爷、叔叔打猎，这些技能他都学会了，他想明天带着弟弟们去打狍子。别雅儿听布库说要打狍子去，就问哥哥是用狍哨去打狍子吗，布库点点头。这时，劳勒和佳林捡干柴也回来了，一听说要用狍哨去打狍子都来了兴致。三个小伙子一人拿一块桦树皮做起狍哨来，别雅儿也来凑热闹。布库把桦皮剪成两厘米长，两厘米宽，将其对折，上面剪出弧形，然后用树胶粘住周边，在弧形边上留一个五毫米的缝隙作为吹口，一个狍哨就做好了。佳林也做了一个，拿在手里显摆道："你看我的多好。"

劳勒也做好了一个，不服气地说："咱比比谁吹得最响吧。"布库用食指和一个中指托起两端，轻轻一吹，发出了尖细而洪亮的声音，特别像狍子崽儿尖叫的声音。接着佳林也吹响了，劳勒做的狍哨吹着声音特别小。别雅儿做了一个双哨，就是把两个狍哨并排粘在一起，轻轻一吹，声音清脆响亮，在林子里回荡着。

这时，院子里的狗狗们呼啦一下子往外跑，只见一匹黑马进来了，一个英俊的青年下马来边走边说："谁做的双狍哨吹得这么好听，我老远就听见了。"大家一看，原来是小顶山乌恰尔坎氏族的希克腾来了，一看来了客人，而且是给别雅儿提过亲的对象，大家都热情地迎了过去。

布库接过马高兴地说："希克腾兄弟，你怎么来了？"

希克腾赶紧和布库哥哥问好，又过去给乌热松爷爷和安布伦奶奶、苏热、乌娜堪请安，几个年轻人又互相问好。

希克腾对苏热说："叔叔，我爸爸让我来看看你们。"

苏热高兴地说："好，谢谢你爸爸。"他心里明白，这是巴彦想让儿子来表现一下，也好和别雅儿增进感情，日后好来求婚。希克腾转身从马背上卸下两个袋子，拿出了貂皮、熊胆和熟好的鹿皮，还有一大包旱烟叶和一袋酒、一包子弹，对苏热说："叔叔，这是我爸爸让我给你们送来的。"

苏热笑着感谢道："好，谢谢你爸爸，这么老远让你跑来，送来这么多贵重的礼物。你爸爸妈妈他们都好吧？"

希克腾回道："他们都挺好的。"

苏热看着希克腾满心喜欢，就对他说："既然来了，就多待几天吧。"

希克腾一听使劲点点头，他来的时候，爸爸跟他说："苏热一家人那么好，他的女儿那么漂亮，要是能娶回来给你做媳妇，那是你的福气，也是咱们氏族的福气。你这次去，如果苏热接受了礼物并能留你待几天，说明他会同意把女儿嫁给你，我们秋天就去求婚。如果他不收礼物，让你明天就回来，就说明他不同意，婚事就不能成了。"此时，希克腾听苏热留他待几天，高兴得都想蹦起来，但是在苏热面前只能规规矩矩的。希克腾最后又从身上背的鹿皮袋子里拿出了三张石兔皮，笑着来到别雅儿跟前，不好意思地说：“别雅儿，这是我给你打的，你留着做一顶帽子吧。”

别雅儿回头看着爸爸，爸爸看着女儿激动的脸庞，知道女儿喜欢石兔皮，更喜欢希克腾，于是就说：“姑娘，快拿着吧。”

别雅儿高兴地接过来，她没有想到希克腾能来到他们乌力楞，像天兵一样，突然站在她眼前，心咚咚地跳着，脸涨得通红，苏热看着两个很般配的孩子，笑了。

劳勒过来摸着石兔皮：“皮子不错啊！”然后对妹妹说，“这回你不用说我了吧，你也有人送了。”别雅儿抱着石兔皮开心地笑了。

艾和音端着水过来说：“都别站着了，快让希克腾兄弟坐下来喝点水吧，走这么远的路肯定累了。”

希克腾接过水来“咕咚咕咚”地喝了，说：“谢谢嫂子，我还真渴了。”早上天刚亮，他就出发了，在山林里就是这样，看着这座山挨着那座山，可走起来路就远了。乌娜堪看女儿说亲的对象来了，满心欢喜跟艾和音去做饭，今天晚上要给希克腾做油面片吃。

佳林和劳勒把子弹包打开，佳林捧着子弹惊喜道：“希克腾哥哥，你送给我们这么多子弹呀，是你用很多皮子换的吧？”

希克腾笑了：“你们用吧，以后我们再多换点儿给你们送来。”

佳林坏坏地笑了，围着希克腾转了一圈儿说：“哥哥为了美丽的别雅儿可真舍得呀！”

别雅儿生气地去打佳林：“你这个坏狐狸！”

佳林一转身跑了，笑着说：“别雅儿姐姐，看把你高兴的，还抱着兔子皮呢，舍不得放下了吧？”别雅儿这才想起来，自己还一直抱着兔子皮呢，她不好意思了，转身跑进撮罗子里帮着做饭去了。

四个小伙子坐在院子里聊天儿，几位老人高兴得合不拢嘴。油面片做好了，大家一起吃晚饭，希克腾一边吃一边说：“这油面片儿太香了！”

艾和音笑着说：“那是，你就多吃点儿吧，别雅儿给你的碗里多放了油。”希克腾一听，看着别雅儿感激地笑了，别雅儿害羞地低着头。鄂伦春油面片的做法是先把面和好，面擀成大片儿，再切成小片儿，用水煮熟，捞出来放上野猪油或者熊油，再放上盐和山葱拌一拌，特别好吃。鄂伦春族终年以肉食为主，不太会做面食，所以一顿油面片对他们来说已经是非常难得的美味。

现在天长了，吃完晚饭，几个年轻人去河边玩，虽然他们都在小兴安岭打猎，但是每个氏族都有自己的狩猎范围，所以布库他们乌力楞这一带的山岭，希克腾是不常来的。他们在河边玩着撇石头比赛，这个比赛可不是看谁把石头撇得最远，而是将扁的小石头撇出去，小石头在水面上跳跃，每跳跃一下就会在水面上荡起一个水圈，跳的次数越多，水面上的圈就越多，谁就赢了。这个撇石头比赛考验的不是力量，而是技巧，河边长大的孩子都会做这个游戏。每个人都捡了一把石头，希克腾捡得多，把扁的都给了别雅儿。

布库说：“佳林，你最小，你先来。”

佳林答应道：“好，看我的。”他拿起一块小石头，弯着腰，斜着脑袋看向水面，瞄准了半天，一扬手撇了出去，大家都瞪着眼睛数着：

“一个，两个，三个……八个。”

轮到劳勒了，只见他看看水面，用力一撇，劲儿用大了，石头在水面上点了三四下，“咚”的一声落进水里，大家哈哈大笑起来。

劳勒气坏了：“这个我没撇好，不算数。”

佳林不干，觉得那可不行，撇了就得算数。

轮到别雅儿了，希克在跟前，别雅儿有点儿紧张，希克腾就说：“你胳膊别抬太高，低一点儿，别太用力。”别雅儿点点头，抬手撇了出去，大家数到十个，一起鼓掌：“不少不少，比佳林和劳勒都多。”别雅儿高兴得拍手笑了。

剩下布库和希克腾了，其实，布库撇石头最厉害了，但他客气地让希克腾先来，因为希克腾是客人。

希克腾点点头，别雅儿挑了一块最扁的石头递给希克腾，希克腾拿过来看着别雅儿自信地笑了，然后把石头在手上掂了又掂，弯下腰目测了一下水面，抬着胳膊绕了两圈，潇洒地一扬手，小石头就沿斜线飞向水面，在水面上像蜻蜓点水一样，“啪啪啪”一连串儿跳了足有十五六下，一个个落点瞬间就变成了一个个圆圈，圆圈越扩越大，最后形成层层涟漪，荡漾开来。大家一起喊道：“哇，太好了，这么多！”

别雅儿高兴地跳起来，情不自禁地夸道：“希克腾，你太厉害了！”希克腾得意地笑着。

佳林在旁边撇着嘴说道：“哼，看把你美的。”满脸的不服气，然后转头对布库说，“布库哥哥，你平时撇得最多了，你一定要赢了他！”

然后握着拳头在希克腾眼前晃了两下。布库看看弟弟妹妹笑了，他拿着石头在手上颠了颠，他知道不能让希克腾在别雅儿面前丢面子，不能赢，自己是哥哥，要让着他们。他随手撇了出去，大家都紧张地盯着水面，随着佳林和劳勒的一声叹息，小石头跳了十二下，“咚”的一声沉入了水里。

别雅儿高兴地喊着：“希克腾赢了，希克腾赢了！”

劳勒看着别雅儿瞪了她一眼，然后对布库埋怨道：“布库哥哥，你今天咋整的？平时你撇得多好呀，咋能输给他呢？”

布库看着希克腾，两个聪明人都笑了。他们玩够了，又捧着河水喝了起来，希克腾夸这水真甜呀，其实他心里更甜。

回到乌力楞，苏热对几个孩子说：“你们的狍哨都做好了，正好希克腾也来了，咱们明天去打狍子吧。”小伙子们高兴地答应了。

第二天，准备妥当后，苏热带着四个小伙子来到撮罗子后面的山神像前，向山神白那恰供奉酒和肉，祈求神灵保佑，赐给他们猎物。六条狗在前面跑着，四个小伙子背着枪威武地骑在马上，苏热跟在后面，一路向北走去，他们来到李区山的南坡停了下来。

布库说：“叔叔，我们进里边看看吧。”

苏热说：“**树叶绿在枝头上，狍子躲在背阴岗**。现在狍子一定带着狍崽子在北坡阴凉的地方待着，我们到北坡看看。”

他们在林子里慢慢地寻找着，狍子在绿树丛中不容易被发现，库烈也带着猎狗们仔细寻找，找了好久也没有收获。几个人坐下来抽烟，过了好一会儿，见库烈和几只狗都往一个地方跑去，苏热知道准是发现了狍子。他们走过去一看，是两只小狍崽，它们愣愣地看着眼前突然出现的猎人和猎狗，虽然不知道这都是什么动物，但它们还是感到了危险，两只狍崽子靠在一起瑟瑟发抖，苏热他们赶紧藏到了不远处的灌木丛里。布库拿着狍哨“吱吱”地吹起来，吹得特别像小狍崽惊呼母亲的声音。母狍子听见这声音，就会认定是它的孩子遇到了危险，正在求救，一定会跑回来。因为有孩子在，母狍子是不会跑远的，就在附近吃些嫩叶和青苔藓。过了一会儿，就听见“唰唰”的奔跑声，一只母狍子匆匆跑了回来，还没等它跑到孩子跟前，弄清它的孩子遇到了什么危险，胸口就撞上了枪口。随着“啪啪”两声震耳的枪声，母狍子倒在了狍崽子跟前，四条腿抽搐着，眼睛望向孩子用力地“吱吱”叫了两声，声音那么哀怨、凄凉。狍崽子吓得吱哇乱叫。

苏热转头看向佳林，他知道这个孩子的心太柔软，虽然佳林枪法很准，但注定不会成为一个好猎手，佳林睁大眼睛看着眼前的狍子母子，目光中有怜悯和痛苦。苏热知道佳林见此场景，肯定会想到自己和妈妈，心里颤动了一下，他走过去拍拍佳林的后背，把枪拿过来，他发现佳林的枪筒是凉的，佳林根本没有开枪。几条狗围了过去，他们也都围了过去，这只母狍子长得并不大，虽然柔弱，但是为母则刚，它知道孩子们遇到危险，即使它不一定能战胜这个危险，但是，当它听见孩子对母亲的呼唤，便毫不犹豫地奔了回来，哪怕迎接它的是死亡。母爱是这世界上最伟大的爱，正是因为有博大的母爱，这个世界上的生命才得以延续。

希克腾和布库把狍子内脏挖出来，大家把心和肝蘸着盐吃了，剩下的喂了狗，因为天热，内脏不赶紧拿出来就会捂膛，就会坏掉。

他们用狍哨又打了一只狍子，苏热说：“**树大枝叶繁茂，人多力量强大**。”他们高高兴兴地驮着狍子回去了。

晚上，安布伦奶奶对苏热说：“儿子，我们应该祭雷神了。”这是鄂伦春族的传统习惯，苏热便嘱咐布库他们明天多捡点干柴回来，要祭雷神，正好希克腾也在，又告诉乌娜堪准备明天的祭品。

第二天，四个小伙子在林子里捡了一大堆干柴，并把篝火堆摆好。乌娜堪和艾和音、别雅儿做好了油面饼、烧饺子，狍子肉、野鸡肉也都准备好了。下午，孩子们准备妥当，就等晚上到来。

别雅儿端着一盆衣服和希克腾去河边，佳林刚要跟着去，布库拽了他一下，佳林明白了，布库是想让别雅儿和希克腾说说话，让他们单独相处一会儿。两人来到了河边，别雅儿洗衣服，希克腾在大石头上坐着，他们夏天穿的衣服也有棉布的，都是用山外老客拿来的布匹自己做的。别雅儿洗完衣服，也坐在了大石头上面，她看着希克腾，低头笑了。希克腾起身去草丛里采了一把野花，编了一个花环，戴在别雅儿头上，别雅儿美丽的面庞配上这五颜六色的花环，更加漂亮了。希克腾拉着别雅儿的手欣赏着，然后夸奖道：“别雅儿，你比山花儿还好看，像仙女一样美！”别雅儿脸红红的，不好意思了，想抽回手，这是她第一次和男孩子牵手。希克腾却把她的手握得更紧了，对她说：“别雅儿，你知道吗，上次春祭的时候，第一眼看到你，我就喜欢上你了，我就认定你是我的媳妇，我一定要把你娶回去。

前一段时间，咱们在祭火神的时候见面，我就想把你带回去。”

别雅儿微笑地看着他，希克腾把她拥入怀中，别雅儿像一只小白兔一样乖。他俩坐在大石头上看着河水，河水翻着浪花哗哗地流淌着，像此时两个人激动的心。

希克腾对别雅儿说：“这河水就是从我们乌力楞流下来的。”

“咱们乌力楞都是在河边上的，而且都是有泉眼注入的地方。我还没去过你们乌力楞呢。”

“过几天你就和我去吧。”

“那可不行，你们家还没有正式求婚，我爸爸不会让我去的。”

“也是，叔叔不会让你去的。秋天，我们一定来求婚。”

“你去过奇克特佐治局吗？你去过黑河瑷珲吗？”

“我都去过，黑河瑷珲可好可大了。那时候我也不认识你，那里有很多女孩子用的东西特别好，都是从大城市运来的，要是认识你，我一定给你买。以后我们结了婚，我一定带你去黑河。”

别雅儿高兴地说：“真的？那可太好了！”随后又有点犯愁了，“唉，骑马三天才能到，太远了。”

希克腾说：“这些年黑河变化很大，汽车公司有好多汽车，还可以坐汽车去齐齐哈尔呢。我想以后汽车会越来越多，这几年就比以前多了好多呢。再说，大江里还有船，说不定以后还会有更多船呢。”

别雅儿看着眼前英俊的希克腾，满眼钦慕，从心里喜欢他。别雅儿拿出双狍哨吹起来，悠扬的声音在山谷里回响，希克腾夸真好听。鄂伦春族的双狍哨是男女表达爱情时候吹的。

晚上，苏热带着全家祭雷神。他们点起篝火，向篝火里倒酒，扔肉，然后给雷神磕头，感谢雷神赐给他们平安。之后，他们大块吃肉，大口喝酒，大声唱歌，佳林、希克腾、别雅儿、布库的歌声最好听。酒香、肉香在晚风中飘散，歌声、笑声在山谷里回荡，满天星星伴着月亮俯瞰着山林里猎人们简单的生活，简单的快乐。人类的很多烦恼都源于无止境的欲望，总是做了皇帝想成仙。可是有时候欲望越多，失望也就越多。

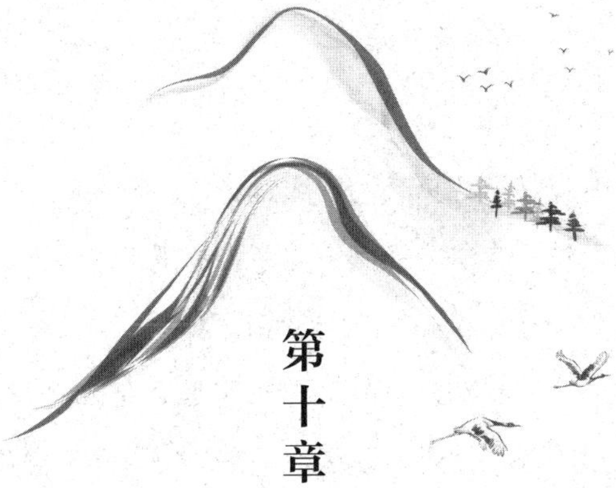

第十章

这天，是和谷拉依尔约好送货的日子。

一家人都期待着山外老客来换货物，都很开心。乌娜堪高兴地说：“正好我们的面粉、盐和烟叶都不多了。”

苏热说：“还多亏上次去逊河换了些盐呢，等天凉的时候，我们去逊河给李明送点肉。也多亏希克腾拿来那么多子弹。”他回头对布库说，“你们一会儿把架子上的皮子和草药都拿下来吧。”又对乌娜堪说，“劳勒妈妈，你把鹿胎膏、鹿心血都准备好，按约定，谷拉依尔和赵掌柜的今天一定能到。”

孩子们忙活了一上午，把皮子等东西都准备好了，吃完午饭大家就盼着谷拉依尔他们的到来。在太阳往西偏一点儿的时候，谷拉依尔和赵掌柜的赶着两辆马车来了。苏热一家人上前迎接，大家互相请安问好。奇克特县佐离乌力楞太远了，一天到不了，得到逊河住一宿，第二天过了中午才能到。赵掌柜的把上次来时，苏热需要的东西都送来了，还拿了些布料。吃完饭开始装车，装了很多皮子、鹿胎膏、鹿心血，现在天热，肉带不回去，于是又装了些草药。装完车，大家坐下来一起喝茶、抽烟、聊天。乌热松爷爷和苏热都很想听山外面的事情，山里难得有人来，一家人围着他们问东问西的。谷拉依尔给他们讲奇克特下半年的变化，讲南面大城市在打仗，工人在罢工，讲孙中山当上了大总统，他们听得云里雾里的，觉得那都是山下人的事，跟他们猎人没有多大关系。但是布库、希克腾和佳林他们还是很感兴趣的，谷拉依尔知道希克腾是别雅儿的对象，表示赞赏和喜欢，也对艾和音怀孕表示祝贺，并答应乌娜堪，年前再来的时候给艾和音带来一些需要的东西。

晚上，小伙子们点上篝火烤起野鸡、兔子、鱼。苏热把上次去黑河时谷拉依尔花的钱，都折合成皮子给他了，并约定八月十五让他带着劳勒去大兴安岭娶亲，谷拉依尔欣然允诺。第二天早上，谷拉依尔和赵掌柜的拉着山货回去了。

苏热对孩子们说："我们今天去祭河神。"祭河神，鄂伦春语叫"穆都里罕"，鄂伦春族每年都要祭拜河神，求河神保佑他们有水喝，有鱼吃，别涨大水给人带来灾难和不幸。他们把桦皮船划到河中心，向河里倒酒和肉，虔诚地向河神祈祷。一切完毕后，苏热他们上了岸，在岸上抽着烟，看着清澈的河水，看着两岸成片的青草和翠绿的树林。

苏热说："我们做两条桦皮船吧，河神会保佑我们打很多鱼吃。"

布库答应道："叔叔，知道了，等桦树灌浆了，我们就去割桦树皮。"

夏天雨水充足，一连两天的雨让树木茁壮成长，正是扒桦树皮、做桦皮船的好时候。

布库说："叔叔，下完雨，桦树灌浆肯定灌足了，我们去扒桦树皮吧。"

苏热点点头，吃完午饭，四个小伙子准备出发，希克腾对苏热说："叔叔，你别去了，我们四个去就行了。"

苏热说："那也好，你们去吧。"他心里很高兴，未来的女婿很懂事，将来女儿嫁过去不会受罪了。

四个小伙子赶着马车上山了，布库坐在前面，希克腾坐在旁边，佳林和劳勒坐在后边。佳林对希克腾说："哥哥挺会讨老丈人的欢心呀，真孝敬，还没过门就知道心疼老丈人了！"

希克腾眯着眼睛，回头看着这个未来的小舅子，说："那你就跟我学着点儿吧，等你娶媳妇的时候就会了。"布库和劳勒听了哈哈大笑，佳林气得使劲瞪了希克腾一眼。

他们来到桦树林，先挑选了一棵最粗最光滑的树。希克腾爬上树，用刀子在上面划了一圈，布库在下面用刀划一圈，要一点一点地划，既要把树皮割断，又不能割得太深，以免伤了树干，然后再从上往下沿一条直线把树皮划开。希克腾一边划一边抱着树干往下滑，最后用手一掰，树皮就张开了，上面够不到的用棍子挑开，一整张桦树皮就扒下来了。这个季节雨水多，树木灌浆好，很容易就取下来，明年这段树皮还会长出新的来。四个小伙子扒了十多张桦树皮，这些够做两条桦皮船了，剩下的晒干做桦皮用具，也够一年用的了。

四个人累了，在山坡上躺下来休息，头枕着青山，望着清澈的天空上飘着朵朵白云，不知道是蓝天让白云显得更白，还是白云让蓝天显得更蓝。

希克腾说："我最喜欢像天空这样蓝色和白色的搭配了，让人看了心里特别清凉。看着蓝天白云，不仅心凉快，就连眼睛都凉快了。"

"我喜欢天空中飞翔的鹰，喜欢它们的翅膀，能飞那么高那么远。"佳林伸着胳膊说。

布库说道："我喜欢青草地上开满五颜六色的花朵和这哗哗流淌的河水。"

"我就喜欢这一眼望不到头的大山，还有里面那么多的动物。"劳勒也说出了自己的喜欢。

希克腾薅了一根青草放在嘴里，一边嚼一边问："布库哥哥，你说山外面变化那么大，你以后会去山外生活吗？"

布库想想说："外面是挺好的，可是我不知道去外面能干啥，我也不会种地，也不会开铺子，我除了打猎什么都不会。"

劳勒也跟着说："我也只会打猎，别的啥也不会，但是外面可真好呀。"劳勒这么说是因为他刚去过黑河，见了世面。他望着天空回想着去黑河的场景，回想着外面的繁华世界，那些新奇的东西深深地吸引着他，让他牵肠挂肚。

劳勒见佳林不吱声，就问他："佳林，你不是总想去山外面吗？"

佳林说："是啊，你们都说外面那么好，我早就想去看看了，在外面可以干别的，在林子里就只能猎杀动物。”

劳勒反驳道:“不杀动物你吃啥？吃青草吗？你又不是兔子！再说了，你也不会说汉语。”

佳林不服气地回道:“那咋的了？你不是说有学校吗？我可以去学呀。”

劳勒撇了撇嘴:“你学了能干啥？”

佳林想了想说:“你不是说有汽车吗？跑得特别快，我去开汽车！”

劳勒转头瞪了他一眼:“做梦！”

佳林张了张嘴不吱声了。布库知道佳林心软，注定成不了好猎手，可能他妈妈的死让他害怕猎杀，布库很心疼这个小弟弟，于是就安慰他道:“佳林，没事的，你还小，以后哥哥多打皮子送你去上学，还让你去学开车，可以拉着你嫂子和依曼她们回娘家。”

希克腾也说:“佳林，我也帮你打皮子，送你去上学。”

佳林认真地说:“真的吗？那你俩说话算数啊！”布库和希克腾异口同声答应他说话算数。

一阵风吹来，送来了阵阵花香，佳林抽了抽鼻子说:“真香呀！”然后在草地上打了一个滚儿，也拽了一根青草放在嘴里，一边嚼一边说，“我也喜欢这青草的味道。”

劳勒哼了一声道:“那你还想往山外面跑。”佳林又不吱声了，深深地叹了一口气。四个小伙子安安静静地躺着，安安静静的还有这片山林。忽然，一群野鸭“扑棱棱”地飞起来，原来是库烈把它们撵起来了，布库和希克腾同时起身举枪，还没等劳勒反应过来，“啪啪”两枪，两只野鸭应声掉在草丛里。库烈和阿聂善两只狗跟着撵了上去，一会儿就叼着野鸭回来了，劳勒过去把野鸭接过来，拍了拍两只狗狗的头表示夸奖。布库和希克腾，这两位优秀的猎手相视一笑。

布库站起来对弟弟们说：“我们回去吧，赶紧把桦皮船做好，不然桦树皮干了，就不好做了。”他们拉着桦树皮和野鸭回家了。桦皮船，鄂伦春语叫“木若沁”，既灵巧实用，又方便携带，一个人就能扛着走，而且能坐四五个人，载四五百斤的东西。苏热带着四个小伙子用松木条做边儿、撑底，把一整张桦树皮做成了两头尖的桦皮船。整条船没有一个钉子，都是用木楔子和鹿筋绳打造的，严丝合缝。四个小伙子一连做了两条。

希克腾看着做好的两条桦皮船说：“今天太晚了，明天咱们举行划船比赛吧。”佳林一听就来了兴致，拍着手赞同，布库也同意，他正好想试试桦皮船。

布库把剩下的几张桦皮裁成了小块，压平，晒干，过几天做生活用具。

第二天，佳林就张罗着划船比赛，别雅儿也是个爱热闹的主儿，拽着希克腾和布库，扛着桦皮船就来到了河边，把桦皮船放在水里。

佳林说：“我和布库哥哥一伙儿，劳勒，你和希克腾哥哥一伙吧。”

希克腾看着佳林笑着说：“好啊！”然后对劳勒说，“咱俩一伙儿，一定要赢他们。”

劳勒点点头。于是，四个人上了两条船，每人拿一支桨，别雅儿拿一根木棍指挥着:“你们从这儿划到下边那棵大树跟前，怎么也有一千步，行不行？”

大家都同意，别雅儿举着木棍说:“既然大家都同意，那就开始了。”她一挥木棍，高喊一声，“准备——开始！”小船像一叶轻舟，顺着水流向下游冲去，四个人拼着力气划着桨，水花溅在身上，别雅儿也在岸上跟着跑。四个人划得快，沾别拉河水流也急，一会儿就到大树跟前了，别雅儿气喘吁吁地跑过去问:“谁赢了？”

劳勒扬着头自豪地说道:“当然是我们赢了！”其实他们两条船只差半个船身，别雅儿一看希克腾赢了，高兴得跳起来欢呼。可把佳林气坏了，使劲儿瞪着希克腾。希克腾笑着说:“是布库哥哥让着我们的，你们也很快。”比赛结束，他们上岸把船放在树林里，回家了。

苏热让四个小伙子去砍些松木，打算做一个木排。第二天，布库他们便去松树林里砍了十几根细一点儿的松树回来，把它们一根连一根绑在一起，一个木排就做好了，鄂伦春语叫“特额木”，鄂伦春族用它来渡河和运载猎物。

布库带着弟弟们用桦皮船打了好多鱼，晚上回来给一家人烤鱼吃，老人们边吃边看年轻人忙活。爱玛罕和依曼、尔格艳，一边吃一边喂着六只小狗崽儿，院子里热热闹闹的，老人们满脸笑容。简单的幸福，与世无争的生活，可能就是这个狩猎民族坚守的信念，才让古老的生存方式得以延续和保留。

有了新桦树皮，乌娜堪、艾和音和别雅儿开始做生活用具。她们喜欢用新桦树皮，因为隔年的桦树皮颜色偏暗，发褐色，而且韧性差；新桦树皮颜色新鲜，偏浅黄，韧性还好。

乌娜堪打算先做几个大一点儿的桶，于是艾和音和别雅儿开始挑没有节子的桦树皮。她们把白皮撕掉，再打磨光滑。如果树皮是干的，就放在锅里煮一下，这样桦皮就能吸足水分，变柔软，更结实耐用。乌娜堪把一捆鹿筋打开，鄂伦春族把鹿筋当绳子用，鹿筋特别结实，是苏热他们从鹿的脊背和腿上抽出来的，脊背上的筋长，腿上的筋短，但是很粗。刮去鹿筋上的残肉，用清水洗几遍，浸泡在装着凉水的桶里，放在阴凉处几天，每天早上换一次水，直到鹿筋没有血色为止。然后将鹿筋挂起来，风干透了，打成捆收起来。鄂伦春族不光做鹿筋，还做狍子筋、犴筋，有的时候他们还将马尾搓成绳用来缝制物品。乌娜堪用刀把一整根鹿筋劈开，撕成一条一条的，然后把两条细筋搓在一起，变成一根细绳。艾和音和别雅儿已经把桦树皮打磨好了，开始裁剪，乌娜堪把鹿筋穿到针眼里，把裁剪好的桦皮缝在一起，最后抹上树胶——一个大桦皮桶就做好了。一连做了几个桶，艾和音说："婶婶，我看这几个大桶够用了。"

乌娜堪说："好，不做了。"艾和音给她卷了一根烟，递给她："婶婶，你累了，歇一会儿抽根烟吧。"

乌娜堪抽起烟来，艾和音又说："咱们再做几个桦皮盒子吧，等劳勒娶媳妇回来也要用呀。"

乌娜堪点点头，做桦皮盒子比较费时费事。她们先把树皮外层的白色部分撕掉几层，然后裁剪，再把各个部分的边缘打磨整齐。别雅儿用狍子骨磨成的锥子（鄂伦春语叫"突土混"）给盒子刺上漂亮的山纹、水纹和云卷纹，还用薄的桦皮剪成小马、小鹿、小鸟的样子贴在盒子上面，用树胶粘上，然后用带齿的长狍子骨头刻上花朵，压上花边儿。

艾和音拿着做好的桦皮盒子欣赏着，夸奖道："别雅儿压的花纹可真好看呀！"

乌娜堪也禁不住赞道："我姑娘就是心灵手巧。"

别雅儿骄傲地一扬头："我还是挺厉害的吧，是奶奶教我的。"然后她又用青草汁和各种颜色的花朵的汁给图案涂上颜色。她涂了一个红色的盒子、一个绿色的盒子和一个黑色的盒子。红色的是新娘子的，绿色的是新郎的，黑色的象征着夫妻婚姻到永远。这是鄂伦春族一直很讲究的风俗。

夏天的晚上，林子里蚊虫特别多，每天几个小伙子都会割一些艾蒿和杂草，放上干柴，在院子里点着了打蚊烟，这样人、马、狗都可以免受蚊虫的叮咬，这是夏天晚上必须做的事。一家人坐在院子里聊天、抽烟、喝茶、听鸟儿叫，佳林吹起口弦琴，布库、劳勒、别雅儿、艾和音跳起来舞，三个小姑娘也跟着跳，玩累了就听乌热松爷爷讲故事，听安布伦奶奶唱摩苏昆。古老的森林里吟唱着古老的传说，夕阳的余晖映照着青松翠柏，映照着这个静谧的世外桃源。

夜里，一场暴雨夹杂着电闪雷鸣，让狼嚎声、夜莺和猫头鹰的叫声戛然而止，风声雨声如龙吟虎啸，沧桑而又悠长。

雨后初晴，红日东升，被大雨洗过的天空，那叫一个干净、湛蓝，没有一丝的云，连绵的小兴安岭青翠欲滴，鸟儿啁啾着在空中飞来飞去，在阳光下展开翅膀晾晒被雨淋湿的羽毛，各种动物的叫声，合成一首兴安岭的晨曲，拉开新一天的序幕。

苏热看着天对孩子们说："**西山出红云，碱场来鹿群**。六月了，你们准备一下，明天我们去打鹿，该割鹿茸了，现在的鹿茸最好，过几天鹿茸老了就没人要了。"鄂伦春族都知道，每年六七月份是割鹿茸最好的时节，如果割得太晚了，鹿茸就会发生骨化，会自然脱落。鹿茸是山里非常珍贵的药材，山外的人更是喜欢，一副鹿茸可以换好多东西。正好希克腾也在这里，多了一个帮手。布库带着弟弟们准备好了用具和物品，因为蹲碱场要去很远的地方，要几天才能回来。

天刚亮，他们就去撮罗子后边祭拜山神，然后骑着马带着狗出发了。他们沿着河边走，鹿喜欢在有水的地方出没，它们还喜欢吃苔藓、地衣和嫩草嫩叶。布库和希克腾在前，劳勒和佳林在后，后面还跟着两匹驮物品的马。因为要在外面过夜，而且如果打到鹿，割下鹿茸还要进行处理，不然鹿茸会因天热坏掉的，所以带了铁锅。苏热在后面跟着，希克腾唱起了歌，佳林也不示弱，也跟着唱，布库回头看着他们笑了，布库性格沉稳，非常有大哥哥的样子，眉宇间透着稳重。苏热非常喜欢这个侄子，看着他的面容，就想起了哥哥的模样，心里一阵难过，从小到大，哥哥一直照顾他，他想起哥哥、嫂子临死前的嘱托——照顾好布库。嫂子死的时候，布库还没有满月，如今布库都快生第四个孩子了，想到这里心中又多了一丝安慰。希克腾和佳林两个小伙子暗中较着劲儿，谁也不服谁，都放开了歌喉，嘹亮的歌声在山谷里回荡，鸟儿被惊扰了，鸣叫着飞上飞下，小松鼠上蹿下跳，小兔子、小狐狸在林中窥视，警惕而又好奇地看着突然出现在它们家园的猎人们。当猎狗跑过去的时候，它们瞬间钻回洞里，苏热笑了，这些小精灵是他生命里的一部分，他觉得离开山林、离开动物，他的生命就没有意义了。突然，布库他们停住了，劳勒回头对苏热说："爸爸，太热了，我们水袋子里的水都喝完了，下河里喝点儿水，凉快凉快吧。"

苏热也觉得又热又渴，马和狗也渴了，就答应道："好吧，歇一会儿吧，咱们去喝点儿水，凉快凉快。"他们下了马，牵着马来到河边，人、马、狗都喝饱了，又把水袋子灌满了，清凉的河水让大家凉快不少。他们上岸准备在草地上歇息片刻，已经走了一上午，苏热说："你们饿了吧，饿了就吃点面圈。"布库打开袋子给狗喂了一些食物，大家就着河水吃起了面圈，吃饱喝足就躺在草地上，和暖的山风送来了山野的清芬，几个人嗅着馥郁的香气睡着了。鄂伦春族是属于山林的，山林也是鄂伦春族的，在山林里，走到哪里，哪里就是他们的家，他们活着就是为了狩猎，狩猎就是为了活着。猎狗趴在树荫下守护着主人，马儿在林子里吃着青草，有主人在，它们从不会乱跑，马和狗以不离不弃诠释着忠诚的意义。忽然，一只山鹰叫着从上空飞过，他们从睡梦中醒来，于是骑上马继续赶路。

太阳偏西的时候，他们来到了碱场，这是山岭里面的一块湿地，是一个含盐碱的水泡子。水边的泥土会析出盐的结晶，鹿和犴都会来舔食，猎人就在这里打鹿和犴。他们把物品从马背上卸下来，支了一个简易的撮罗子。夏天寻迹看泥窝，冬天追踪看雪迹，这是山林里的猎人都深谙的狩猎之道。他们在水边寻找了一会儿，发现了鹿或犴踩出的一道脚印，于是把马拴在撮罗子跟前，又点上了一堆杂草打上蚊烟，来到泡子边看了风向，在顺风方向的草丛里，分几个地方开始等待。他们点燃桦皮把枪管熏黑，这样月光下枪管就不会反光，鹿就不会发现，并在枪管上拴一块十厘米长的白木片，随着白木片晃动就知道每个人的位置，不会误伤。而且在风的下方，鹿也嗅不到人的味道，因为鹿的嗅觉、视觉、听觉都非常灵敏，所以平时休息的时候，鹿都会趴在逆风坡上，走路也喜欢逆风前进，以便嗅到异味。有时候泡子边的盐少，猎人们也会在鹿常来的地方挖一些小坑，撒上盐，浇上水，经水一泡盐就浮出水面，地上就泛起一些盐花，鹿、犴会来舔食。

天渐渐黑下来了，他们等了整晚鹿也没来，这是常有的事儿，有的时候要守几晚才能打到猎物。白天他们打了几只兔子煮着吃了。

佳林沉不住气了，对苏热说："叔叔，今晚能打到鹿吗？"

苏热看着他说："**肥壮的马是伺候出来的，能干的猎人是锻炼出来的**。我们要有耐心才能打到猎物。"佳林点点头，连续两个晚上，鹿都没有来。第三天晚上，他们仍然在天不黑的时候就藏在草丛里。夏天的夜晚又热又闷，水边更满是蚊虫，苏热在前面点上一小堆蚊烟，盖上很厚的青草，不能露出明火。天渐渐黑下来，月光下的山林神秘而又朦胧，这是夜行动物的世界，各种动物的叫声不时传来，宛如一曲黑夜里的大合唱。等了好久好久，佳林都要睡着了，忽然一群黑影出现了，发出哗啦哗啦的响声，声音越来越近，有六七只鹿来到水边舔盐窝子。竟然有三只公鹿，美丽的鹿角高傲地耸在头顶，大眼闪闪发亮，小伙子们非常高兴，佳林回头看着苏热，激动地笑了，苏热看着佳林点点头，会心一笑。苏热示意他们把枪摆好、瞄准，等待自己的指令。鹿儿们正在低头舔盐，苏热轻喊一声，“啪啪啪”，几声枪响，三只公鹿应声倒下，其余的鹿愣了一下，一眨眼消失在苍茫的夜色中。狗狗们抢先跑过去，围住了还在挣扎的鹿，他们几个也跑了过去，把鹿拽到草地上，点起松明子，把鹿茸割了下来。这三副鹿茸有两副四个叉，还有一副五个叉，这是最值钱的，四个小伙子开心极了，几天来的罪没白遭。佳林和希克腾帮苏热割鹿茸，布库和劳勒则把锅支起来，点起火烧上水，鹿茸割下来就得赶紧处理，必须要用开水烫才行，让里面的血液凝固，这个活必须很有经验的人才能干。苏热把鹿茸尖朝下，不让里面的血流出来，以防营养流失。苏热用瓢往鹿茸上浇开水，开始持续一两分钟，越来越快，最后不到十秒钟，需反复烫，轻了不行，重了也不行。四个小伙子认真地学着。剩下一副鹿茸，苏热让布库来烫，一晚上便把三副鹿茸烫好了，挂在树上阴干。接着他们又把鹿皮扒了，肉卸开，鹿筋抽出来，肉切成条用盐腌上，也挂在树上。几个人忙了一个晚上，全部弄好天也亮了。布库在锅里重新烧水煮了肉，肉熟了他们蘸着盐吃，丰收的心情和鹿肉的鲜美，让他们忘了一夜的辛劳。苏热告诉他们这鹿茸和肉条得晾晒两天，才能回去。

两天后，苏热他们带着三副鹿茸和沉甸甸的肉条回到了乌力楞，一家人都很开心，乌娜堪、艾和音把鹿茸和肉条放在通风阴凉处晾晒，鹿茸要一个月才能干透。

苏热对乌娜堪说："希克腾真是一个好孩子，以后一定会是个好猎手，我们女儿嫁过去，一定不会挨饿的。"通过这几次狩猎，苏热对这个小伙子非常满意。

乌娜堪也赞许道："我也觉得希克腾确实是一个精明的好小伙子（'希克腾'在鄂伦春语里就是'精明敏捷'的意思）。"

这两天，苏热又带着孩子们去打马草，七月份正是青草肥壮的时候，要割下来晒干，拉回地窨子前面垛起来，留着冬天给马吃。

晚上，苏热对布库说："我看普楚今天晚上可能要生小马驹了，咱们轮班儿看着点儿吧。"

布库答应道："知道了，叔叔，你先睡觉，我们几个看着马，下崽的时候我再喊你，希克腾和劳勒看上半夜，我和佳林看下半夜。"苏热放心地回撮罗子里了。

月光如流水般倾泻下来，给闷热的夜晚增添了一丝清凉，希克腾和别雅儿、劳勒坐在院子里，希克腾给别雅儿讲他小时候的故事，别雅儿给他讲奶奶讲过的故事，两个人有说有笑。劳勒望着天上的月亮在云朵里穿行，想起了他的沙吉雅，他手里拿着沙吉雅给他绣的烟荷包。他想，月亮再圆两次就能把沙吉雅娶回来了，他不想打扰妹妹，就起身去看母马了。别雅儿把头靠在希克腾肩上，望着月色下朦胧的山峦，依依不舍地说："过两天你就要回去了，你还什么时候来呀？"通过这些天的相处，她越来越喜欢希克腾了，其实，希克腾更舍不得和别雅儿分开，他握着别雅儿的手说："过两个月我就来求婚，我觉得叔叔挺喜欢我的，过年的时候我们就结婚吧。"

别雅儿不好意思地说："这个我们说得也不算呀。"希克腾使劲儿地握了一下她的手说："我想现在就把你娶回去。"

"去你的吧，想得美！"别雅儿使劲给了他一拳，希克腾嘿嘿地笑了。

林子里一会儿是蛙鸣，一会儿是猫头鹰的笑声，一会儿是熊的咆哮，一会儿是兔子吃草的声音，一会儿是蟋蟀的鸣叫声。

希克腾说："别雅儿，你听，晚上的林子比白天还热闹呢。"

"是啊，很多动物都是晚上才出来觅食，晚上的林子可热闹了。"别雅儿说完打了个哈欠。

希克腾心疼地说："你困了，去睡吧，马下崽儿没那么快。"

"好吧，你和哥哥看着吧。"别雅儿站起来，回撮罗子睡觉去了。

夜深了，佳林早就睡着了，布库出来了，他心疼小弟弟没有去叫他，自己来到马跟前，看看怎么样了，希克腾说快了。他看着普楚的大肚子，知道小马一定不会太小了，怕难产就去喊苏热。乌热松爷爷也出来了，在大家的帮忙下，普楚顺利产下一匹小母马驹。这时，东方已经放亮了，大家围着壮实的小马驹都很高兴。

早上，希克腾对苏热说："叔叔，我来了好些天，该回去了。"

苏热答应道："是啊，该回去帮帮你爸爸了。"

乌娜堪也说："谢谢你，孩子，这些天帮我们打猎，打了不少猎物，你要走，还有点舍不得呢。"乌娜堪给希克腾的爸爸妈妈装了丰厚的礼物，希克腾再三感谢。

别雅儿满心不舍地看着希克腾。看到女儿恋恋不舍的样子，苏热笑着对希克腾说:“让你爸爸秋天来提亲吧。”

希克腾高兴地答应着，翻身上马，依依不舍地走了，走了好远还回头看，看见别雅儿还站在那儿，他从兜里掏出别雅儿给他绣的烟荷包，挥舞着。这个鹿皮荷包上绣着月亮和美丽的云卷纹，他一边看一边笑，他觉得荷包和别雅儿一样漂亮。

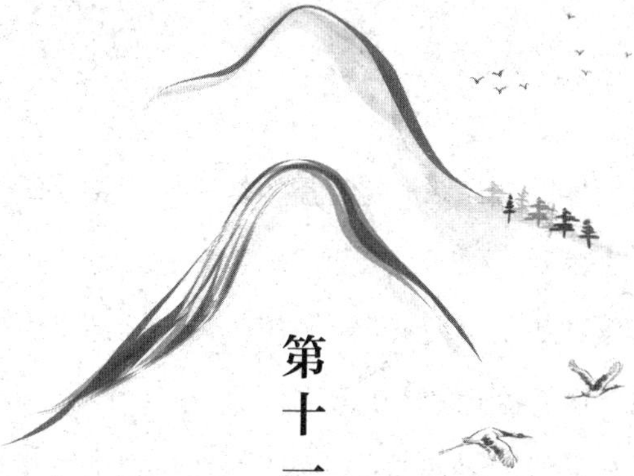

第十一章

别雅儿抱着石兔皮发呆，艾和音看着她偷偷地笑了，知道她想希克腾了，就过来对她说：“别雅儿，这么好看的石兔皮，你咋不把它做顶帽子呢？”

别雅儿听了一怔：“是啊，我咋还不把它做成帽子呢？”乌娜堪听了也赶紧说：“对呀，姑娘，妈妈帮你把它裁剪出来，你自己做吧。”她知道女儿想希克腾了，希克腾在这儿的时候，家里多了一个人，变得很热闹，他走了以后好像少了好多人，如果他把自己的女儿娶走了，真的会很难过。好在艾和音又要生孩子，劳勒也要把沙吉雅娶过来了。

乌娜堪给她量好了尺寸，和她商量好样式便开始裁剪，让别雅儿、艾和音边看边学，又教她们俩怎样缝制。别雅儿认认真真地缝，这是她心上人送给她的礼物，一定不能弄坏了，她要做顶漂漂亮亮的帽子，戴给希克腾看，他一定会喜欢的。别雅儿做了两天，终于把帽子做好了，戴在头上给大家看，一家人都夸好看，别雅儿本来长得就漂亮，戴上石兔帽子就更好看了。

佳林摇了摇脑袋说："哎呀，几张石兔皮就把别雅儿姐姐的心换走了。"别雅儿瞪了他一眼。

夏天天热，男人们不出去打太多的大动物，肉放不住容易坏，女人们也就不用晒肉干了。乌娜堪和别雅儿她们便开始熟皮子，准备留到过年前和山外老客换一家人的生活物品。再说艾和音过年就要生孩子了，也需要很多东西，都得用皮子去换。虽然熟皮子气味重，又很累，但是别雅儿要嫁人了，熟皮子是鄂伦春女人的活儿，每个女人在娘家就开始学了。别雅儿只好捏着鼻子学，一想到要嫁到希克腾家，要为一家老小做衣服，没有这个本领怎么行啊。一想起希克腾，她就坚持认真地和妈妈学起来，为了心爱的人，她什么都愿意做。鄂伦春谚语说：**山高不如男人的志气高，水深不如女人的爱情深**。别雅儿在心里深深地爱着希克腾，她觉得希克腾在她心里栽了一棵小树，她要好好地呵护它，让它长成一片山林。

布库觉得他们应该去打点小猎物回来吃，就带着弟弟们用马尾套逮飞龙。这时候是飞龙的繁殖期，雄飞龙喜欢在地势平坦的隐蔽林地找母飞龙，它会沿着固定的圈子追逐，于是布库他们就在这个路线上下马尾套。飞龙追逐时总是低着头，伸着脖子往前跑。布库告诉佳林，这个时候马尾套不能高出地面十厘米，太高太低都无法套中。佳林点点头，学着哥哥的样子，一连下了好几个套子，劳勒也找了两个圈子，下了几个套子。他们在森林里转悠着，又找了好几个兔子洞，也下上几个马尾套，佳林跟着布库学习，鄂伦春男孩子从小就跟着大人学习打猎技术，有了打猎本领，就有了生存养家的能力。

布库问佳林:“都记住了吗？”

佳林高兴地说:“记住了，明天咱们来遛套子，看谁下的套子逮住的飞龙和兔子多。”

布库看着长大的弟弟们，欣慰地笑着说:“好啊！”

三个人回家的时候，每个人都捡了两捆干柴驮回来。现在三个小伙子就是这个乌力楞的顶梁柱，布库觉得爷爷奶奶老了，叔叔婶婶也都快五十岁了，他要接替叔叔把这个家扛起来。秋天，劳勒就要娶媳妇了，用不了几年也会生一帮孩子，这个家就更大了，劳勒和佳林都要成为好猎手才行。

第二天早上，三个人来到林子里，还真套了几只飞龙和兔子，佳林开心地说:“布库哥哥，你看这些套子都是我下的。”

劳勒不服气地说:“兔子还是我逮到的呢。”布库看着弟弟们都学会了真本领，高兴地说:“你俩都很厉害！”然后又说，“明天咱们去打鱼吧，趁夏天鱼多，多打点儿让家里人补充一下营养，爷爷奶奶老了需要吃，依曼她们小也需要吃，而且你嫂子又怀孕了更需要吃，让他们把身体吃得壮壮的，好熬过漫长寒冷的冬季。”布库知道，鄂伦春族在山林里生活缺医少药，有一个好身体非常重要，他必须接替苏热叔叔承担起照顾全家的责任。

苏热想这几天没什么事儿，不如给小孙女们做几样玩具吧，于是就拿着镐头、斧子来到林子里，找到几棵枯树，坐下来抽了一根烟，然后开始刨树根，忙乎了一上午，扛着几块树根回来了。他把树根洗干净晾干，又把前几天捡回来的树根都拿出来，仔细地琢磨着，爱玛罕和依曼抱着小狗崽跑过来，问：“爷爷，你要干啥？”

“爷爷给你们做玩具。”

“这不是树根吗？”

“对呀，爷爷把它变成玩具。”

“什么玩具？”两个小姑娘摇着头，无论如何也想象不出来。

“你们等着，做好了爷爷叫你们。”

不到两天时间，苏热就把玩具做好了。

苏热举着一个玩具说：“你俩看这个像什么？”爱玛罕看了半天说：“像小鹿。”

苏热高兴地摸摸她的头说：“对了，爱玛罕真聪明！爷爷给你做的就是一只小鹿。”

苏热又拿起一个玩具问依曼：“依曼，你看这个像什么？”

依曼看了一会儿说：“像小兔子。”

苏热也夸奖她：“对了，依曼也好聪明！”两个小孙女都非常开心，拿着新玩具不松手，山里的孩子玩具少，爱玛罕和依曼玩得最多的就是嘎拉哈。

晚上，布库对劳勒和佳林说：“咱们明天去打灰鼠子呗！”

“好！”二人齐声赞同。

第二天早上，布库用炭火点燃了一点点桦树包，不让它有明火，再装进陶罐里。三人骑马来到南山上，拴上马，便在林子里找灰鼠子的树洞，找了好半天，终于找到了一片树林，有几个树洞。

布库说：“佳林，你用树枝摩擦树干，如果有灰鼠子，它听见了声音，会以为是黄鼠狼上树来吃它了，就会钻出来树洞看，我就开枪。”佳林拿着树枝来回摩擦，可是半天也没有灰鼠子出来。布库在树洞周围转了一圈，看见有果壳和粪便，就断定灰鼠子可能是早上出去觅食了，还没回来。他们又找了一个树洞，佳林继续用树枝摩擦树干，一会儿，树洞里真的钻出一只灰鼠子，一身灰色的皮毛，一双大眼睛，一对长长的大耳朵，耳朵尖上面长了好多绒毛。正在它张望的时候，布库一枪打中了它的头，它“扑通”一声掉了下来，旁边的树洞也钻出了一只，听见枪声“嗖”地一下子钻了回去，不出来了。布库把陶罐里的桦树包吹了一下，火就旺起来，他拿出一块桦树皮点着，对着树洞口往里熏了一会儿，灰鼠子呛得实在憋不住就钻了出来，劳勒一枪便打中了。一下午，三个人打了好几只灰鼠子。

艾和音高兴地说：“打了这么多，晚上咱们煮灰鼠子肉吃，这皮可真漂亮呀，能做两顶帽子呢！”

布库把灰鼠子扒了皮，把肉交给艾和音，又在院子里的吊锅下点起了火，艾和音煮起了灰鼠子肉，煮好后分给大家吃。苏热知道阿库什最爱吃，就说：“阿库什大哥，你多吃点。”自从手脖子折了，阿库什一直在家养着，现在已经好多了，有时候他也自己去林子里转悠转悠，家里人都不让他走得太远，他现在喝酒也少了。

布库在木架子上翻着，佳林看见了问：“布库哥哥，你在找啥呢？”

布库告诉他：“我把地箭找出来，明天咱们下地箭捕水獭去。”

佳林高兴极了：“好啊，我也要学学用地箭捕水獭。”布库说：“行，哥哥好好教你，在山林里生活，要想成为好猎手，什么都得学会。”布库一边答应着一边把地箭的弓重新绑结实了，又把几支箭收拾好。

第二天早上，布库带着佳林、劳勒骑马出发了。水獭喜欢待在水泡子边上，他们沿着水边找水獭窝，找了好半天，在一棵倒在水边的大树旁，发现了一片塔头，塔头上垂下来很多草，扒开一看，里面就有一个水獭洞。几个塔头边儿上都是水獭来回踩出的小道，大树一头在水里，布库过去一看，在树下面的水里，有好些个被水獭咬死的小鱼漂在上面，一股腥臭味扑鼻而来。布库把一米半长的弓和一米长的箭架在地面，用横木开弓，箭杆尾部放在紧绷的弓弦上，横木上安了插销，把绳子拴在插销上面，在水獭走的小道上拉紧绳子。布库告诉佳林：“你看，水獭来回过的时候会碰到绳子，绳子会拉动插销，箭就射出去了，就能击中水獭。”

佳林点点头说：“我知道了。”他们一连在好几个地方下了地箭。

第二天来一看，还真捕到几只水獭，这几只水獭，吃得都挺胖的，细长的身体，每只都有十多斤重，全身的毛呈灰褐色，背上的颜色深一点，肚子上的颜色浅一点，喉部、颈部、胸部近白色，全身的毛又长又细密，在阳光下闪闪发亮。水獭的毛在夏季会变成棕红色，非常珍贵，可以换很多物品呢。佳林乐得合不拢嘴。

他们回到乌力楞，正在院子里扒水獭皮，就看见葛瓦依尔氏族的猎人克库迪和他的儿子绰伦布库来了。苏热赶紧带着孩子们给客人问好，克库迪和儿子也给乌热松爷爷和安布伦奶奶请安，又一一向大家问好。

“克库迪大哥，你们怎么来了？你们也很好吧？”乌力楞里难得有客人来了，苏热一家人非常高兴。

克库迪说：“我们路过这里，来看看你们，你们都好吧？”

苏热回道：“都很好。”说完看着自己的乌力楞，满意地笑了。克库迪看着这一大家子，还有院子里的马和狗就知道，苏热这个莫拉乎尔氏族很兴旺。艾和音端来茶水，别雅儿送来烟叶。克库迪赶紧给乌热松爷爷和安布伦奶奶点上烟袋锅，这是鄂伦春族的规矩。大家坐在一起抽烟，喝茶，聊天。

乌热松爷爷问克库迪：“你们乌力楞的那几位老人，情况还好吧？”那几个老猎人都是乌热松爷爷的好朋友，年轻的时候经常在一起打猎、玩耍，现在大家都老了，每个乌力楞又离得那么远，想见一面十分不容易。

克库迪说：“那几位老人都还好，我们打回猎物都会把肉分给他们，大家会照顾好他们的，请乌热松叔叔放心吧。”

乌热松爷爷满意地点着头，这是鄂伦春族的优秀传统，善待老人和弱者。

乌娜堪和艾和音煮了水獭肉，请克库迪爷俩吃，他们回去的时候，苏热又送了些茶叶和烟叶给他们。

勤劳的猎人从来都不闲着，苏热对布库说：“布库，现在正是打犴的时候，咱们有了新桦皮船，明天去打犴吧，一家人好久没吃到犴肉了，你们去准备一下。”

布库说：“好的，叔叔，我这就去准备。”

小兴安岭的犴，也叫犴达罕、驼鹿，它的体型特别高大，肩高一米六到两米，体长两米到两米六，体重能达到六七百斤。犴可是森林里的庞然大物，一身褐色的毛，随着天气变冷，毛色会变浅。雄犴头上有一对巨大的扁平铲子形状的角。犴的鼻子肉质鲜嫩，味美无比，犴鼻子和熊掌都是山里有名的珍馐美味。

有经验的猎人都知道，泡子边上犴多鹿少，碱场上鹿多犴少，所以苏热他们打算乘桦皮船去水泡子打犴。他们骑着马驮着桦皮船来到水泡子边上，把船放到水里，把马拴在二里地外，打上蚊烟。他们先找到犴来水边踩出的小道，确定了位置，然后把枪管用点燃的桦树皮熏黑，坐在船里隐藏起来，静静等待犴的到来。犴爱吃水草，它会把头钻进水里寻觅水草，这样一来，耳朵也浸在水里了，听力自然会受到影响。鹿不一样，它不吃水草，喝水时耳朵也不会浸在水里。苏热他们等了好久，忍受着蚊虫的叮咬，夏季蹲碱场打鹿、蹲水泡子打犴是最遭罪的。

终于有几只犴来喝水吃草了。猎人都知道，犴的身体很高大，打犴必须一枪打中心脏，否则它虽然受了伤，仍然会跑掉。他们轻轻地划桨，迅速把船靠近犴，在距离犴五十米处果断开枪，几个人的枪同时响起，都打到一只犴身上了，这只犴应声倒在水里，其余的都跑了。他们赶紧划过去，能打中一只犴，已经是很值得高兴的事了。

布库他们把犴扒皮分解了，这只犴太大了，只能分解后驮回去。忙活了一夜，天亮的时候他们才回到家。看着这只大犴，一大家人都非常开心，这些天不仅有肉吃了，还能晒好多肉干，可以留着过冬和换货物。几个女人把肉切成条，用盐腌一下，搭在架子上晾晒。由于天热，最好吃的犴鼻子留不住会坏掉，乌娜堪和艾和音把它切开，煮了一大锅给全家人吃。虽然山里犴很多，但是犴肉也不是天天能吃到的，而且犴鼻子美味，很值钱，可以换很多物品。冬天打到犴，犴鼻子是要用来换东西的，他们从不舍得吃。现在天热放不住，乌力楞有老人有孩子，大家就享受一顿，一大锅香喷喷的犴鼻子让全家人大饱口福。

苏热和乌娜堪特别高兴，有了犴皮，秋天去娶儿媳妇又多了一样聘礼。乌娜堪高兴地说："我要把这张犴皮好好晾干，好好熟出来，娶儿媳妇时带去，她娘家一定会很满意。"苏热笑着点头，最开心的还是劳勒，在一旁咧着嘴笑，他天天盼着八月十五，他太想沙吉雅了。

别雅儿看着哥哥，撇了一下嘴说："看把你美的！好东西都给你娶媳妇了。"劳勒得意地一扬头，"哼"了一声摇摇晃晃地走了，把大家都逗乐了。

下午，山风微凉，一家人坐在院子里，大人们抽烟、聊天，别雅儿和佳林带着孩子们做游戏，看着孩子们蹦蹦跳跳的，老人们非常开心，这就是他们努力的动力和意义。

苏热对布库说:“我们该去采蜂蜜了，采晚了都让黑熊吃了。今年要多采点儿,艾和音生孩子,沙吉雅也要娶过来,我们得多存一些。”

布库答应着:“好的，叔叔，就那么几个地方有蜂蜜，去晚了真不行。”鄂伦春族不做买卖，不种地，但也从不闲着，一家子人等着吃饭呢。蜂蜜是他们甜食的主要来源，采蜂蜜要去花多、有野蜂筑巢的地方。

苏热知道采蜂蜜是一件很危险的事，他要亲自带着孩子们一起去。四个人带好物品骑上马进山了，他先带小伙子们去每年有蜜蜂筑巢的地方看看。奇克山里有椴树蜜、百花蜜和苕条蜜，这些蜜都非常有营养价值。蜜蜂一般会在石头缝或者大树洞里筑巢，如果能找到就会采到很多蜜，这要靠运气。他们看了几个树洞都没有发现，又继续在椴树林子、苕条灌木丛里找，终于发现有蜜蜂来回飞。布库用网兜抓了一只蜜蜂，在它身上拴了一根羽毛，然后把它放了。他们追着蜜蜂找到了大树洞，赶紧穿好衣服把脸捂上，只露出两只眼睛。中午，蜜蜂大都在外面采花蜜，还没回蜂巢，蜂巢里蜂子少，苏热也不放心孩子们去采，他把手伸进树洞里，采出一片一片蜂巢，布库赶紧拿桦皮桶接着。采蜂巢是一项技术活，首先要大胆，不怕蜂子蜇，动作还要快，把灌满蜂蜜的蜂巢一片片摘下来，要尽量别弄坏了，不然蜂蜜都淌出来了。一个树洞就采出了一桶蜂蜜，他们采完了就赶快离开，不然会受到蜜蜂的攻击。这次一共采了两桶蜂蜜，大家都很开心，每个人都喜欢吃蜂蜜，人类似乎天生就对甜味情有独钟。艾和音冲了一盆蜂蜜水，大家你一碗我一碗地喝着，幸福和满足流进了心里，原来幸福就是这么简单。之后他们又陆续采了几桶，手上被蜇了也不在乎，看着一桶桶金灿灿的蜂蜜，再辛苦也觉得值了。

这个季节，臭李子也熟了。臭李子是一种黑色小浆果，也是山林里比较早熟的果子，是鄂伦春族最喜爱的野果。虽然臭李子甜中带涩，但是晒干了可以存放很久。臭李子有清热解毒的功效，用它煮粥，能促进消化，是鄂伦春族有名的一道美食。采臭李子可不像采蜂蜜那么难，一般在水边的林子里就有好多臭李子树，枝条上的果子一串串密密匝匝。采臭李子的时候要轻轻的，要是把果子皮弄破了，紫红色的汁就会淌出来，沾到衣服上洗不掉。他们采了好几天，拿回来在家里晾晒，晒干了收起来，留着冬天煮粥喝。

过了七月十五，榛子就成熟了。这些天，只要不下雨，苏热他们就去采榛子。榛子不仅是山里人最喜欢的坚果，山里的小松鼠、野猪等都爱吃，人们得抓紧时间和动物们抢着采。榛子外面有一层厚皮，采回来晒干了，榛子就能轻松扒出来。扒榛子是老人和女人的活儿，爷爷、奶奶和阿库什都来帮忙。榛子也是山外老客喜欢的坚果，每年冬天都会拉走好几麻袋。佳林采累了就坐在地上吃榛子，他年轻，牙齿好，一会儿就嗑了一大把榛子瓤，自己不吃，先送给苏热吃。苏热看着懂事的佳林笑着说：“叔叔不吃，你自己吃吧。”佳林不肯，他知道叔叔牙齿不好，坚持让叔叔吃，苏热接过来吃了。

佳林又嗑了一把瓤，递给布库：“哥哥，你吃吧。”

布库笑着摇了摇头，说:“哥不吃，你吃吧。”可佳林不干，非得塞在他手里，布库接过来吃了。

劳勒说:“佳林，给我也嗑一把呗。”

佳林看着劳勒，特意气他:“你没长牙啊，你自己嗑呗。”

“咋的？我不是你哥啊？”

“是啊，可是你比我大，你咋不给我嗑呢？”

劳勒瞪了他一眼，说:“哼！就会溜须拍马，我自己嗑。”说完拿了一把榛子坐在地上“咔咔”地嗑起来，榛子皮吐出很远。苏热和布库看着他俩都笑了。苏热说:“你们都累了吧，咱们歇一会儿吧。”

勤劳勇敢的鄂伦春族，像撮罗子的支架，为一家人撑起安全的避风港，为鄂伦春族古老氏族的延续做着努力。作为一个氏族的族长，苏热知道自己身负重任，他努力地把经验和精神传给后人，让古老的狩猎技术和生存方式得以传承。

老天真是会心疼山里人，榛子采完了，晒干了，也下雨了。一连下了几天的雨，让人们歇一歇，也让林子里的菌类疯长，苏热又带小伙子们去采木耳、蘑菇、猴头菇。采菌类要抓紧时间，它们长得很快，几天就老了。这些菌类长在不同的树林里，他们先到柞树林里采木耳。木耳是在倒下的树和树桩上长的，一团一团的黑木耳，肉乎乎的，黑亮亮的，摸起来凉凉的，软软的。有的时候运气好，会在树上发现猴头菇，它是我国的八大山珍之一。猴头菇总是成对出现，如果你发现了一只猴头菇，和它对着的树上一定也有一只，两相对望。猴头菇的肉很厚实，有拳头大小，香气扑鼻，非常好吃。

猴头菇要比木耳和蘑菇更值钱。要是采榛蘑，就去榛子灌木下面采；要是采松蘑，就去松树林里采；要是采柳树蘑，就去柳树林里采。这些经验是苏热他们从小就跟着父辈学来的。他们将采来的蘑菇在阳光下晒干，干的时间越快，蘑菇的成色就越好，山外老客就越喜欢。

小兴安岭的植被是针叶和阔叶混合，野生动植物资源非常丰富，一年四季都会赐给人们相应的食物。已经八月了，野生都柿也该熟了，这是生长于我国大兴安岭以北原始森林之中的一种浆果，能抵御零下五十摄氏度的严寒，根部常年生长在冻土中，营养价值极高，是罕见的珍稀野果。都柿可以做酒、晒果干、做果酱，不仅人们非常喜欢吃，黑熊也喜欢吃，所以每年采都柿的时候，偶尔会遇见黑熊。苏热和布库准备好了桦皮桶，几个人骑马来到都柿甸子，今年的都柿结得特别多，密密麻麻结满了小树。圆圆的蓝紫色小果子上面有一层白霜，也就是果粉，是都柿生长过程中天然分泌的糖醇类物质。看着眼前成片的都柿，他们每人摘了一把吃起来，都柿好吃，就是太酸了，吃了一小把就吃不下去了。采都柿不能一个粒一个粒地摘，这样不仅慢，还会把上面一层霜弄没了，都柿就不好存放了，不等到家就淌水了。所以采都柿要把桦皮桶放在都柿棵下面，用手轻轻一拍，都柿就落在桶里了。苏热他们连去了两天，采回好几桶，除了吃鲜果，剩下的全都放在桶里，把它酿成都柿汁和都柿酒。

这两天并没遇见黑熊，但是他们知道一句谚语：**熟透的都柿满枝挂，口渴的黑熊伸出爪**。所以猎人进林子从来都带着枪。今天，他们刚走进都柿甸子，就看见一只黑熊正在一把一把地吃着都柿呢。

苏热他们兴奋极了，赶紧端起枪。这时，享受着酸甜可口都柿的黑熊也听见动静了，它可能没有料到会碰到猎人，等它回过身看见猎人刚想逃跑，却没有机会了。“啪啪”两声枪响，黑熊震颤了两下，晃晃悠悠，“扑通”一声倒在地上了。现在不是黑熊冬眠的时候，此时的黑熊既凶狠又灵敏，苏热他们不敢贸然上前，等了好久，看它真的不动了，确定它死了，才敢慢慢地靠近。这是一只不大的黑熊，四个人就地将熊扒了皮，卸开四肢，用马驮回家。意外的收获让他们非常高兴，回到乌力楞，一家人见了都很开心，又有熊肉吃了。

苏热对父亲说:“我们也没想到，采都柿还真遇见熊了，这只熊很肥啊。”

“是啊，虽然不大，但是很肥。”父亲点点头。

安布伦奶奶则双手合十:“感谢山神白那恰赐给我们食物，我们好久没吃到熊肉了。”

乌娜堪高兴地说:“劳勒爸爸，这只熊真的很肥，正好这段时间没有打到熊，也没有打到野猪，我们的肥油不多了，这些油够我们吃一阵子了。我们还得到了熊皮、熊胆和熊掌呢，真是太好了。”

“是啊，好久没打熊和野猪了，过几天我们就去打野猪。”苏热接着说。

艾和音她们把熊肉切条，挂起来晒成肉干。苏热把熊骨头和熊头供奉给山神白那恰。晚上，在院子里点上篝火，向火堆里倒入酒和熊肉，一家人围着火堆唱祭词，跳舞，最后磕头跪谢。好久没有吃到新鲜的熊肉了，一家人大快朵颐，酩酊大醉。

第二天早上，苏热带着一家人用柳条和草叶把熊骨头包起来，送到林子里的大树杈上，进行安葬，并唱起了“古落衣仁”：

你到了时辰，你要走向阴坡；
你要走你的独木桥，你要吃完你喜爱的蚂蚁；
你要收拾好你的白桦林，希望你能再生；
你年年都能让我们遇见你；
你年年要喜爱我们打到你；
我们人人都怕你吃掉啊，求你不要吃掉我们；
你原来就是动物，你在动物中是最厉害的；
你好好去阴间的世界吧。

许多狩猎民族都发展了一种再生观念，鄂伦春族相信被吃掉的动物会在另一个世界复活。熊在鄂伦春族的观念里扮演矛盾的角色，他们认为熊同他们有某种亲缘关系，将熊作为图腾来崇拜，但熊又给他们带来威胁，与熊发生冲突，最终熊成为猎物，所以他们希望用再生观念来解决这一矛盾。

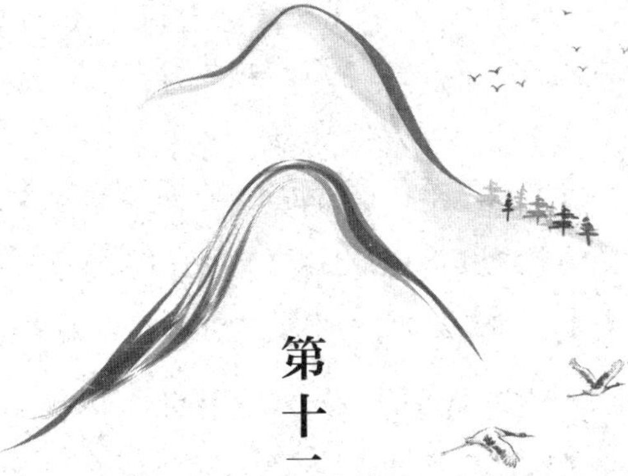

第十二章

时间飞逝，四季轮回，一转眼就到了秋天。大山也随着季节从未停歇脚步，林子里的植物从发芽、开花到结果，也到了收获的时节，鄂伦春族也开始领受大山的馈赠。

这些天，苏热天天领着小伙子们去山林里采草药。他们来到少爷山采暴马丁香，这种草药也叫暴马子。暴马丁香主要分布在小兴安岭，大兴安岭零星有些。暴马丁香是落叶小乔木或大乔木，树高可达十五米，树皮紫灰褐色，开白色花，结长圆果。暴马丁香全身都是宝，其嫩叶、嫩枝、花可以泡茶，具有清热解毒、镇咳祛痰的功效；作为木材，纹理通直，材质较好，可以做锄头把儿、碗柜、茶筒、茶杯、烟盒等，有一股清香味，而且还不易变形。他们采了好多草药，又把比较粗直的枝干截断带了回来，留着和山外老客换物品。他们又去采羽叶千里光，这种草药也叫斩龙草，是多年生草本植物，高一米左右，主治毒蛇咬伤、蝎蜂蜇伤和疥疮、湿疹。之后几天他们又去挖黄芩、黄芪、党参，这些都是中医常用药。黄芩的块根是黄色的，可以入药，花朵是紫色的，像一只只小燕子张开小嘴喝水一样，所以人们也叫它“燕子喝水”。黄芩不仅能清热解毒，还可以治黄疸，清洗伤口，防腐。乌热松爷爷和安布伦奶奶也经常把它们的根切片泡水喝。

苏热认真地教佳林辨别黄芪，什么样的是生长两年到三年的，什么样的是最好的；如果黄芪生长得太久，根就会出现黑心，就失去药用价值了。

佳林答应道：“叔叔，我记住了。”

苏热又说：“我们猎人祖祖辈辈生活在山林里，不仅要学会打猎的本领，还要学会收获山林给我们的礼物。只有勤劳勇敢，才能让我们鄂伦春族一代一代生活下去。爷爷奶奶都老了，我和婶婶还有你爸爸也都要老了，依曼她们还小，你们也都要结婚生孩子，咱们乌力楞莫拉乎尔氏族就指望你们传下去了。现在外面的变化很大，奇克特县佐来了那么多人，他们也开始上山打猎，进山采草药、榛子、木耳，对我们来说是个威胁。而且，我听说俄罗斯生产的枪越来越好，打动物越来越准，动物总有一天会被打没的。我们又不像山下人那样会种地，会做买卖，我们只会打猎。我有时候会担心，将来你的孩子，孩子的孩子，他们该怎么办呢？”几个人坐在地上都不吱声了。

天空又高又蓝，真的是天高云淡，初秋的风清清凉凉的，山林仍然是浓绿色，但地上的一些小草已经悄悄发黄了，让人感到秋天已经来了。布库站起来折了一枝山丁子，红亮红亮的果实酸甜可口，几个人你一把我一把地吃起来，忘了刚才的话题。

苏热说:“我看过些日子五味子、山葡萄、山里红也该熟了。”

小伙子们答道:“是啊，都快熟了，该收了。”

他们一连去了几个山头，采回很多草药。晚上，一家人坐在院子里抽烟，孩子们在院子里和小狗崽、小马驹嬉闹。

苏热跟乌热松爷爷说:“爸爸，明天我想和孩子们去浦洛得斯赫山采秋木耳，那里柞树多，木耳也能多，秋木耳又厚又好吃，山外的人很喜欢，我们多采点儿回来。采完秋木耳，我该带劳勒去大兴安岭十八站娶亲了，一个来回至少要半个月呢。我想把佳林带上，一是让他看看山外的世界，二是我们带那么多东西，多一个人多一个帮手，也多一重安全。”

乌热松爷爷和安布伦奶奶都同意苏热的想法，就说:“嗯，是该去了，要赶在八月十五到才行啊。佳林大了，也应该让他长长见识了。”

苏热点了点头，回头跟布库说:“明天咱们去采木耳吧，再采三天我们就走了。劳勒妈妈，你也要把聘礼准备好。”

天刚亮，苏热和三个小伙子吃了饭就出发了。这时节，山里面早上有点微凉了，山里的气温总是比山外低，霜冻来得也早。他们来到浦洛得斯赫山，把马拴上，背上袋子，拿着桦皮桶和枪就进了林子里。找到了一片柞树林，却发现好多树被砍走了，地上有很多树枝，他们猜一定是山下人来了。除非万不得已，鄂伦春族是不会砍活着的树的，山林不仅是他们的家园，也是他们祖祖辈辈和他们将来的灵魂安息的地方。看着眼前被破坏的林子，心中不免增添了一丝忧虑和气愤，这些世世代代居住在奇克山上的人感到生存环境受到了破坏和威胁。

采木耳也要碰运气，有的时候碰见一片，一会儿就能采满桶，今天他们找了半天也没采着多少。于是顺着山坡往北走，继续寻觅木耳。虽然鄂伦春族祖祖辈辈都生长在山里，但是也不能到处乱跑，容易“麻达山”，就是迷路，他们从小就要学会识路，尤其是第一次走的路，一定要记住身边的山溪河流，花草树木，沿途风景，这样回家就不会迷路了。

他们分头采着木耳，不时互相喊一声，让对方知道彼此的位置。佳林胆子小，一直跟在苏热的身边。劳勒胆子大，而且他急着去十八站，想着多采点木耳就可以早点儿去了。走着走着，他看见前面一片林子挺密，走过去一看，下面有一个沟，倒下的树很多，他想那里的木耳一定多，于是他就下去了，库烈也跟着他下去了。劳勒来到沟里，木耳还真不少，刚开始采就听见库烈在前面不远处狂叫起来。这时，别的猎狗也跑过去了，凭借多年的经验，劳勒知道一定是有大猎物了。他急忙奔过去，就看见一只黑熊“嗷呜嗷呜”地吼着。劳勒仔细一看，地上好像还有一个人，他有点儿慌了，手有点儿抖。熊的身边是自家的猎狗，不好开枪，但因为离得不远，他怕熊扑过来，就急忙从背上拿起枪，“啪”的一声开了枪，震响了宁静的山林。黑熊一惊，转身跑了，劳勒又开了一枪，因为林子里树木多，还是没打中。劳勒见黑熊跑进林子里了，等了一下才敢往前走，走到跟前一看，不免大吃一惊，原来地上躺着一个血肉模糊的女人，肠子都被黑熊掏出来了，而且被黑熊给扯断了，满地的鲜血。那女人看见来了猎人赶紧挣扎求救。苏热他们听到枪声和狗叫声也都跑过来了，全都被眼前的惨状吓傻了。苏热仔细一看才知道，地上的女人是山下人，身边放着袋子和筐，也是来采木耳的。苏热见她伤得非常严重，就问她是哪里的，是不是自己来。可苏热说的是鄂伦春语，对方听不懂，苏热只能干着急，这可怎么办？他突然有了主意，拿起枪向天空开了几枪，然后让几个小伙子大声地喊，他猜想，一个女人是不可能自己来这么远的山里的，她一定有同伴，肯定是和他们走散了，听见枪声和喊声，她的同伴一定会找过来。果然，过了一会儿，真的来了几个人，他们循着枪声和喊声找过来了。原来真是一起进山采木耳的山下人，他们不知道在山里随时随地都可能和野兽相遇，十分危险，猎人进山都是枪不离身的。

地上的女人已经快不行了，苏热想得赶紧把人弄回去，他常年生活在山里，又是经验丰富的猎手，办法还是多，他让布库和劳勒砍了几根结实的树干，缠上树藤做了一个担架。几个山下人已经吓蒙了，一个女人吓得一直在哭。佳林也吓坏了，躲得远远的，靠在树上惊恐地看着眼前的一切，他突然想起了当年满身是血的妈妈。布库和劳勒帮忙把女人抬上担架，几个山下人一再表示感谢，虽然互相听不懂，但是意思是明白的，苏热表示不用谢，让他们快回去。几人消失在林子里，苏热拽着佳林，也赶紧骑马回家了。

回到乌力楞，苏热把林子里发生的事和家里人讲了，可把他们吓坏了，乌热松爷爷感叹道："山下人没有经验，也没有拿枪，怎么敢上山里来？不懂山里的规矩，怎么能走散呢？那个女人凶多吉少了。"

苏热叹了一口气，说："我看，不等回到家她就得死了。"

虽然采了好多木耳回来，但是大家的心情都不好。鄂伦春族是善良的，看见那样的惨状也很心疼。苏热看佳林默不作声，就递给他一支烟说："佳林，没事的，抽支烟吧，这也是山神的意思。"

佳林接过烟，点点头，深深地吸了一口，然后慢慢地吐出去，抽烟也是山里的猎人排解情绪的一种方式。院子里的人都在抽烟，乌热松爷爷和安布伦奶奶、阿库什抽的是烟袋锅，苏热和乌娜堪、布库、劳勒抽的是纸烟，一缕缕青烟飘摇着向空中散去，这一点点的人间烟火，在偌大的山峦里显得那样渺小，那样孤寂。寂寞的从来不是大山，也不是大山里的生灵，寂寞的是人心。

天色渐渐暗下来，远山由绿变蓝，又渐渐变灰，最后慢慢变得模糊，夜色笼罩了万物。

苏热觉得明天应该回北面山上，把地窨子前的空地收拾一下，抓紧再盖一个撮罗子，劳勒娶亲回来要住，艾和音生孩子也要住。他们去十八站来回需要半个月，中秋节要到十八站过，等他们回到奇克山就有点冷了，所以走之前要准备好。三个小伙子是苏热得力的帮手，一天时间，一个高大漂亮的撮罗子就盖好了。

苏热对布库说："你们在家收拾吧，我们得走了，不然八月十五赶不到十八站了。这边的东西你也继续往那边搬吧，等我们回来的时候就该转场了。”

布库点头答应道：“好的，叔叔，你们放心去吧，家里有我呢，我每天搬一点儿，等你们回来，肯定转完了。”

一家人开始准备聘礼，苏热说：“劳勒妈妈，人家把姑娘养那么大，嫁给我们家，我们得多给点东西。按照规矩，两匹马必须得给，你挑几张熟好的皮子，再拿上一些鹿茸、熊胆和貂皮，还有子弹。路途实在是太远了，不然应该再多拿些。”

乌娜堪说：“是啊，人家养姑娘不容易，我们是应该多给点儿。”

安布伦奶奶也说：“多给点吧，大兴安岭十八站那么远，回娘家太不容易，以后有孩子，就更回不去了。”

乌娜堪跟艾和音、别雅儿把聘礼都准备好了，又为苏热和劳勒准备了一路上吃的用的东西。

秋日的清晨，晴空万里，鸟儿们早早就把阳光拉进了山林，欢快地在光影里穿梭嬉戏。喜鹊“喳喳”地叫着飞着，这是启程的吉兆，也是娶亲的喜兆，一家人都相信这是天神和山神在保佑他们呢。鄂伦春族特别相信山里的生灵能代表神灵给他们传达旨意，对于原始山林里的原始部落，宗教信仰提供了慰藉，这是一种精神的仰望。

劳勒、佳林都穿上了新衣服，打扮得十分帅气，装好聘礼，带上给沙吉雅家的马，带着一家人的期盼和祝福，三人上路了。他们按照上次的路线一路向北，直奔李区山，晚上到达茅兰河。第三天晚上，他们到了黑河，见到了谷拉依尔。谷拉依尔带他们去吃饭、住店。安排好马匹、放好物品后，苏热和谷拉依尔抽烟聊天，劳勒和佳林在院子里看着来来往往的人和佳林期盼已久的汽车，但是不敢出去。早上，谷拉依尔带着他们去逛了黑河，这一切让佳林惊叹不已，他对什么都感兴趣，充满好奇，佳林不停地说:“天啊，这就是汽车呀！”两辆汽车从他们身边开过去了，佳林激动地说:“这可比马快多了，还能装好多东西呢。”

当佳林看见滔滔的黑龙江，更是感叹大江的宽阔浩渺，对大船更是赞不绝口，他以前只见过沾别拉河和桦皮船。商店、药店、学校、照相馆、戏院更是让他大开眼界、眼花缭乱。他由衷感慨:山外的城市这么好呀！佳林左顾右盼，嘴里不停地发出惊叹的声音，一会儿问这是什么，一会儿问那什么，劳勒知道的就告诉他，不知道的谷拉依尔告诉他。劳勒因为之前已经见过了，所以装得很明白，骄傲地对佳林说:“我跟你说什么来着，黑河是不是非常好？我没瞎说吧，城里是不是真的很好？”佳林不停地点头称赞，看着佳林兴奋的样子，苏热和谷拉依尔直笑，苏热从来没见过佳林这么激动，心里隐隐颤动，似乎看见了佳林要飞的心，看着他渴望、羡慕的眼神，好像有一种魔力吸引着他，心中泛起涩涩的感觉。

苏热转头对谷拉依尔说:“兄弟，我们走吧，还得赶路呢。”然后看了一眼劳勒，劳勒明白了爸爸的意思，赶紧拽了一把佳林:“行了行了，别看了，我们走吧，这不是你待的地方，你是大山里的。”

佳林慢慢转过身，又看了一眼繁华的大街，还有街道上来往的汉族姑娘和俄罗斯姑娘。一行人向大兴安岭出发了。山路两旁仍然是郁郁葱葱的森林，比小兴安岭松树多，山高林密，也让佳林惊叹，毕竟是山林里长大的孩子，对山林有着特别亲切的感觉。看着茂密的山林，他又开始向往大兴安岭十八站了。天黑了，放开马让它们去吃草，喂了狗，点起篝火，简单吃了点饭，该休息了，走了一天早已是人困马乏，几个人很快就睡着了。三天后的晚上，他们来到了十八站。按照约定，莫日根一家人正在等他们呢，苏热、谷拉依尔和莫日根互相问好，劳勒和佳林给长辈们请安，与同辈们问好。

莫日根高兴地说："苏热兄弟，你真是讲信誉的人，我还害怕路上耽误，今天不能到了。"

苏热说："还好这两天没下雨，没耽误时间。"又问，"莫日根大哥，你们都好吧？"

"都好，都好！你们家里老人、孩子也都好吧？"

"是的，都好，都在等着我们把美丽的沙吉雅娶回去呢。"大家听了都笑了。劳勒和沙吉雅互相看了一眼，都害羞地低头笑了。一顿丰盛的晚饭早已经准备好了，大家一边喝酒一边聊天。劳勒与沙吉雅哪还有心思吃饭，吃了一点儿就出去了。佳林见劳勒和沙吉雅出去了，其实也想跟着出去，但是又觉得劳勒和沙吉雅这么久没见面，肯定有很多话要说，自己跟着不合适，于是就低下头吃肉。

劳勒牵着沙吉雅的手来到外面，虽然天已经黑了，但是要到八月十五了，月亮越来越圆，高高地挂在空中，如水的月光洒了下来，洒在两个相爱的人身上。月光下的沙吉雅格外美丽，劳勒低头问："沙吉雅，从上次回去到现在，我可想你了，天天都想你，你想我吗？"

沙吉雅使劲儿地点着头："我也可想你了，我一直在等你呢。"

劳勒把沙吉雅搂在怀里说："我就是来接你的，明天我们成亲，后天祭月亮神，然后你就可以和我回家啦。"

撮罗子里，谷拉依尔说："**马的蹄子可以缩短两个部落的距离，青年男女也可以让互不相识的两家变成亲戚**。你家有个好姑娘，他家有个好猎手，你们结亲吧。"

莫日根和苏热都说："好啊，好啊！"大家举杯庆贺。

苏热说："莫日根大哥，我们离得实在太远了，家里来不了太多人，也拿不来太多聘礼，你的女儿那么美丽，有点委屈她了，只能简单送来一些，请你收下吧！"

"苏热兄弟，我看中的是劳勒和你们的氏族，只要你们好好善待我的女儿，聘礼不重要的。"

"我们一定会善待沙吉雅的。"

"我们一起感谢谷拉依尔兄弟吧，把我们两家结成亲家。"大家一起举杯，感谢谷拉依尔。

第二天，乌力楞里的人全都来帮忙了，他们送来各种礼物祝贺沙吉雅。整整一天，大家都忙着布置劳勒和沙吉雅的婚房，挂上彩色布条，铺上狍皮褥子、狍皮被子，床铺里边还摆放着桦树皮做的箱子和针线盒。

晚上，点起篝火，围坐一圈。沙吉雅的妈妈和嫂子把酒肉送到了客人面前。劳勒和沙吉雅两个人面向正南方磕头，再给所有长辈磕头、敬酒，长辈们为他俩送去祝福，赠送礼物。苏热和莫日根看着两个孩子，乐得合不拢嘴。大家载歌载舞，一片欢笑，一直玩到深夜才散去。按鄂伦春习俗，由娘家嫂子扶新郎新娘进婚房休息。

第二天晚上，也就是八月十五，鄂伦春向来有祭拜月亮神的习俗，白天，乌力楞的人都来准备晚上的仪式。天黑了，满天星辰簇拥着月亮神别亚博如坎，皓月当空，又大又圆的月亮把清澈的月光洒向大地，洒向巍峨的大兴安岭，月光下的大兴安岭苍茫而又神秘，让人心身空灵而又充满敬畏。仪式开始了，在撮罗子前面的空地摆着一个大桦皮盆，里面盛满了山泉水，盆四周摆着各种供品，酒、野鸡肉、兔子肉、犴肉、野猪肉等，还有五个圆形的狍子肉饼，饼中间点上鲜红的狍子血，表明饼也有灵魂。莫日根是氏族的族长，他带领大家向月亮磕头，他祈求月亮神保佑氏族里的大人孩子平安，祈求慈祥的月亮妈妈赐给人们更多的野兽。祭祀完毕，大家围着篝火唱歌跳舞，吃肉喝酒，庆祝到天亮。

第二天上午，大家都在睡觉，两天的娱乐变成了酣畅淋漓的鼾声，直到中午人们才醒来，来到院子里抽烟喝茶聊天。中午的阳光送来暖意，初秋的大兴安岭一早一晚已经很凉了，人们享受着阳光，享受着温暖。

沙吉雅和劳勒带着第一次来到十八站的佳林，到处走走看看，站在湍急的呼玛河边，看着大兴安岭美丽的秋色，佳林不禁感叹，真是山外有山呀！他一直以小兴安岭为傲，原来大兴安岭更加雄伟。世界真大呀，此刻，佳林的心就像奔腾的河水，汹涌澎湃。沙吉雅对佳林说：“佳林，你长得这么帅气，以后就在我们十八站找个姑娘吧。”佳林看着新嫂子笑了。

天刚亮，一家人都起来了，苏热他们要回去了。沙吉雅也要走了，离开养育她的父母，养育她的大山。莫日根和妻子看着美丽的女儿，依依不舍。路途遥远，这一去不知道几年才能见面，沙吉雅和母亲都流下了眼泪，母亲叮嘱着女儿一路要小心，到婆家要孝敬老人，要勤劳贤惠，沙吉雅拉着嫂子的手说："嫂子，爸爸妈妈就靠你们照顾了。"

嫂子给她擦了擦眼泪，说："妹妹，放心吧，我和你哥哥一定会好好照顾爸爸妈妈的。"沙吉雅的哥哥和佳林已经把沙吉雅的嫁妆都放在马身上装好了，莫日根也送给女儿两匹母马，一切都准备好了，劳勒和沙吉雅给父母磕头告别，劳勒向岳父岳母保证："爸爸妈妈，请放心吧，我一定好好照顾沙吉雅。"莫日根含泪挥挥手，沙吉雅一边哭一边回头，他们都已经走了很远，沙吉雅回头一看，爸爸妈妈、哥哥嫂子还站在原地目送他们离去。

三天后，他们来到黑河，沙吉雅是一个女孩子，她也从来没有到过黑河，对于黑河的一切也是那么新鲜好奇，也不禁感叹山林外面城市的美丽。又走了三天，傍晚，几个人披着晚霞，带着满身的疲惫，跋山涉水，终于回到了奇克山乌力楞。家里人早就在院子里翘首期盼，看见远处归来的身影，全都迎了上去。布库把苏热搀下马，乌娜堪赶紧上前迎接儿媳妇，艾和音和别雅儿都过来帮忙。乌热松爷爷和安布伦奶奶也过来了。小姑娘们乐得拍着手喊着爷爷，苏热高兴地答应着。劳勒把沙吉雅扶下马，给妈妈请安，乌娜堪见儿媳妇虽然一脸疲倦，但是也掩不住美丽的面容，开心极了，拉着沙吉雅的手来到爷爷奶奶跟前请安，又给阿库什请安。

安布伦奶奶高兴地说："美丽的姑娘，欢迎你嫁到我们家来。"

沙吉雅叫着奶奶，乌娜堪说："妈妈，快让沙吉雅进屋歇一会儿吧。"艾和音跟别雅儿已经把晚饭准备好了，一家人高高兴兴地吃了个团圆饭。

别雅儿拉着沙吉雅的手说："嫂子，你真漂亮！"

沙吉雅不好意思地笑了，回道："别雅儿妹妹，你也像月亮一样美。"

劳勒赶紧过来说："以后不许欺负你嫂子！"

别雅儿瞪了哥哥一眼，说："我才不会呢。"然后就去烧水，给嫂子倒水洗脸，照顾嫂子休息。沙吉雅累坏了，早早地睡了。

第二天，布库和佳林去附近几个乌力楞邀请人们来参加婚礼。三天后，几个乌力楞氏族的客人都来了，还送来了礼物。晚上，大家为劳勒举行婚礼。让别雅儿高兴的是，希克腾也来了。劳勒穿着新衣服，戴着新的狍子头帽，特别精神；沙吉雅也穿着新衣服，从头到脚都是她自己缝制的，还戴着漂亮的头饰。劳勒和沙吉雅向正南方向磕头，向长辈们磕头敬酒，大家围着篝火喝酒吃肉、唱歌跳舞。人们跳起了依哈嫩舞，庆祝莫拉乎尔氏族添人进口，也祝福劳勒和沙吉雅新婚幸福。夜晚还要举行"老考太"仪式，就是吃带肉丝的黏米粥，两人同用一个桦皮碗，一双筷子，同吃一碗老考太。共用餐具，表示同甘共苦；黏米饭，祝福新人能白头到老，永不分离。

深夜，大家都累了醉了，都去休息了。按习俗，嫂子或婶婶要给新人铺床，并由她们看着新郎新娘宽衣躺下，才能把灯熄灭离去。于是艾和音给小两口铺了床，看着他俩脱衣躺下，便熄灯出来了。

早上，劳勒和沙吉雅早早起床，艾和音领着他俩向初升的太阳磕头祈福，祈求太阳给他们温暖。吃早饭的时候，他俩给客人敬酒，吃完饭该送客人们回去了。希克腾告诉别雅儿，这次他得和家里人回去，过一段时间会来求婚。别雅儿虽然不舍，但还是让他走了。

鄂伦春族的习俗：结婚后，新人要回娘家住一个月或几个月，有的还要等到头胎出生后才能回到男方家；娘家陪送的嫁妆，也就是父母亲戚送的礼品，姑娘都要带走，她的嫁妆属于她的私有财产，兄弟分家、夫妻离婚，嫁妆都不可以分；女方的父母总是为女儿多准备些东西，而且要陪嫁马匹，主要是母马，因为嫁妆马生的小马也属于嫁妆。

沙吉雅来到院子里，她带的两匹母马就过来了，沙吉雅高兴地搂着马脖子，她觉得马是她的亲人，陪伴着她。劳勒也过来了，摸着马脸，两个人幸福地笑了。

秋天是收获的季节，猎人们从来不辜负大山的厚意，他们认为山里的食物都是山神的馈赠。虽然劳勒刚结婚，但是不能耽误干活。一大早，劳勒就和布库、佳林一起把放物品的奥伦架子重新收拾好。沙吉雅是个勤劳懂事的姑娘，尽管婆婆、嫂子都不让她干活，她还是闲不住，和她们一起晒草药。

山葡萄、山丁子、山里红都熟了，别雅儿和沙吉雅每天也和男人们一起去采，回来后，乌娜堪跟艾和音就把这些果实放在桦皮桶里酿酒。别雅儿干活累了，就和新嫂子坐下来聊天，别雅儿给嫂子讲奇克山上的故事，沙吉雅给小姑子讲大兴安岭的故事，两个人很投缘。

晚上，她们坐在院子里看着夕阳西下，薄雾升起。沙吉雅看着艾和音说："嫂子，你真漂亮！"

艾和音笑着说："妹妹你也很漂亮，来的时候走了六天，是不是把你累坏了？我们两个的家离这里太远了。"

沙吉雅叹了口气说："是啊，天天骑在马上，把我累得都想躺在地上不走了。但是我们去了黑河，黑河可好了，我听劳勒说嫂子娘家是黑河的？"

"我娘家就在离黑河很近的地方，可是我从结了婚就没回去过。"

"这次我们在黑河看见了汽车还有船，用不了几年，说不定我们就能坐汽车坐船回娘家了，现在山外面的变化可大了。"

艾和音脸上泛起了愁云，摸了摸已经鼓起来的肚子，她知道自己要生第四个孩子了，她想带着四个孩子回一趟娘家，那可太难了。

虽然刚过门，沙吉雅却一点儿也不娇气，天天跟着男人们出去干活，也帮着婆婆小姑子干活，她觉得嫁给劳勒，就是嫁给了莫拉乎尔氏族。虽然想娘家，但婆家人都对她很好，她对新生活充满了希望。结婚后，劳勒变得懂事了，每天看着美丽的沙吉雅，心里就美滋滋的，他觉得自己应该多做事，多打猎物，让沙吉雅和家人都吃饱穿暖。

布库对劳勒、佳林说："今天我们去打鱼吧，沙吉雅来了，还没吃到沾别拉河的鱼呢。"

劳勒感激地看着哥哥，笑着答应："好啊，沙吉雅，你也跟我们去河边玩吧，看看沾别拉河。"

沙吉雅开心地点点头，然后又回头看着乌娜堪，生怕婆婆不让。乌娜堪笑着对她说："孩子，去吧，你来了以后还没有好好玩呢。"

沙吉雅一看婆婆这么说了，就高兴地答应："好的，妈妈。"

沙吉雅站在河边，感到特别新鲜，看着美丽的小兴安岭，有种似曾相识的感觉。沾别拉河的水流很急，但是没有呼玛河的河水宽，相同的是河水一样清澈甘甜。她和别雅儿在河边玩着，一会儿跳上大石头，一会儿去采野果子，高兴地蹦来蹦去。劳勒和布库、佳林在水里逮鱼，看着她像梅花鹿一样开心地玩着，心里就踏实了。

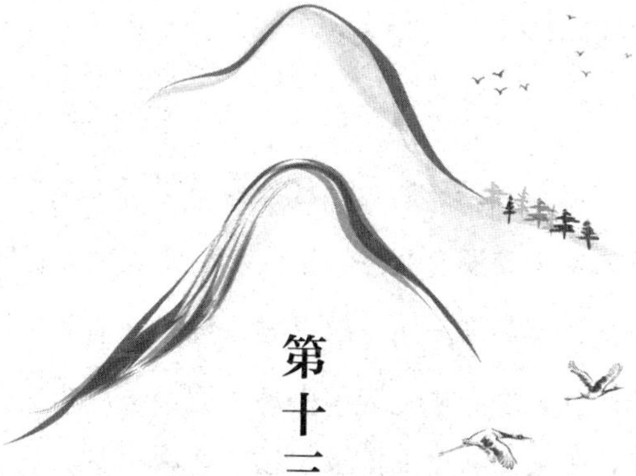

第十三章

秋天的奇克山，流金叠翠，层林渐染，一座座五颜六色的山峰谱写着人与自然和谐共生的美丽画卷。小兴安岭流动的秋色，无言地诉说着一个古老民族千百年来的厚重历史。

爱玛罕穿着鹿皮袍子，戴着狍皮镶白兔子毛的帽子，抱着一只毛茸茸的白兔子，坐在木头上，闪着美丽的大眼睛看着依曼和尔格艳跟六只小狗玩耍。爱玛罕性格像妈妈艾和音，安安静静的，依曼和尔格艳则活泼好动。乌热松爷爷和安布伦奶奶还有阿库什也坐在木头上，抽着烟袋锅，看着孩子们嬉闹。

苏热从架子上把乌力安（鄂伦春语，鹿哨）拿下来擦拭，佳林看见了赶紧过来问:“叔叔，你拿乌力安干什么？是要去打鹿吗？”

苏热说:“是啊，佳林，晚上你听没听到什么鸟在叫呀？”

到了晚上，佳林仔细一听，林子里不时传来“呦呦”的叫声，佳林笑了，原来是全身没有羽毛、昼伏夜出的奥刻鸟在叫呢。佳林知道，到了秋天，奥刻鸟一叫，就是鹿和犴的发情期。这时候的公鹿，吃得膘肥体壮，全身皮毛闪闪发亮，脖子上皮厚毛长，特别威风，它经常在树上蹭它头上的干叉子角（野鹿的角，每年在初长成鹿茸的时候如果不及时割下来，它就会骨化然后自己脱落），使角变成又硬又尖的自卫进攻的武器。鄂伦春猎人根据这种情况发明了乌力安。乌力安是用桦木做的，八十厘米长，像一个牛角形状的喇叭。最特别的是，乌力安不是通过吹发出声音，而是通过吸吮发出“呦呦”的类似公鹿的鹿鸣，非常逼真。猎人一边学着鹿叫，一边使劲跺脚，这样不远处的公鹿就误以为有别的公鹿来找母鹿了，就会跑过来。这时的公鹿性情暴躁，胆子特别大，双眼发红，不吃食，四处乱窜找母鹿，这正是猎人猎鹿的好机会。另有史书记载，这时候山林里的老虎也会学鹿叫，引诱鹿的到来，把鹿吃掉，人们把这样的老虎叫“黠虎”。

晚上，佳林凑到苏热跟前，笑嘻嘻地问：“叔叔，我们明天用乌力安去打鹿吗？”

苏热说：“是啊，我们佳林也要学吹乌力安打鹿啊。”佳林认真地点点头。

布库他们准备好了，下午就出发，在傍晚前来到了那片靠水的林子里，那里有一片灌木丛，把马藏好后，带着猎狗躲进林子里。鹿喜欢在早上或者傍晚出来吃草、苔藓、雅格达，所以他们就得提前在林子里边等着。这时候狩猎是比较舒服的，天凉了，蚊虫少了，又不是很冷。夕阳的余晖把水面照得闪闪发亮，林子里静悄悄的，只有枝头的叶子随着晚风轻轻摇摆，沙沙作响。

佳林小声问苏热:“叔叔，鹿会来吗？”

苏热点点头，轻轻地说:“你看，这周围的树叶和草都是鹿啃过的，而且它们也要来喝水，这地方有苔藓，是鹿最爱吃的，鹿就在这一片林子里，要耐心地等。”佳林环顾四周，记住了为什么选这个地方等。不一会儿，他们就听见母鹿的叫声，几个人非常惊喜，因为有母鹿叫，公鹿就不会走远。布库把乌力安递给苏热，苏热接过来举起乌力安，把尖的一端放在嘴里用力吸吮，就发出了鹿鸣，布库和劳勒在一旁有节奏地用力跺着脚，“咚咚咚”，不一会儿就听见真有公鹿叫着跑过来了。这是一只肥壮的大公鹿，顶着一对坚硬的鹿角，火急火燎地跑过来，真以为有别的公鹿来了，浑身散发着燥气，一副拼命争夺母鹿的架势，结果正撞上猎人的枪口。布库和劳勒同时开枪，公鹿应声倒地，还在挣扎着，库烈和几只猎狗迅速围了上去。真是“肥猪走入屠户家，一步步寻死路来”。

在灿烂晚霞的映照下，一场悲剧在林中上演，一个鲜活的生命随着晚风飘散，悲剧只属于鹿群，对于猎人来说根本就是喜剧，喜或悲是从不同角度出发的。苏热他们趁鹿的身体还热，就地把鹿皮扒了，把鹿卸开了，用马驮了回来，这是他们乌力楞一家人几天的食物。

佳林说:“用乌力安打鹿还挺容易。”

苏热一边走一边说：“也不容易，得先把乌力安学会，只有吹得特别像公鹿的鸣叫，鹿才会跑过来；如果不像，被它识破是假的，它不仅不叫了，也不会再往前跑了。”

回到乌力楞，天已经很黑了，艾和音和沙吉雅把肉煮上了，现在有了沙吉雅帮忙，做饭就不怎么用乌娜堪了。鄂伦春女人常年生活在山林里，养成了吃苦耐劳的优良品质，即使怀孕，也从不娇气，只要孩子没生下来，她们照样什么活都干。山泉水煮新鲜鹿肉，还原食材的本味。她们煮肉从来只煮八分熟，然后全家用刀割着蘸盐吃。劳勒心疼沙吉雅，不停地给她割肉吃，全家人看着都笑了，弄得沙吉雅都不好意思了。乌娜堪高兴地看着他俩说：“沙吉雅，多吃点儿吧。”

沙吉雅感激地点点头，别雅儿刚想说哥哥两句，看看沙吉雅又把话咽了回去，艾和音看在眼里，抿着嘴笑了。

现在可是晒肉干最好的时候，几个女人把鹿肉切成条晒起来，留着冬天吃。聪明的猎人利用乌力安，在鹿和犴的发情期，每天都出去打猎，山林里鹿多犴少，犴不是经常能打到的。为了能多储存一点儿冬天的食物，苏热觉得这个时候也应该去打犴，于是就祈求山神白那恰保佑他们打到猎物。晚上又在院子里放了一盆山泉水，祈求月亮神保佑，到了第二天看盆里漂着什么动物的毛，就预示着今天出去可以打到这个猎物，这也是鄂伦春族常用的一种占卜手段。

早上，苏热起床后来到水盆边，发现水面漂着几根毛，他拿起来仔细看，是犴毛！他非常高兴，打到一只犴，能晒好多肉干，而且还有犴鼻子和犴口条吃。一看他们开始准备东西，布坤博、欧嫩几匹马就自己过来等着了。苏热拍了拍欧嫩的脖子说:“老朋友，你着急了。”布库把乌力安和枪都背在身上，回头看见尔格艳和依曼跑了过来，就把尔格艳抱起来问她:“尔格艳，想吃犴肉了吗?”

尔格艳和依曼一起喊着:“想吃!”

布库笑了:“等爸爸和爷爷去给你们打犴肉吃。”

几个人骑着马出发了。地上的小草结了很多草籽，叶子已经黄了，树木的叶子有的还是绿的，有的已经黄了，还有的已经红了，远远望去，小兴安岭变成了一座座五花山，在蓝天白云的映照下，分外美丽。空气特别清新，秋高气爽在小兴安岭得到了最完美的体现。

他们来到犴经常喝水、吃水草的林子里，拴好马，找到犴踩出的小路。苏热看了看风向，一定要在犴来的下方躲藏，因为犴的嗅觉非常灵敏。他们在林子里隐藏起来，等傍晚来临，等犴的到来。天还很早，每个人都抽起了烟，一定要耐住性子。人是安静的，猎狗也是安静的，可林子里不安静，一只小松鼠从树洞里钻出来，蹿到树枝上瞪大眼睛看着猎人，佳林也看着它，在彼此的眼睛里，大家都是动物。小松鼠左顾右盼，竖着两只长长的大耳朵，耳朵尖上的绒毛在抖动着，夸张的大尾巴卷过来盖到头顶，像披了一件黄毛大斗篷，远远看起来像个大毛球。佳林捡起了一截儿小木棍撇了过去，小松鼠“嗖嗖”地钻回洞里了，佳林偷偷地笑了。一会儿，又听见窸窸窣窣的声音，原来是一只小老鼠跑了过去。劳勒闭着眼睛快睡着了，布库轻轻地擦着乌力安。佳林折了一根草，拿在手里捻着玩儿，他抬头一看，对面草丛里一对眼睛正看着他，佳林笑了，原来是小狐狸，还是一只火狐狸，尖尖的脸，黑色的嘴巴，一双圆溜溜的大眼睛，透着机警和狡猾。这会儿佳林正无聊呢，他没有用小棍打它，一人一狐就这样互相看着，小狐狸也没跑，它可能也对眼前出现的动物感到好奇。忽然，“扑棱”一声，一只山鹰飞走了，佳林看着它越飞越远，直到消失在空中。等他想起小狐狸，再看，小狐狸早没影儿了。地上有许多小蚂蚁在爬来爬去，忙碌着准备过冬的食物呢，佳林拿了一片大树叶，挡在蚂蚁前面，蚂蚁赶紧绕道而行。山林养育了生灵，生灵也让山林有了灵魂。一只蝴蝶飞来了，在他身边飞舞着，最后在佳林手中的草叶上落下了，佳林举着小草，一动不敢动，生怕它飞走了。这山林里可爱的小精灵，天都这么冷了，蝴蝶已经看不见几只了，佳林看着它说:“你是在这里等我吗？”蝴蝶扇动着翅膀，佳林笑了:“你真美！”然后轻轻一吹，蝴蝶扇动着翅膀飞走了。佳林仰身躺在地上，看着天空，太阳就要落山了，闪耀的光芒把周边的云彩照得通红，美丽的晚霞染红了半边天，好美啊！佳林看累了，闭上了眼睛。

天快黑了，苏热听到不远处有动静，猎人有一双灵敏的耳朵。布库把乌力安递给苏热，劳勒和佳林都精神起来，把枪放在枪架子上准备好。苏热拿着乌力安，学着犴的叫声吹了一会儿，听听，没有动静，歇了一会儿又吹，犴还是没有来，苏热不放弃，继续吹。过了一会儿，布库用手一指，远处一只高大雄壮的犴出现了。布库回头看了一下，劳勒和佳林二人会意地点了一下头，布库喊了声：“打！”三人同时开枪，三声枪响，犴被打中了，但是这只犴太大了，不足以当场毙命。只见犴转身就跑，这时库烈带着猎狗们追上去，跑到犴前面围住它，狂叫着，但是不敢贴近，犴会用前蹄刨死猎狗的。布库他们在后面撵上来，不一会儿，犴血流得太多了，支撑不住，轰然倒下。

优秀的猎手也是屠宰的能手，他们几个人很快就把犴皮剥下来，又把它分解卸开，然后用马驮回家。家里人都在等着他们回来，女人们已经把饭做好了，孩子们早都睡着了。乌热松爷爷和阿库什坐在院子里，看见他们回来了，而且还真的打到犴了，特别高兴。

别雅儿对苏热说："爸爸，我们的占卜还真准呢。"

苏热笑着说："是山神想让沙吉雅吃犴肉了。"

沙吉雅笑着说："谢谢爸爸。"

大家一起把犴肉从马上卸下来，乌娜堪对苏热说："劳勒爸爸，这只犴可真不小呀，够我们吃好些天，还能晒不少肉干呢！"

苏热点点头："是啊，三枪都没打死它，跑了好远才倒下的。"苏热满脸的成就感，让一家人吃饱，是一个好猎手、好男人的责任。

乌娜堪又说："感谢山神白那恰，让我们儿媳妇有犴肉吃了。"劳勒和沙吉雅听后都笑了。

第二天，几个女人忙活了一天，把犴肉切成条晾起来，这时候晒肉干最好了，天凉苍蝇少，肉不会坏掉，干得还快，这样的肉干最好吃了。她们把肉一部分生晒，一部分煮熟了晒，到了冬天的时候，生肉干可以煮，也可以用火烤着吃，熟的肉干就可以直接吃了。苏热知道，乌力楞十几口人，需要储存很多食物才能过冬。虽然天凉了，可是犴鼻子还是留不住，得赶紧煮了全家吃。用文火慢慢煮，捞出来晾凉，犴鼻子就成了胶冻状。用刀切成小块儿，摆放在桦皮盆里头，蘸着加作料的盐水吃。煮熟的犴鼻子特别香，很远就能闻到扑鼻的肉香。

天高云淡，望断南飞雁，寒气让大雁不得不放弃小兴安岭的山林、河流和湿地，北方厚厚的大雪让它们找不到食物，无法熬过漫长的冬季，它们要迁徙到南方。这几天，苏热发现湿地边上聚集着很多大雁，大雁喜欢在白天阳光好的时候出来觅食，所以一大早苏热他们就往湿地那里去了。来到湿地边上，就看见一群灰色的大雁正在觅食，因为它们是候鸟，每年秋天都要往南方迁徙，长途飞行体力消耗太大，所以一上秋，它们就抓紧时间积蓄能量，吃得肥肥壮壮的。苏热让库烈去撵大雁，几个人准备好，架好枪，库烈一听到命令就带着几只猎狗向大雁群冲去。猎狗的突然出现，让雁群顿时惊慌起来，扑棱棱飞起来。猎人们各自瞄准开枪，枪声和大雁“嘎嘎”的叫声，打破了山谷的宁静。只见六只大雁掉了下来，猎狗把大雁叼了回来，他们就拿着大雁去林子里隐藏起来，等待下一波大雁的到来，一共打了二十几只。

太阳偏西，他们才结束今天的狩猎。乌力楞的十几口人要吃饭，而且是以肉食为主，这需要无数条生命来满足。这个以狩猎为唯一生存手段的民族，他们的生存方式就是猎杀，以命续命，在他们看来，杀戮只是手段，生存才是目的。

院子里，布库和劳勒在扒大雁皮，佳林抱着一只大雁，手里托着它折断了的翅膀，呆呆地看着。别雅儿走过来，用手摸着大雁肥壮的身躯，灰褐色的羽毛还闪着光泽，睁着一双圆圆的眼睛。别雅儿看着佳林，从他眼睛里看见了一颗稚嫩柔软的心，佳林轻轻地叹了一口气，抬头仰望天空，说:“它再也飞不了了。”

大雁肉是山中美味，“天上的鹅，地上的骡”。一家人好久没吃到大雁肉了，一顿肥美的雁肉让大家吃饱喝足。

小兴安岭原始山林有着丰富的物产，有着成片的各种松树。对鄂伦春猎人来说，他们最喜欢红松。因为一到深秋，红松就会结满松塔，松塔里藏满了松子。每年这个时候，苏热他们都要去采松子。红松林离他们的乌力楞很远，骑马也得走两天，差不多两百里地，快到伊春了。早上，他们准备妥当就向红松林出发，每个人骑一匹马，又带了四匹马帮着驮松子，因为路途遥远，去一次要几天才能回来，所以狍皮筒子、盐、瓦罐、装有火种的桦皮包，这些都是必须带的。食物则无须担忧，只要有猎枪就有吃的。经过两天跋涉，一行人终于来到红松林，这是一片原始森林，在奇克山的东南方向，只有鄂伦春族踏上过它的土地。粗壮、高大、笔直的松树，密密匝匝，几百年甚至上千年树龄的都有，很多树都是几十米高，粗的直径达两米，四个人都抱不过来。红松要生长三十年才开始结松塔。

他们把马放开，让马自己找些草吃，然后坐下来抽烟，布库把工具都拿出来了，脚扎子、鞭子、袋子等。佳林拿着鞭子“啪啪”地抽着，劳勒找了两根长木棍。脚扎子是直角形的铁器，下半部分是一个锋利的尖刺，上树前将脚扎子紧紧地绑在腿上，靠尖刺扎入松树的树干，一步一步攀登上去，这样上树就轻松了，而且铁钉扎进树里，人不会轻易掉下来。每个人的腰上再拴一根鹿皮绳子系在树上。一切准备就绪，四个人拿着棍子和鞭子分别爬上了树。

佳林说：“叔叔，我看你那棵树松塔结得又多又大，我这棵又少又小。”

“佳林，你那棵树也就五六十年，刚开始结松塔，所以结得既少又小。我这棵有差不多二百年树龄，正是旺盛期，所以结得多。”苏热一边上树一边告诉他。

“哦，知道了。”佳林答应着，上树摘下一个松塔，

新鲜松塔是绿色的，每个松塔有十至二十厘米高，呈宝塔形，上面尖，底下的塔直径有十几厘米。一个松塔能结一百五十至二百粒松子。

苏热他们一会儿用鞭子抽打，一会儿用棍子击打，松塔就掉在地上了。虽然是从三十多米的高处掉下来，松子也不会散落一地。他们采了一上午，爬了好多树。中午下来休息吃饭，点一小堆火，把面圈烤一下蘸盐吃了。下午继续采，把地上的松塔收集起来晒太阳，绿松塔就变成褐色的了，用木棍子敲打，松子就掉出来了。他们就这样在红松林里采了好几天，又把松子都打出来，装了十几袋子，这些松子大部分拿来和山外老客换物品，剩下的留着一家人吃。松子和榛子都是鄂伦春族爱吃的干果，既好吃又有营养，还好存放。

七天后，他们回到了乌力楞，老人和孩子们都出来迎接。

乌娜堪高兴地说:“劳勒爸爸，你们辛苦了，采了这么多松子啊，可以换好多物品了。”

“是啊，今年松子丰收，松塔大，松子也大，明天得好好晒一晒，干了挑拣干净放起来。”苏热开心地说，满是丰收的喜悦。

北方的天气说冷就冷，浅一点儿的水都结冰了，飞禽都抢时间捡拾草籽、野果，补充能量，才可以挨过难熬的冬天。这时候也是打飞禽的好机会，尤其是在水沟边、洼地里，因为风会把草籽吹过来，飞禽会前来觅食。

飞龙喜欢在柳树丛里捡草籽吃，吃饱了就在柳条上晒太阳。苏热他们就让库烈带着猎狗去把飞龙轰起来，飞龙一起飞，他们就开枪射击，就能打到好多飞龙。这些天，佳林得到了锻炼的机会，打飞禽的枪法也比较准了，苏热的夸奖给了他很大的信心。

这天早上，布库和劳勒去挑水，看见河水已经上冻了，冰面上冻住了好多鱼，大多是鲇鱼，于是他们开始捡鱼。“棒打狍子瓢舀鱼，野鸡飞到饭锅里”，这句形容东北物产丰富的话真不是白说的。鄂伦春族冬天保存鱼的方法就是把鱼浇上水，不一会儿鱼外面就裹了一层冰，这样反复几次，鱼就被厚厚的冰包住了，放很久都不风干，吃的时候把冰敲掉，把鱼化开就行了，和新鲜的一样好吃。两天时间，他们捡了一堆鱼放在院子里，想吃的时候就拿两条。

在下了两场小雪之后，一场大雪洋洋洒洒下了一夜，给黑黢黢的大地换上了洁白的盛装。这时候去打猎，可以看见地上各种动物的脚印，循着脚印追踪猎物，准能打到。苏热又带着孩子们进山了，他们发现了野猪的脚印，凭着多年狩猎的经验判断，最少有七八只野猪。苏热他们沿着脚印撵了四五里路，一转弯终于发现了山坡下一群野猪正在拱雪找食吃呢。苏热想，不能让它们钻进林子里，那样就不好打了，此刻他们距离野猪有一百多米，他想让猎狗先过去包围，就对库烈喊了一声："库烈，上！"库烈带着猎狗冲了过去，苏热他们骑马在后面追。几条猎狗马上就把野猪团团围住，野猪四处逃窜，库烈它们围住了三只，布库他们抓住时机开了枪，三只野猪被撂倒了。这就是鄂伦春族的围猎。

苏热他们高兴坏了，把野猪用马拖了回来，野猪皮毛又粗又硬，不怕在雪地上拖拽。刚入冬的野猪天天吃橡子，都比较肥壮。野猪肉是鄂伦春族最爱吃也是最常吃的，三只野猪的肥肉装了一大盆，别雅儿和沙吉雅把肥肉熬成油装到桦皮桶里。

别雅儿高兴地跟艾和音说："嫂子，你看我们熬了这么多猪油，今天吃油面片吧。"

艾和音说："好啊，我也想吃了。"三个小姑娘也随着妈妈喊："我也想吃，我也想吃！"

乌娜堪抱起尔格艳说："好，我们今天晚上吃油面片。"大家都乐了。

天冷了，苏热让劳勒他们搬进地窨子里住了，这几天布库带着两个弟弟去林子里捡干柴，劳勒怕他的沙吉雅冻着卖力地干。几天时间便捡回来好大一堆干柴，并把干柴都砍成小段，用起来方便。

每个地窨子冬天火都不能断了，山里的冬天气温多是零下三十几甚至零下四十摄氏度。寒冷漫长的冬天，需要很多干柴，男人们一冬天经常去捡干柴，不能让老人孩子们受冻。

第二场鹅毛大雪如期而至，一夜工夫给小兴安岭的雪又加上厚厚的一层。晚上，布库他们在院子里点起篝火，让马和狗取暖，熊熊火光把院子里照得明亮，马和狗都享受着火光的温暖。

雪后初晴是循着踪迹打猎物最好的时候，苏热带着布库他们出发了。库烈带着猎狗们在前面撒着欢儿地奔跑，马儿们在后面跟着，一群群鸟儿在天空飞着，红彤彤的太阳，明净的天空，这一切都让佳林心情大好，他在马背上唱起歌来：

机警的梅花鹿，喜欢高山的林木。
力大的狂犴，喜欢幽静的山洞。
自由的哲罗鱼，喜欢山涧的水流。
勇敢的鄂伦春，喜欢富饶的兴安岭。

佳林的歌声在山谷里传得很远很远，苏热和布库则不停地观察着雪地上的足迹，雪地上纵横交错着一道道大大小小的足迹，那是山林里各种生灵的印记。

布库指着前面两道足印说："叔叔，你看，这是犴的蹄子印，应该是两只犴。"布库从小跟着父辈打猎，早就认识各种动物的足迹。

苏热点了点头下了马，布库他们也都下了马。苏热仔细看着蹄子印儿，这是一道向南面山岗走去的犴蹄印。

苏热说：“看这蹄子印，它们应该上山岗了，翻过山岗下面是一个洼地，又朝阳又背风。现在快中午了，它们肯定是吃饱了，趴在那里反刍呢。你和劳勒从东面上去，东面是山坡，它们不会往那里跑，你们绕到南面截住它们，我们从这里出发，把它们轰起来。”

布库领着劳勒，还有库烈等三只猎狗进了林子。苏热带着佳林仍然沿着犴蹄子印往前撵，他们上了山岗就看见蹄印从南坡下去了，犴应该就在下面的洼地里。苏热从小生长在林子里，奇克山已经深深印在他心里了，哪里有山岗，哪里有洼地，哪里有石崖，哪里有小溪，他都知道。他和佳林下了马，把马拴在树上，带着猎狗悄悄地往坡下走，和苏热猜的一样，有两只犴趴在雪地上正晒着太阳反刍呢。他俩静静等着，等布库和劳勒绕到犴的前面。因为犴太大了，如果苏热他们从背后开枪，根本打不死它，打犴必须打中它的心脏，所以他让布库迎着犴打，这样能打到心脏，才能一枪毙命。苏热带着突母哈等三只猎狗，悄悄往前走，一会儿犴就听见动静了，犴的耳朵特别灵敏。犴被惊到了，回头朝这边看，苏热立刻说：“突母哈，上！”三只狗向着犴狂奔，犴一看来了猎人和狗，急忙起身，但因为身躯高大，起身也慢。它们抬腿就跑，因为东边是山坡，就只能向南面跑去。但是它们怎么也没想到，聪明的猎人和猎狗已经在等着它们了，布库和劳勒带着库烈出现了，狭路相逢，布库和劳勒的枪响了，一只犴倒下来，另一只犴转身想往回跑，却看见苏热他们迎面过来，犹豫的瞬间，三只猎狗把它围住了，高大雄壮的犴用前蹄踢猎狗，一只狗被踢出好远，“嗷”的一声惨叫着摔在雪地上。聪明勇敢的库烈看准时机，“嗖”地跳起来，一口咬住了犴的大鼻子，犴使劲扬起脖子，摇着头用力狂甩，库烈就是不松口，任犴怎么甩就是甩不掉，犴愤怒地嗷嗷叫。布库在犴扬头的一刹那，瞄准其心脏就是一枪，犴轰然倒下了。库烈松了口气，林子里突然安静了下来，猎人和猎狗都静静地看着地上两个庞大的身躯，鲜血正汩汩流淌，把雪地染得通红一片，犴的眼睛直直望向猎人。

布库向倒在雪地上的猎狗走去，狗被踢伤了，伤得很重。布库蹲下来心疼地用手抚摸它，安慰它，也感谢它的勇敢。他们把两只犴扒了皮，卸开了，又用雪把血迹盖上，布库把受伤的猎狗抱起来放在马背上。狗是他们的朋友，要带回去。每只犴都足有一千斤重，打到两只犴真是大丰收了，够他们一家人吃好多天，犴皮、犴肉都可以换物品。

生与死是这林中每天都发生的事，从虫子、小鸟、兔子到狐狸、狍子、狼，到处都是杀戮，山林里的生存法则就是物竞天择、适者生存。体型巨大、几乎没有天敌的犴，却败给比它弱小的人类，败给的不是力量，而是人类的智慧、科技的力量。一粒小小的子弹让强壮的犴瞬间毙命，犴到死都不可能知道是什么东西要了它的命。雄壮强悍的犴，平日里总是扬着高傲的头颅，举着巨大的铲子角，迈着强有力的前蹄，在林子里闲庭信步，自带的威严也能吓退无数生灵。可一粒子弹让这么优雅的身躯、高贵的灵魂瞬间变成一堆皮和肉。犴是食草动物，与畜无害，它给山林的多元化增添了色彩。它不知道现代文明和科技的发展加速了林中生灵的减少，甚至是消失的速度，死亡对它来说只是提前了一步。

苏热他们回到家时天已经快黑了，冬天天短，太阳早早就落山了，一下子打了两只犴回来，全家人都高兴坏了。

乌娜堪说：“这些犴皮、犴鼻子、犴肉又可以换很多东西了，小米、面粉、子弹、盐、布匹，咱们都要多换点儿才行，现在咱家人多。”

艾和音跟沙吉雅把饭做好端上来，沙吉雅说：“爸爸，你们快吃饭吧。”

“好，我们一天都没吃饭了，还真饿了。”苏热答应着。佳林一看是油面片就来了精神，刚才看着犴死时复杂的心情不见了。他毕竟是孩子，见到吃的就两眼放光，端起碗大口吃起来，吧嗒着嘴说：“我早就饿了，谢谢两位嫂子。”

别雅儿听见他谢谢两个嫂子，就过来说：“还有我呢，我也做了，你咋不感谢我呢？”

佳林怕她抢自己的碗，赶紧说：“也感谢别雅儿姐姐！”

别雅儿拿着饭勺子敲了一下他的脑袋：“这还差不多。”

一家人都笑了。

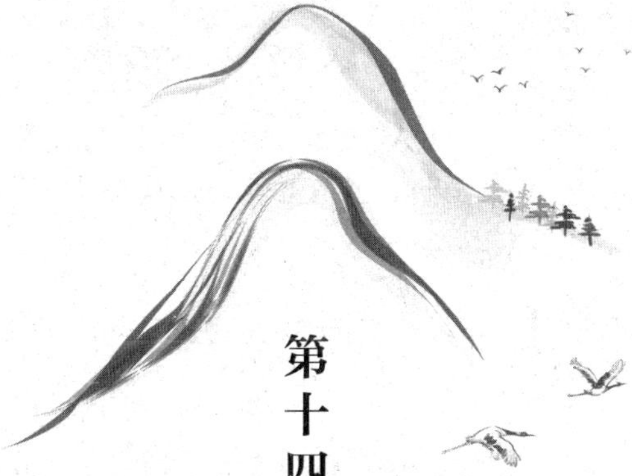

第十四章

落雪以后打狍子最好，因为这时候的狍子皮不掉毛，绒厚毛长，而且鄂伦春族还有“**狍皮不掉毛，神仙捞不着**”之说。布库想多打些狍子，过年给家人做袍子、狍皮筒子、狍皮褥子。鄂伦春族还有个习俗，女人生孩子时不能住供有玛路的地窨子。乌力楞只有三个地窨子，艾和音生孩子就得去劳勒结婚住的撮罗子里，所以要有厚实的皮子，艾和音跟孩子才能不挨冻。他把想法和两个弟弟说了，劳勒、佳林都同意了，于是他们就挑了一个晴天，带着库烈几只猎狗上山打猎了。佳林最喜欢骑着马在雪地上奔驰，马在前面跑，库烈在后面追，雪花在马蹄下翻飞，追风少年驰骋在林海雪原。

布库看着快乐的弟弟，心里也很高兴，回头对劳勒说：“佳林长大了！”

“是啊，转眼佳林都十四岁了，哥哥，你说他妈妈要是活着，看着佳林这么帅得多高兴呀。”

“可不是吗，佳林也够可怜的，十岁就没有了妈妈，这么小的孩子，想妈妈也不敢说。”

“阿库什大爷也真是的，咱们鄂伦春族是爱喝酒，但是我爸爸就不那么喝酒，阿库什大爷太能喝了。他不喝那么多酒，能把佳林妈妈误打死吗？佳林那么小就没了妈妈，真可怜呀！”

布库感慨道：“我能理解佳林的心情，我从小就没有妈妈，我知道想妈妈的滋味，可是我妈妈是生病死的，那是没有办法的事情。其实，阿库什大爷他自己也不好过，他觉得对不起佳林，更对不起佳林妈妈。他心里特别痛苦，咱们鄂伦春族不喜欢表达，不愿意把心里的话说出来。所以，从那以后，他更爱喝酒了，天天醉醺醺的，整天没个清醒的时候，也不管佳林。这些年，要是没有叔叔婶婶和爷爷奶奶照顾，佳林都不知道能不能长大。不过，我看阿库什大爷从今年春天以后就变得好多了，不知道为什么。”

劳勒看着佳林，他正开心地在马背上唱着歌呢，就回头说：“春祭的时候，小顶山乌恰尔坎氏族的巴彦大爷说，他们乌力楞的哈达罕喝醉把儿子打死了，后来怀孕的儿媳妇也死了，哈达罕也死了，一家人就这样没了。当时阿库什大爷也在旁边听着，他挺难过的，应该是这件事触动了他，让他想起了佳林妈妈，从那以后他就比以前少喝酒了。”

布库惊讶地看着劳勒，说：“原来是这样啊，我一点儿都不知道。”

“我也是前几天听妈妈说的，佳林也不知道，但是他爸爸不那么能喝酒了，佳林还是挺高兴的。”

布库叹了口气说：“咱们以后也少喝点酒吧，我的第四个孩子就要出生了，再说还有爱玛罕她们三个呢，还有爷爷奶奶、叔叔婶婶，他们年龄都大了；你也娶了沙吉雅，以后也会有很多孩子。咱俩以后得带着佳林把我们乌力楞撑起来。”

“布库哥哥，我知道了。”劳勒点点头答应了。

布库看着这个憨厚的弟弟笑了，他觉得劳勒自从结婚以后，变得懂事了。

佳林唱够了，勒马停下了，回头对着两个哥哥喊：“你们俩快点儿啊，这样什么时候能到呀？”布库回答道：“好，来了。”说完拍了一下布坤博，和劳勒撵了上去。

鄂伦春男孩子很小就和大人去打猎，练就一身狩猎本领。这次他们要去大寿山打狍子，几天才能回来。第二天，他们到了大寿山，布库找了一个山岗下背风的地方。他们趁天还没黑，捡了好多干柴点起篝火，外面太冷了，马和狗也在篝火旁取暖，篝火一夜都不能灭。三个人把来的时候在路上打的野鸡和兔子，还有带的面圈都烤着吃了。沙吉雅给他们带了好多面圈，就怕他们饿着。他们搭了一个简易的撮罗子，在中间点起一堆火，地上放了一排木头，铺上干草，就赶紧钻进狍皮筒子里休息了。

布库问佳林：“你冷吗？”

“哥哥，我不冷。”佳林答应着，黑夜里寒风呼啸，布库又起来添了些干柴，也给外面的火堆添了些，好让马儿和猎狗取暖，而且有了火光，狼和野猪都不敢靠前，人、马、狗都很安全。

佳林问布库："哥哥，你说山下人不住地窨子，也不住撮罗子，他们的房子是不是一点儿都不冷呀？"

"是啊，你没看见他们的房子墙多厚呀，他们有火墙，还有火炕，火墙和火炕一直都是热的。"

"我们咋不盖那样的房子呢？"

"我们鄂伦春族每年都得转场去动物多的地方，也没有固定的地方，山下人不打猎，他们种地，做买卖，我们不会。"

佳林叹了口气，羡慕地说："我也想住山下人的房子。布库哥哥，我看见黑河的学校了，有好多小孩上学呢，谷拉依尔和苏热叔叔说从黑河往里走，有好多大城市，比黑河还大好多，城市里的人可多了。我看黑河有好多货物都是从那些大城市运来的，再运往对岸的俄罗斯。布库哥哥，我们为什么没有钱呢？我们为什么不把皮子卖钱呢？"这个问题佳林一直想不明白，因为没有钱，他在黑河看见那么多喜欢的东西都不能买。

布库笑了："我们要钱也没有地方花呀，我们鄂伦春族祖祖辈辈都是在山里以打猎为生呀，有钱上哪儿去花呢？"

劳勒插了一句："我也挺喜欢黑河的，可是我们只会打猎，在城市里也没法生存。"

"是啊，我们去城里没法活。"布库也叹了口气。

"布库哥哥，你说我们将来会一直在山里打猎吗？"佳林问。

“我也不知道将来会怎么样，也许咱们的孩子、孩子的孩子就不再打猎了，再也不会像我们现在这样躺在狍皮筒子里了。”

劳勒起身又去添了些干柴，山林里传来一阵阵狼嚎，响彻山谷，这些夜行动物才刚刚开始出来活动。

早上醒来，三个人爬出狍皮筒子，抖掉头上和身上厚厚的白霜，布库拨了拨火堆，又往里添了些干柴，火又旺了起来。劳勒拿了些肉干在火上烤熟，布库在吊锅里装上雪，化了一锅水，三个人吃了肉喝了热水，又喝了几口酒，然后背上猎枪，带着猎狗去寻找动物的足迹。

他们在山上转悠着，地上有很多动物的足迹，布库用手摸摸，雪都硬了，说明这是几天前的脚印。快中午时，他们发现了狍子的脚印和粪便，雪和粪便都是软的，说明是刚留下的。三个人赶紧顺着脚印撵下去。撵下山坡，看见两只狍子在树下晒着太阳反刍呢。布库让库烈带几只猎狗去把狍子轰起来，狍子惊慌地站起来，这边布库他们早就把枪架好等着呢，一看狍子站起来了，不给一丝逃跑的机会，他们的枪就响了，两只狍子应声倒下，库烈也带着猎狗跑到了狍子跟前，把狍子团团围住。布库他们也跑过来，把狍子放到马背上，驮回临时搭建的撮罗子跟前，然后开膛破肚，把狍子的内脏取出来，把心和肝蘸盐吃了。劳勒把狍子的四条小腿骨卸了下来，敲碎了，取出里面的骨髓油，三个人分着吃了。鄂伦春族认为生吃骨髓油能让人的骨头更强硬。骨髓油软糯糯的，特别香，对鄂伦春族来说是最好的补品。

布库带着两个弟弟在山上待了三天，带着八只狍子、两头野猪回到了乌力楞。乌娜堪高兴地对安布伦奶奶说："妈妈，你看孩子们这次出去没少打猎物，这几张皮子多好呀，绒毛又长又厚又整齐。"

布库说："婶婶，这是给依曼妈妈生孩子时候铺的。"艾和音看着布库感激地笑了。

布库又对沙吉雅说："这次劳勒的功劳最大，他打的猎物最多，他想让你多吃点儿奇克山上的野味。"

沙吉雅看着劳勒夸奖道："你好厉害呀！"劳勒不好意思地笑了。

乌热松爷爷说："这一次打回来这么多狍子和野猪，你们歇两天吧。"

安布伦奶奶也心疼地说："是啊，你们出去了几天，累了就歇一歇吧。"

布库看着爷爷奶奶说："还有两个月就过年了，我们攒的猎物还不够呢，我们得多换点儿东西才行啊。我们先歇一天，然后我想去捕貂和貉子去，再看看能不能逮到猞猁。没事的，爷爷奶奶，我们都是大人了。"

佳林也接过话说："是啊，奶奶，我也长大了，我要成为好猎手！"

安布伦奶奶听佳林这么一说就笑了："我们佳林长大了，已经成为一个好猎手了，奶奶老了，以后就等着佳林给我打肉吃了。"一家人都乐了，看着三个小伙子，就像看见支撑撮罗子粗壮的柱子，他们是莫拉乎尔氏族的希望。阿库什看着儿子也开心地笑了，苏热过来对他说："阿库什大哥，你的佳林多棒啊，真是我们鄂伦春勇敢的小伙子！"苏热有心鼓励佳林，佳林听到叔叔的夸奖开心得不得了，咧着嘴嘿嘿笑了。

别雅儿撇着嘴："呦，可别骄傲啊，还没咋的呢，别把尾巴翘上天了！"

佳林特意气她，摇晃着脑袋，嘴里不停地说："叔叔夸我了，咋的？"还做了个调皮的鬼脸，转身跑了。

苏热对布库说："既然今天打回来这么多猎物，你们几个人快去把酒和肝敬给山神白那恰吧。"

"好的，叔叔。"布库答应着，带两个弟弟去感谢山神了。

快一年的忙碌让苏热感到劳累，乌热松爷爷和安布伦奶奶看着儿子很心疼，就对他："儿子，歇一歇吧，山里的猎物是打不完的，我们有食物吃就行了，而且还有米面吃呢。"苏热知道爸爸妈妈心疼他，而且他也确实感到有点儿累了，就答应道："好的，歇两天。"说完给爸爸妈妈都点上烟袋锅，自己也点了一支烟，和两个老人聊起了天。

歇了两天，苏热觉得之前攒的皮子和熊胆都在劳勒结婚时当作聘礼了，冬天黑熊冬眠，长时间不进食，反应慢，正是打熊的好时候。这段时间要多攒点儿猎物，年前山下老客来可以多换些物品。再过两个月就要过年了，艾和音也该生孩子了。现在沙吉雅也娶过来了，米、面、盐等物品都要多换一些。他骑着马，带着库烈在山上转了转，看看什么地方能发现熊蹲仓子。转悠了一上午，他发现了几处可能有熊出没的地方，他自己一个人不敢轻举妄动。

第二天，苏热带着布库他们来到了他踩的几个点，前两个树洞里边没有，又来到一个山洞前，山洞不是很大，布库往洞里扔石头没有熊出来，佳林说:“叔叔，是不是洞里根本就没有熊？”布库说:“我也觉得没有熊，如果有，这么折腾，它早就急眼出来了，还能忍住吗？”根据多年的经验，苏热判断这个洞里应该有熊，看着猎狗不停狂叫就知道里边是有猎物的，猎狗能闻到熊的气味。劳勒想进去看看，被布库拽住了，虽然熊在冬眠，但也很危险。布库在地上拽了几把草拧成一捆，点燃后扔进洞里，赶紧跑开。大家都紧张地注视着洞口，此刻洞里满是烟，突然蹿出一只大黑熊来，这只熊真狡猾，真能沉住气。他们赶紧分四个方向往后退，大黑熊出来看见几个猎人，生气地站起来，举起双臂向佳林走来，劳勒“啪”的一枪打到了熊的肚子上。大黑熊一抖，彻底恼怒了，本来在洞里睡得好好的，猎人来打搅了它的好梦，又放狗又放烟的，还让它肚子挨了一枪。它向四个猎人看了一圈，不知道从哪个方向攻击，它低头一看，肠子淌出来了，火冒三丈，在地上转着圈儿，“嗷呜嗷呜”地吼叫着，肠子被它踩在脚下，它不停地用爪子把肠子往肚子里塞，可是肠子那么滑怎么能塞进去呢？谁也没想到，这只聪明的大黑熊竟然抓起地上的草，一把塞在肚子里，随着它不停地转圈，雪地上甩的都是血。几只猎狗围着大黑熊狂吠，猎狗诺诺列跑到它背后，哪承想它一回手，一把抓住诺诺列，另一只爪子猛然把诺诺列的肚子豁开了，随手把诺诺列撇出去很远，可怜的诺诺列凄惨地哀号着。几个人都看傻了，大黑熊摇晃着大脑袋，“呼呼”地喘着粗气，带着复仇的神情，瞪着一双黑色的小眼睛看着猎人们，苏热趁机举枪，“啪”的一声打中黑熊的心脏，黑熊胸口的心形白毛瞬间开了一朵红花，它全身震颤了一下，发出愤怒、悲壮、绝望的一声吼叫，在山谷中经久回荡。黑熊摇晃着，“扑通”一声倒下了。

熊和狗的叫声都停止了，山林里安静了，鸟儿也都不叫了。四个猎人默默地看着地上的黑熊，熊是鄂伦春族的图腾，既崇拜又猎杀，这种矛盾的心理和行为伴随着一代代猎人。信仰使他们相信猎杀是神灵的旨意，是神赋予他们的生存方式。苏热说：“诺诺列睡觉了。”布库过来看他的猎狗，它的肠子淌了一地，地上一片鲜红，诺诺列已经死了。布库心疼地抚摸着诺诺列，心里祈祷着它的灵魂归天。劳勒也过来了，他俩用雪埋葬了诺诺列。

四个人坐下来抽烟，烟雾飘向山沟，仿佛熊和狗飘走的灵魂。布库看佳林低头不吱声了，就轻轻拍了拍他的后背，以示安慰。歇了一会儿，布库说：“叔叔，我们把熊分开拿回去吧。”苏热点点头，带着三个小伙子给熊跪下磕头，请求它的宽恕，希望它的灵魂能归天再生。他们把熊皮扒了下来，卸开熊肉，放在马背上，用雪把地上的血迹盖住，然后回到了乌力楞。

几个人歇了一天。布库把捕貂的网袋子重新收拾了一下，把坏的地方补了一下。这网袋子是用鹿皮绳子编的，袋子口是一个铁圈。第二天，苏热就带着三个小伙子上山了，他们走了一个时辰，来到了貂和貉子喜欢待的针阔混交林。

苏热告诉佳林：“咱们要找树洞和土洞，貂有的时候也喜欢待在石崖上的石缝中或石头洞穴里。貂可干净了，它的洞里有睡觉的地方，有放食物的地方，还有它拉屎撒尿的地方。它啥都吃，松子、榛子、橡子，也喜欢吃肉。貂可凶狠了，别看它个头不大，它还吃兔子、野鸡、老鼠、松鼠、小鸟呢。夏天的时候，它喜欢住在靠水的地方，吃蛤蟆和鱼。它们白天藏在洞里，晚上才出来吃东西，所以它们现在肯定在树洞或者地洞里。”佳林点点头。

他们开始在地上寻找貂的脚印。雪地上有许多动物的脚印，有大的，也有小的，有刚踩的，也有几天前的。地上的雪很厚，几次下的雪已经有一尺深了。

苏热指着一条深深的雪沟说：“你们快看，这就是貂蹚出来的。”他们顺着貂的脚印一直往下撵，脚印在林子里左拐右拐，最后在一棵大树下就没了，往树上一看，真的有一个树洞。貂不能用枪打，皮子打坏了就不值钱了，要用技巧捕貂。

布库看了看说：“还是我来吧。”他轻轻地爬了上去，在树洞口点了一把草，千万不能把貂烫着了，皮子会烧坏的。他见树洞里灌满了烟，赶紧把草扔下来，把网袋子罩在洞口使劲按住了，一会儿就有一只貂从树洞里钻了出来，看样子是被熏蒙了，只顾往外钻，没想到猎人和网袋子正等着它呢。布库看它钻进去了，赶紧捏住网袋上面的铁圈，迅速地拧了一圈儿，然后，敏捷地下了树。劳勒马上过去帮忙，手里的木棍子一下就打在貂的头上，还在挣扎的貂瞬间就不动了，整个过程不到一分钟，根本没给貂反应时间。布库和劳勒的巧妙配合，都把佳林看傻了，这是他第一次跟着大人来捕貂。

鄂伦春族的男孩子，十四岁已经能独自打猎了。布库看貂真的死了，才把它倒出来，这只貂身体细长，有点儿像黄鼠狼，四条小短腿儿，一条蓬松的长尾巴，黑褐色的毛，油光锃亮，能有两斤重。貂有几种颜色，但小兴安岭大多都是紫色和黑色的貂。这是只紫貂，头部灰褐色，脸和鼻子部分有点尖，嘴两边还有二十几根胡须，牙齿和爪子很尖利，颜色非常漂亮，那闪闪发光的毛皮显得那么高贵。

佳林惊叹道:“这只紫貂的皮可真漂亮呀！”

苏热说:“是啊，貂的毛皮是这林间动物中最好看，最暖和的。以前是给皇上的贡品，那时候，朝廷规定，每个乌力楞里的男人只要身足五尺，就要进贡一张貂皮，为了皇家穿貂皮，不知道杀害了多少只貂呢！”

“啊，以前是这样的呀？”

“可不是呗，现在没有皇上了，不用进贡了，我们鄂伦春族少了不少辛苦，也少害了不少貂的性命呢。我们打猎物，只要能让我们吃饱就够了。”

他们在林子里继续寻找紫貂的足迹，几个人转了一上午，又发现了一道貂蹚出的雪沟，沿着雪沟找到了树洞，劳勒说:“这次我来吧。”

布库把草点燃递给他，劳勒接过草，拿着网袋子爬上了树，他刚爬到树洞前，“呼”地一下子从里面钻出一只紫貂，还没等劳勒反应过来，紫貂像一道闪电跃上枝头，“嗖”地从这根树枝跳向另一根树枝，转眼就逃跑了。库烈它们跟着跑了好远，佳林和布库急得在地上大喊："快！快！跑了！跑了！"刹那间，紫貂没影了，只能眼睁睁地看着它跑了。劳勒还愣在树上，佳林喊了一声："你快下来吧，紫貂早就没影儿了。"

劳勒从树上下来，垂头丧气地说："都怪我太笨了。"

布库拍了拍他说："没事的，劳勒，不怪你，是这只紫貂太狡猾了，它的听觉相当灵敏，动静大一点儿都不行。"

"貂很狡猾，这是常有的事。"苏热也安慰儿子。

佳林问苏热："叔叔，你年轻的时候捕貂也遇见过这样的事吗？"

"当然了，再好的猎手也不能做到见一只捕一只，失败是常有的事。"苏热接着说，"我们再去找找吧。"

几个人又继续寻找，几只猎狗像小卫兵一样跑在前面，眼看着太阳偏西了，他们再也没能发现一个树洞，正打算回去了，布库突然看见了一趟雪沟，他们沿着雪沟撵到一棵大松树下，树上没有树洞，踪迹却消失了。正在纳闷的时候，苏热看见旁边的那棵大树上有树洞。原来狡猾的紫貂是从这棵树跳到另一棵树上回树洞，好聪明的小精灵。

布库拿着网袋子和草，悄悄地爬上树，还没爬到树洞跟前，就见一只紫貂"嗖"地从洞里钻了出来，没等布库反应过来，手里的草还没点着，网袋子还没准备好，紫貂就从大树上跳了下来，像箭一样一闪就钻进地洞里了。

佳林和劳勒在地上急得直蹦："哎呀，完了，又跑了！"

苏热沉稳地说："别着急，布库，你快下来。佳林，你把洞口堵上。

库烈，我们去找洞口。”库烈多年和苏热打猎，人狗之间已经有了默契，它能听懂主人的话。库烈在前面一路闻一路找，布库他们跟在后边，找着找着就发现了一个洞口，苏热说：“布库，你拿着网袋子在这里堵着。”然后和劳勒在附近接着找，结果又找到一个洞口，苏热感叹道：“真是狡貂三窟啊。”他让库烈冲着洞口叫，紫貂听见狗叫声很害怕，于是就往另一个洞口跑，跑到跟前儿看见有网袋子，就不出来了。苏热点燃一把草放在洞口，一会儿洞里就灌满了烟，呛得紫貂实在受不了了，就跑到布库守的洞口，想硬闯出去，结果刚一出来就被布库装进网袋子里了。紫貂瞪着一双滴溜溜的小眼睛，惊恐、愤怒、绝望地“嘶嘶”叫着。劳勒过来一棍子打在它头上，它挣扎了几下，不动了。

佳林看着劳勒的棍子打在紫貂的头上，他也跟着一哆嗦，对劳勒说：“你可够使劲的，头都碎了。”

劳勒瞪了他一眼：“不一下子把它打死，它不遭罪吗？”

佳林低下头不吱声了，布库拍了拍佳林的后背：“没事了，我们回家吧。”

天有点黑了，虽然辛苦了一天，但是收获了两只紫貂，还是很开心的，几个人高高兴兴地回去了。

第二天，他们又出去捕貂，可是在林子里晃悠了一整天，一只都没捕到，苏热说：“唉，现在林子里的貂越来越少了，我们明天去捕貉子和猞猁吧。”

佳林一听就来劲儿了，拍着手：“好啊，好啊！”连蹦带跳地往回走，忘记了一天的疲劳。

虽然这些动物一年四季都能捕到，但是冬季的皮子最好，不掉毛，毛亮绒厚。苏热根据以往的经验又准备了铁锹、镐头。四个人来到貉子常待的阔叶林与灌木丛。冬天，貉子冬眠，躲在洞里不出来。库烈带着其他猎狗在林子里寻找貉子的踪迹，苏热他们跟在后面。在林子里转悠了好半天，库烈它们终于发现了雪地上的洞口。劳勒用铁锹把雪清干净，布库用镐头刨了起来，这时候的土已经冻硬了不好刨。洞还挺深，劳勒、佳林、布库三个人换着刨。如果是其他三个季节，猎人这边刨慢了，貉子就会从另一边再刨一个洞口跑掉。现在土冻着，它们也刨不动。貉子喜欢群居，有的时候是两只，有的时候是五六只，有的时候还和獾子住在一起。

苏热告诉他们："看咱们今天的运气了，运气好就能多得几只貉子，没准还能逮着獾子呢。"布库他们三个累得满头是汗，越往深处刨，越能发现有貉子居住的迹象，小伙子们就越兴奋。终于快挖到洞底了，传来貉子"嘶嘶"的叫声，只见洞底有三只貉子和一只獾子，看见这么多猎人和猎狗。它们跑不了了，吓得缩成一团直哆嗦。一下子收获了四只猎物，大家都很开心。回到家，乌热松爷爷和安布伦奶奶都夸这三只貉子的皮是一等皮子，毛厚绒长，还自带光泽，用手摸上去又滑又软。女人们用獾子肥肉熬了好多獾子油，獾子油特别香，还能治烫伤。

苏热他们几人早上就出去打猎了。阿库什觉得天气这么好，是个打猎的好日子，他也想上山里看看，想打些野鸡、兔子回来。现在苏热他们出去打猎是不带他的，他不喝酒就头疼，浑身发抖，喝酒才能好一点儿。酒精已经严重损伤了他的身体，长时间狩猎他是受不了的。山林里的寂寞和寒冷，可能是鄂伦春族对酒精依赖的主要原因，冬天打猎的时候，猎枪和鹿皮酒袋子是猎人必不可少的。以前阿库什可是一个勇敢的好猎手，经验丰富，枪法神准。由于醉酒误把佳林妈妈打死，他就更爱喝酒了，说嗜酒如命也不为过。好在有苏热他们这些亲戚照顾他和佳林，不然他们爷俩早就饿死了。现在眼看佳林长大了，成了一个猎手，他也很高兴，喝酒比以前少了，清醒的时候多了。他想，刚下完雪，码踪可以打到猎物，于是就拿起酒袋子背上枪，骑着马带着狗走了。

乌娜堪看见他骑马出去就问："阿库什大哥，你去哪里呀？"

阿库什头也不回地说："我去李区山看看。"李区山就在北面，不是很远。

乌娜堪又嘱咐道："那你小心点儿，早点儿回来。"

阿库什没有回答，骑在马背上晃晃悠悠地向李区山走去。

雪后的奇克山非常美丽，银装素裹，洁白的雪显得天空特别蓝，空气也非常清新，一扫深秋的灰暗，像走入了童话世界。快到李区山了，阿库什发现了鹿的脚印。林子里很安静，只有他踩在雪地上的沙沙声。他把马拴上，带着猎狗往前走，这一片都是粗壮的大树，他找到一棵倒下的树坐下来，拿起身上挎着的酒袋子喝了几口酒，然后抽起烟来，看着这片熟悉的山林，心里就踏实。他慢慢地吞云吐雾，几只野鸡飞过，他拿起枪就打下一只，接着又打下一只，两只猎狗欢快地把野鸡叼了回来。正在高兴的时候，万万没想到，枪声惊动了身后不远处在一棵半截大树里蹲仓子的黑熊，黑熊正往外爬，阿库什听见动静转身一看，赶紧开枪，只听“咔嚓”一声，他心里咯噔一下，坏了，撞针折了。他距离黑熊只有十几米，如果撞针不折，他肯定能打中黑熊。这一折，惊出一身冷汗，眼看黑熊奔他过来了，他转身就往拴马的地方跑。这个距离对黑熊来说就是分分钟的事儿，可是年过五旬又常年酗酒的阿库什，身体已经没那么强壮了，再加上一尺多深的雪，他根本跑不动，腿也软了，眼看着马就在眼前，但是来不及了，黑熊已经来到他身边。他急忙躲到旁边的一棵树后面，猎狗们在旁边不停地对着大黑熊狂叫，可是它们的力量太微弱了，不敢上前，虽然知道主人有危险，却也奈何不了大黑熊。大黑熊气急败坏地对着阿库什“嗷呜嗷呜”地吼叫着，伸出大熊掌对着阿库什就是一掌，阿库什一躲，“砰”的一声，黑熊一巴掌打在树上，树颤了一下，枯叶和雪团被震落。黑熊一看没打着，气坏了，扬起大大的脑袋冲着天大叫一声，吼叫声响彻山谷，阿库什觉得耳朵都要聋了。他看着黑熊，黑熊也睁着那双小眼睛看着他，一人一熊对视着，这更激怒了黑熊。只见黑熊抬起前臂又是一巴掌，阿库什又躲过了。转身想再躲，可是已经来不及了，黑熊的爪子太长了，一下子就抓到了他的衣服，黑熊的另一掌拍在他的脸上，尖锐的爪子直接抠掉了他的右眼珠子，撕开了他脸上的肉。阿库什疼得凄惨大叫，他知道自己今天铁定逃不了了。他刚想转身逃跑，愤怒的黑熊哪里肯放过他，又是一掌，竟直接把他的头皮掀开了。阿库什疼得要昏死过去了，暴怒的黑熊对着他身上又是一掌，阿库什被拍倒在雪地上，真的昏死过去了，前胸后背都被抓破了，血顺着划开的皮袍子淌了出来。黑熊并没有打算放过他，走过来一屁股坐在他身上，黑熊打死动物或人的时候就喜欢坐在上面，而且还颠着屁股，可怜的阿库什，内脏都快被它坐碎了。一会儿，黑熊站了起来，“呼哧呼哧”地喘着粗气，它看阿库什一动不动，觉得他死了，仰着头，摇晃着大嘴，冲着天空“嗷呜嗷呜”叫着。也许它在发泄愤怒，猎人打搅了它的宁静，还想索取它的性命；也许它在表达喜悦，一种胜利者的喜悦。它回头不屑地瞥了一眼狂叫的猎狗，转身晃晃悠悠地走进林子里，去寻找另一处安身之所了。

阿库什躺在地上，整个人血肉模糊，一大片鲜红的血迹在白雪地上是那么刺眼。猎狗围着他急切地叫着，他的马被拴在树上，急得转来转去，仰头嘶鸣着呼唤主人，如果没被拴上，它一定会跑回去求救的。过了好久，阿库什醒了，他的肋骨已经被熊打折了，他一点一点地挪到树下，艰难地坐起来，靠在树上歇了一会儿，伤口的血不停淌着，顺着脸一直往下滴。他忍着剧痛把皮袍子打开，把布腰带拽了下来，把被撕开的头皮用布腰带包上了，又把皮袍子裹在身上，靠在树上喘着气。他仰望天空，中午的阳光暖暖地照下来，几朵白云在蓝天上飘着。他用尽最后一丝力气把酒袋子打开，喝了两口，他知道再也不能这样喝酒了，再也不能享受这温暖的阳光了。他看着山林，这美丽的小兴安岭，他生存的家园。他曾是奇克山最勇敢的猎手，在这里出生，在这里娶妻生子，又在这里送走了父母、妻子和刚出生的几个孩子。他曾让无数猎物倒在他的枪下，却没有想到今天自己也倒在了猎物的掌下，倒在了他热爱的林子里。他就要回归山林了，一只苍鹰在天空中盘旋，几只乌鸦“哇哇”叫着，他知道这是死神催他上路了。他最后看了一眼这个世界，他看见了翠绿的山峦，清澈的沾别拉河；他看见了成片的松树林，鲜艳的达子香，狍子在他眼前奔跑，梅花鹿在他眼前跳跃；他看见了长着獠牙的野猪，雄壮的犴；他看见了高大的黑熊在向他摇晃……他愤恨地去摸枪，心爱的猎枪，他不明白为什么关键的时候撞针会折，可能是天神恩都力要把他带走吧。他痛苦地闭上眼睛，全身传来撕心裂肺的疼痛，内脏应该被熊坐坏了。他浑身颤抖，已经发不出声了，猎狗在一旁无奈地看着他，他不舍地摸摸它们的头，又抬头看看他的马，马和狗都是他的亲人。他想起了乌热松爷爷、安布伦奶奶、苏热和孩子们，想起了乌力楞所有的人。他看见儿子佳林骑着马在山上奔跑，儿子长大了，那么英俊帅气，那是我阿库什的儿子。他看见了爸爸妈妈，看见了妻子向他走来……他笑了，慢慢地闭上了眼睛。

苏热他们打回了野鸡、兔子，还捕到了一只猞猁，中午时回到了乌力楞。

乌娜堪过来对苏热说：“劳勒爸爸，阿库什大哥出去打猎，到现在都没回来，我怎么觉得心发慌呢？他从来没出去过这么长时间。”

苏热忙问：“他什么时候去的？他没说去哪儿吗？”

“他出去有两个时辰了，说去李区山转转。”

“没事的，我们这就去找找看。阿库什大哥现在不喝酒的时候也会去打个野鸡、兔子什么的，用不了多久就会回来的。”苏热嘴上虽然这么说，心里也有一丝担心，带着劳勒他们没吃饭就奔李区山去了。这片山上只有他们一个乌力楞，山上除了野生动物的足迹，马和狗的脚印，就只有他们猎人的，很少有别人来。这一带山上也有几个氏族，但鄂伦春族打猎都有自己的范围。苏热他们沿着马蹄印一直找到一座小山上，下了坡，就看见猎狗跑了过来，见到主人们急切地叫着。苏热不见马和阿库什，心底升起一种不祥的预感。他们跟着猎狗撵过去，只见阿库什的马拴在树上，焦急在地上踏着蹄子，看见主人们来了就扬起头，嘶鸣着，像是在告诉他们什么。阿库什的马非常懂事，上一次他摔了，就是马回来找人求救的。他们赶紧下了马，布库在前面，劳勒、佳林在后面。不远处，阿库什靠着树坐在雪地上一动不动，满身满地都是血，雪地上红红的一大片。他们都吓傻了，佳林瞪着眼睛看着血淋淋的爸爸，吓得不会说话了。

布库跑过去跪在地上，一边哭一边喊："阿库什大爷，你这是怎么了？你这是怎么了？"

苏热也惊呆了，急忙过去喊着："阿库什大哥，你怎么了？"布库和劳勒大哭起来，苏热用手在阿库什的鼻子前摸了摸，发现阿库什已经死了，满身的伤，满身的血。他打开阿库什包在头上的布带子，看见了一张惨不忍睹、面目全非的脸。布库不忍心让佳林看到这恐怖的一幕，一把将他搂进怀里，安慰道："佳林，别怕，别怕，有哥哥呢！"

佳林抱着布库放声大哭起来："哥哥，爸爸这是怎么了？"佳林太小了，哪见过这样的事，他胆子本来就小，看着爸爸这个样子，不敢上前，浑身发抖，布库也哭了。

苏热稳了稳情绪，说：“孩子们，别哭了，你们去找些粗树枝和干草来。”苏热拿起了阿库什的猎枪，发现撞针折了，再看一地的熊脚印，就明白是怎么回事了。他一边把阿库什放平，一边掉下了眼泪：“阿库什大哥，你怎么不小心点儿呢？”苏热用雪把阿库什脸上的血给擦干净，又用布带子重新包上他的头，不想让孩子们再看到他死去的样子。一会儿，三个孩子回来了，他们把粗树枝摆在地上，又放上干草，把阿库什抬了上去。

苏热对布库和佳林说：“你俩回去告诉爷爷奶奶他们一声，再拿些东西，我们今天晚上不能回去了。”布库带着佳林骑马回去了。按照鄂伦春族的习俗，死在猎场的人要葬在猎场，是不能带回去的。苏热带着劳勒捡了些干柴，点起了篝火，又把马放开，让它们找点干草吃。

布库和佳林回到乌力楞，乌娜堪正焦急地等待着，见只有布库和佳林回来了就预感到不好，连忙迎上去问：“你们找到阿库什大爷了吗？”

布库点点头，乌娜堪见他俩悲伤的样子，知道出事了，跟着他们进了地窨子。乌热松爷爷和安布伦奶奶都在等着，布库和佳林一见到两位老人就哭了起来，一边哭一边说：“阿库什大爷让黑熊给拍死了。”鄂伦春族的习俗，六十岁以上的老人死了不能说死，说成佛了。但是阿库什才五十岁。佳林哭得说不出话了，大家一阵惊呼，乌热松爷爷愣住了，心里咯噔一下，感觉头有点儿晕，一下子跌坐在铺子上。安布伦奶奶惊得烟袋锅掉在地上，艾和音跟沙吉雅、别雅儿瞪大了眼睛。布库和他们描述了阿库什的惨状，他们都忍不住哭了起来。

安布伦奶奶一边哭一边说："可怜啊，阿库什太可怜了，天神啊，山神啊，为什么不保佑我们呀？"

乌热松爷爷沉默了一会儿，说："你们快拿着东西去吧，一会儿天黑了，路又远，我们明天再去。"

布库和佳林拿了四个狍皮筒子和支撮罗子用的东西，又拿了几张大桦皮和一些吃的，套上马爬犁走了。他俩回到李区山，简单支了一个撮罗子，在里面铺上木头放上干草，临时挡挡风。他们给阿库什盖上了一大张狍皮。布库和劳勒烤了肉干和面圈，大家分着吃了，早上出去打猎到现在，他们还没吃东西呢。佳林吃不进去，坐在火堆旁哭，苏热把他搂在怀里，跟他说："孩子，别难过了，你爸爸是被天神恩都力叫去了，这是天神的意思。你要好好吃饭，你爸爸看见你这样子会不放心走的，天神会生气的。"

佳林流着泪说："这是真的吗？真是天神叫我爸爸去的吗？"

苏热说："是啊，是天神的意思呀。"

布库也跟着说："是天神的意思。"

佳林相信了，鄂伦春族信仰萨满教，所谓信仰，就是相信并仰望，相信他们的神灵，仰望他们的神灵。布库递给佳林一块烤肉干，一碗热水，哄着他吃了。布库特别心疼这个小弟弟，他太小了，一天没吃东西，天又这么冷，在山里就怕生病。看着佳林吃了肉干，喝了热水，他才放心了。

夜深了，几个人进入临时搭建的撮罗子，钻进狍皮筒子里。北风呼啸着，零下三十多摄氏度的气温，滴水成冰，格外寒冷，狼嚎声和猫头鹰的叫声让这黑夜更加阴森恐怖，加上在外边不远处还躺着阿库什的遗体，四个人几乎一夜未眠。天亮了，他们往火堆里添了柴，烧了热水，每个人都喝了一碗，勉强吃了点儿东西。苏热让布库回去把家人接来，给阿库什安葬。布库赶着马爬犁回到乌力楞，把乌热松爷爷、安布伦奶奶、乌娜堪和别雅儿、沙吉雅都带来了。

艾和音怀孕了，鄂伦春族怀孕的女人是不能见死人，不能参加葬礼的，她带着孩子们留在家里了。家人们来到阿库什的遗体跟前，放声大哭，乌热松爷爷掀起狍皮，苏热已经把他的头全都包住了，只能看见满身血迹，乌热松爷爷就知道他伤得有多重了，不禁老泪纵横。

苏热他们给阿库什穿上新狍皮袍子，这还是过年的时候乌娜堪她们给他做的，又用桦皮包在外面，再拿柳条和草捆上了，把他放在木板上。苏热他们还给阿库什用草扎了一匹马和一条狗烧了，安布伦奶奶念叨着："你骑过的马随你去了，你打猎的狗也随你去了，它们会在阴间保佑你的灵魂，给你穿上新衣服，别惊动他人，别给家人带来灾难，你去阴间吧，好好地走吧！"

大家都哭了，小辈们给阿库什磕了头，葬礼结束，他们就回去了。

天灰蒙蒙的，风越刮越大，一场暴风雪就要来了。布库和劳勒往地窨子里抱了很多干柴，把地窨子烧得热乎乎的。布库让佳林把东西搬过来和他们一起住，佳林太小了，爸爸刚去世，布库不忍心让他孤身一人。外面大雪纷飞，大片的雪花飘飘洒洒地落下来，看不出天和地，看不出山和树，像一个混沌世界。艾和音跟沙吉雅做了佳林最爱吃的油面片，一家人围着火塘吃着，外面虽然寒冷，佳林的心里却暖暖的。

晚上，佳林挨着乌热松爷爷躺着，他睡不着，经历这么大的变故，他一时接受不了。十岁的时候，妈妈死了；现在十四岁了，爸爸又死了，而且死得这么凄惨。他觉得那只黑熊是替爸爸杀死的所有动物来报仇的。乌热松爷爷说："佳林，睡吧，你爸爸是被天神叫去了，你别太难过了，这是天神的意思。"

佳林听乌热松爷爷也这么说，他终于相信这是天神的意思。

乌热松爷爷又安慰他："在阴间，你爸爸肯定找到你妈妈了，他们在那里团聚了，他们会保佑你的，也会保佑我们全家平平安安的。"

佳林不再哭了，他太累了，一会儿就睡着了，乌热松爷爷却流下了眼泪。

阿库什的死让佳林又害怕又难过，佳林本来就胆小，爸爸的惨状总是在他眼前回放，令他久久不能忘记，每天晚上都睡不好。吃完饭，他来到河边，望着爸爸安葬的方向哭了起来。细心的布库发现佳林不见了，就去林子里找他，转了一圈没有，又来到河边，看见了哭泣的佳林。他走过去紧紧抱住弟弟，佳林看见哥哥放声大哭："布库哥哥，爸爸太惨了，你说我们也不用他去打熊，他去干啥？为什么撞针偏偏会折呢？"布库也跟着掉下了眼泪，他安慰着弟弟："佳林不哭，这是天神的意思，我们改变不了啊！”

佳林一边哭一边说：“哥哥，我们能不能不打猎？像山下人一样不是也挺好的吗？”

布库给他擦着眼泪，说：“不行啊，这是我们的生活方式，我们就是以打猎为生的啊！也许以后我们的孩子再不用打猎了。”

虽然这些天大家都很难过，但是他们相信天神的旨意，也就不那么悲伤了，这就是信仰的力量。

太阳偏西了，布库和劳勒去河边挑水，沾别拉河冬天也会冻冰，但是他们乌力楞下面这一段不冻，因为下面有泉眼，所以他们就选择在这里居住。两个人各打两桶水，刚要走，只见前面有两个人跌跌撞撞正往这面走，看见布库他俩就使劲儿地喊。在山里很少遇见人，尤其是在大雪封山的冬天。他俩走过去一看，是两个山下人，有一个人的腿已经冻得不好使了，另一个人正拖着他往前走。布库和劳勒虽然不会说汉语，无法与之交流，但明白这两个人是在向自己求救。布库和劳勒赶紧将这两人带回地窨子。苏热见其中一个人的两条腿都冻白了，如果不赶紧解冻，腿就废了，两只脚也会冻掉的。鄂伦春族喝醉了，躺在雪地里把手脚冻掉的事也是有的。山里人有办法，只见苏热把布库挑回来的凉水倒在一个桦皮桶里，让那个人把两条腿放进去，说来也神奇，慢慢地，腿脚渐渐有了血色，恢复了知觉。在东北，如果手、脚、耳朵被冻得发白了，就用雪搓，用凉水拔，把凉气逼出来，如果用热水反而会把凉气推进去，会造成深度冻伤。就像东北人吃冻梨，本来冻得杠杠硬的梨，放进凉水里等一会儿，冻梨外面就会结成一层冰，而冻梨会变软，也就化开了。

两个人连说带比画，苏热听明白了，他们是山下人，进山以后迷路了。他们俩还挺聪明，知道顺着河走，总会找到人家，因为人都会靠水而居。好心的苏热一家人招待他俩吃了饭，喝了酒，然后又让沙吉雅和别雅儿煮了冬青水给他们泡脚。又养了一天，布库带着劳勒、佳林赶着马爬犁把他们送回去了。

布库他们走了之后，苏热站在院子里默默地看着阿库什安葬的方向，那片安放着他兄弟尸骨的山林，心里无限悲伤，他默默地流下了眼泪。阿库什走了，走得很凄惨，虽然苏热已看惯了死亡，但是，从小一起长大的哥哥，虽然不是亲生的，是叔辈的，在一个乌力楞里长大，情同手足。他万万没想到，在大兴安岭十八站听沙吉雅爸爸讲的人被黑熊把头皮掀开的事，竟然会发生在阿库什大哥身上。这几天，苏热心里一直内疚不已，觉得自己没照顾好阿库什大哥。几年前，自己的亲哥哥，也就是布库的爸爸生病去世了，现在两个哥哥都不在了。他闷闷不乐地站在院子里，看着辽阔而又熟悉的山林，这里埋葬着他很多亲人，这带给他快乐也带给他痛苦的山林，他对它充满了无限的眷恋和热爱，他遥望着蓝天，遥望着美丽的小兴安岭，眼神充满了迷茫。

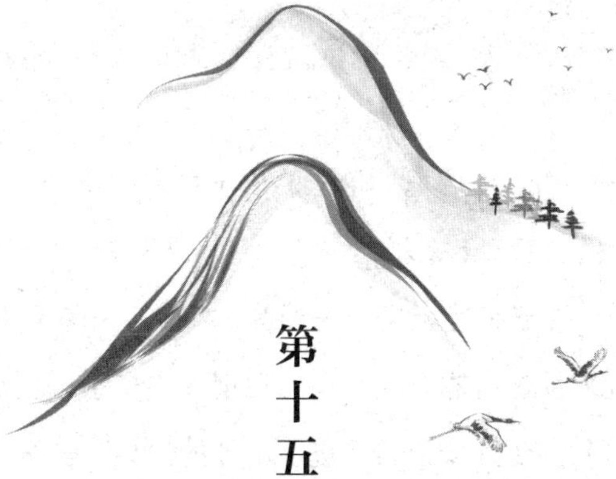

第十五章

在山林里，时间过得真快，一场雪压一场雪，转眼快过年了。安布伦奶奶第十二次从绳子上拔下一根小棍，回头对乌热松爷爷说："老头子，这三十根小棍都拔完，就过年了。"

乌热松爷爷说："是啊，日子过得真快呀！"然后又对苏热说，"儿子，今天谷拉依尔和赵掌柜的该来了吧？"

"是的，爸爸，我们约好了日子，应该能来。"

"换物品的皮子啥的都准备好了吧？"

"都够了，放心吧，山神保佑，这一段时间没少让我们打到猎物，而且都是上等的皮子。"

"是啊，这是山神保佑我们，今年收成真的不错。"

乌娜堪也高兴地点头："真不错，还让我们娶了儿媳妇。"

苏热对布库说："你们把奥伦上的皮子和肉、鹿茸、熊胆，还有草药、榛子、松子都拿下来。"

劳勒踩着木梯子，爬上去把东西都拿下来，布库和佳林在下边接着。苏热过来看着，他知道，乌力楞现在人多了，生活中用到的东西也越来越多，而且孩子们看过了山外的世界，需求和欲望也越来越多。秋天的时候，他们又盖了一个奥伦。劳勒下来问布库："哥哥，另一个奥伦里的东西拿不拿？"布库告诉他那是给他们自己留着的。三个人把东西搬到院子里放好，看着几个月的收获，想想这些能换一家人半年的生活物品，虽然辛苦也值了。

"布库哥哥，我们今年应该多换点儿子弹，佳林长大了，也成了猎手，明年用的子弹就多了。"劳勒对布库说。

"说得对，我们佳林长大了，是一个好猎手了，要想多打猎物，子弹可不能少啊！"

吃完午饭，大家抽着烟坐在院子里等谷拉依尔和赵掌柜的，佳林看着这一堆猎物，心情十分复杂，他自言自语道："这是多少条生命啊！"

布库和劳勒听佳林这么说，也叹了口气，他们知道，这些失去的生命恰恰是他们活下去的希望，氏族的原始生活方式并不是几个孩子能改变的，他们热爱大自然，喜欢动物，又猎杀动物，这种矛盾心理让他们看不见未来，可日子还要一天一天过下去。

过了一会儿，谷拉依尔和赵掌柜的赶着马爬犁，拉着满满的货物到了。他们互相请安问好，谷拉依尔和赵掌柜的给乌热松爷爷、安布伦奶奶点上烟袋锅。沙吉雅和别雅儿给他们做了饭，谷拉依尔和赵掌柜的卸了带来的货物，又装满了山货。晚上，布库他们在院子里点燃篝火，烤了野鸡和兔子肉，沙吉雅她们又熬了臭李子粥。两个客人一边吃一边讲山外的事，大家也开心地听着这些新鲜事。沙吉雅和别雅儿炒了榛子和松子，大家边吃边聊。忽然，谷拉依尔发现少了阿库什，就问:“阿库什去哪儿了？”大家都沉默了，苏热给他讲了阿库什的悲惨遭遇。谷拉依尔听了大吃一惊，虽然他也是鄂伦春族的猎手，但是这么惨烈的事他还是接受不了，他也很难过。第二天早上吃过饭，谷拉依尔和赵掌柜的赶着马爬犁，拉着山货回去了。

布库和劳勒、佳林把换回来的物品存放在奥伦里，这一次，他们换回很多小米、面粉、糖、子弹、布匹等，够他们一家人用半年了。鄂伦春族的生活就是这么简单，欲望就是这么容易满足，这些物品就足以让全家人开心了。

最开心的是别雅儿，因为希克腾家带了很多礼物和两匹马来求婚了。希克腾是跟着他爸爸和弟弟赶着马爬犁来的。巴彦带着两个儿子给乌热松爷爷和安布伦奶奶请安，又向大家问好。苏热一家很开心，热情地招待了巴彦他们。晚饭时，两家把希克腾和别雅儿的婚事定下了。别雅儿高兴地戴上了石兔皮帽子给希克腾看，希克腾拽着别雅儿的手来到院子里，院子里点着篝火，火光照得别雅儿脸蛋红彤彤的，再加上精美的石兔皮帽子，显得她更加美丽。希克腾激动地说:“别雅儿，你今天真漂亮！”

明天是腊月初五，弯弯的月牙在天上笑着，火光把地上的雪花照得闪闪发亮，像天上落下来的无数颗小星星。他俩坐在木头上，别雅儿靠在希克腾身上问他：“希克腾，你不是说秋天来求婚吗？”

希克腾说：“我们本来打算秋天来的，后来家里有点事儿，我们去黑河了，就耽误到这时候才来，你着急了吧？”

别雅儿说：“就快过年了，你别走了，在我们乌力楞过年吧，来年我们结婚，我就不能在家过年了。再说了，阿库什大爷死了，爸爸和爷爷他们心情都不好，佳林心里也不好受，你留在这里，会热闹点儿。”

希克腾点点头答应：“好，我和爸爸说一下，让他同意我留下来。我刚才听苏热叔叔和我爸爸讲了阿库什大爷去世的过程，怎么会是这样呢？怎么会偏偏在打熊的时候撞针折了呢？”

“奶奶和爸爸他们都说这是天神的意思，是天神对我们的惩罚。可能是打死的熊太多了，阿玛哈、恩聂嘿生气了；也可能是我们猎杀的动物太多了。可是没有办法呀，不打猎我们吃什么呢，我们怎么活呢？”

希克腾说：“打熊是很危险的事，我在十三岁的时候，自己去林子里打猎，看见树上有一只熊，那只熊不太大，我一枪没打中，那只熊就从树上下来，直奔我过来了，好在那天带去的猎狗多，就把它撵跑了，把我吓得够呛。”

别雅儿叹了口气说：“男人每次出去打猎，家里都很惦记，山林里随时可能遇到危险，只有看见他们平安回来才放心。”

希克腾握着别雅儿的手说：“是啊，我们祖祖辈辈都是以打猎为生，有时候我还挺羡慕山下人呢，他们的生活方式也很好。他们的孩子去上学认字，你看，谷拉依尔会说汉语，会认字，他哪儿都能去，不像我们，一年四季都待在山里。也许我们的孩子以后会像谷拉依尔一样，可以说汉语，写汉字，可以去很多地方，去美丽的大城市。”

别雅儿也跟着幻想：“到时候孩子们不用住撮罗子、地窨子，也不用总是转场，出门可以坐船、坐汽车！”

“不光有汽车，还有火车呢！”

别雅儿没听说过火车，就问：“火车是啥？”

希克腾告诉别雅儿：“我们去黑河，在那里看见了几个山下人，他们是从大城市来的，是他们说的。正好有一个鄂伦春族会说汉语，帮我们翻译，说火车就是车，有一个车头，后边有好多车厢连接在一起，好长好长，可以拉很多东西，在两条铁道上跑，是外国人造的。”

别雅儿瞪着眼睛，又问：“有那么长的车吗？什么是铁道？是俄罗斯人造的吗？”她一连串的发问，逗乐了希克腾。一听说外国人，她就认为是俄罗斯，因为她只知道俄罗斯。

希克腾摇了摇头说：“哎呀，我也不知道，他们说外面的世界可大了，外国除了俄罗斯，还有好多国家。”

别雅儿似懂非懂地点点头：“那以后就让我们的孩子去山外边吧。”

“嗯，一定让我们的孩子去山外边。”

等他俩回屋的时候，几个长辈都喝醉了。

早上起来，希克腾就对爸爸说他想留下来过年。别雅儿转头看着爸爸，苏热也很高兴，同意希克腾留下来过年。巴彦看着儿子，他知道儿子舍不得离开别雅儿，就让他留下来帮苏热叔叔多打些猎物，多干些活。

希克腾笑着点头答应了，和别雅儿相视一笑。鄂伦春族有这样的习俗，双方订婚后，男方可以留在女方家住一段时间。

这些天，布库他们几个去打了好多猎物，够一家人过个好年了。野猪、狍子、野鸡、兔子装满了奥伦。四个小伙子每天都能打回来猎物，苏热非常高兴。

白天，布库他们来到河边，在冰上凿了几个冰窟窿。等到晚上，他们几个人拿着松明子火把来到河面，再把冰窟窿上冻的一层薄冰刨开，佳林拿着火把照着冰窟窿，天上只有一个月牙，黑夜里，鱼喜欢奔亮处游来，布库拿着三齿鱼叉，看准了一下子就叉了进去，真的叉住了一条大鱼。佳林激动地叫道:“是一条细鳞！”布库接着又叉了一条，佳林又惊喜地叫道:“是一条大狗鱼！”希克腾和劳勒也分别叉到了一条鲇鱼，他们在河边长大，凭着冰窟窿里翻出的水花就知道鱼有多大。就这样，一晚上叉了十几条鱼。一连几天晚上，他们都去叉鱼，回来之后把鱼裹上厚厚的冰存放。

再有二十天就过年了，布库又带着弟弟们捡了好多干柴。孩子们在外面忙着，苏热就开始做骨制品。苏热用狍子的小腿骨做了两个缠线棒，给沙吉雅和别雅儿一人一个，又在一根小腿骨头中间钻上眼，穿上一根铁钩，做了一个骨头纺锤。苏热把狍子和犴的小腿骨两头截去，用刀轻轻地敲打一头，骨头自然裂开，再敲打另一头，一根骨头条就出来了，然后再用刀以及一种叫“嘎日”的刮削工具，将骨头条打磨光滑，一双骨头筷子就做好了。苏热又用狍子骨头给爱玛罕和依曼做了一串骨头项链儿，给尔格艳做了骨头手镯。三个小姑娘都穿着狍皮袍子、狍皮靴子，戴着狍皮镶兔子皮的帽子，又戴上了骨头项链，乌娜堪高兴地说：“我的孙女儿们可真漂亮！”三个小姑娘高兴地玩去了。

要过年了，女人们也没闲着，忙着给乌热松爷爷、安布伦奶奶，还有沙吉雅做新袍子。

还有几天就过年了，乌娜堪对布库说：“这几天，你们去把劳勒他们住过的撮罗子好好收拾一下，艾和音就快生了。”

布库带着弟弟们把撮罗子收拾好了，直到艾和音满意。又把院子收拾干净，摆了一个大大的篝火堆，乌娜堪带着沙吉雅和别雅儿把除夕和初一用的肉收拾干净，又把榛子、松子炒熟，一切都准备好了。

早上起来，安布伦奶奶从绳子上拔下最后一根小棍，对乌热松爷爷说：“老头子，今天就是除夕了，明天就过年了。”

乌热松爷爷高兴地说：“是啊，过年了！”

晚上，布库把篝火点燃，篝火熊熊燃烧，火光把黑夜照亮，把人们的脸庞照得红彤彤的，向广袤的山林和山林里的生灵们宣告着，一个充满生机的游猎民族的存在。

除夕的篝火象征着新的一年日子红红火火，象征着马群更加兴旺，也意在驱除一切蚊虫邪魔。

沙吉雅她们准备了野猪肉炖老山芹、狍子肉炖柳蒿芽、炖鱼、油面饼、烧饺子、臭李子粥，布库和希克腾他们烤了野鸡、兔子、大雁，一切都准备好了。乌热松爷爷和苏热把每个神龛打开，把各位神灵都放在玛路席位上，供上酒肉，点上香，然后带着全家老少给诸神磕头，祈求神灵们保佑莫拉乎尔氏族兴旺平安。又带着全家来到篝火旁，往火堆里投放酒肉敬火神。最后，苏热又带着布库他们四个小伙子来到外面的路口处，为死去的前辈和亲人烧纸磕头，敬上酒肉。

佳林一边烧纸一边哭，他想爸爸妈妈了，几个人都掉了眼泪，布库把佳林搂在怀里安慰他："佳林不哭，阿库什大爷他们在保佑我们呢，看见你哭，他们会难过的。"

苏热也对佳林说："孩子，别哭了，今天过年了，要高高兴兴的，我们回去吃饭吧。"几个人回来了，一家人围在一起吃团圆饭，乌热松爷爷说："孩子们，今天这顿饭，咱们都要吃得饱饱的，明年咱们才有饭吃。"这是鄂伦春族的习俗，狗和马也要喂得饱饱的。

安布伦奶奶高兴地说："今年咱们乌力楞添丁进口，又多了沙吉雅和希克腾，艾和音也要生孩子了，感谢天神让我们氏族兴旺！"

乌娜堪说："是啊，真是让人高兴的事啊！你们都多吃点儿，要吃得饱饱的。"

一家人开心地吃起了团圆饭。

午夜，布库和希克腾捧着桦皮盆子，嘴里吆喝着，围着马群转圈，他们相信这样马群会兴旺。

初一的早上，天一亮，乌热松爷爷就起来看火堆旁的脚印，灰烬上有朝北的小孩脚印，预示今年还能添人进口；朝北的马蹄印预示着马匹繁殖兴旺。他特别担心有朝南的大人脚印，认真地转了两圈，发现没有，心里总算踏实了。回到地窨子里，晚辈请长辈先坐下，向长辈敬酒、磕头、拜年，乌热松爷爷接过酒杯，用中指蘸酒向天、地、中各弹一次，表示敬天、敬地、敬祖先，然后对晚辈说："孩子们，希望你们明年平平安安，多打猎物！"晚辈给乌热松爷爷、安布伦奶奶磕头感谢。一家人开始吃饭，按照鄂伦春族的习俗，初一应该去拜年，可是这片山上就他们一个乌力楞，孩子们就开始在院子里做游戏。拽棍比赛，劳勒赢了；赛跑比赛，布库赢了；摔跤比赛，希克腾赢了。他们又玩起了"波那天波汗"，把柳树上长的软蘑，也叫老牛肝采下来，削成球形，两个人距离几十米，互相扔给对方，能打中对方就赢。这个游戏，沙吉雅和别雅儿也能参加。玩够了，他们又踢球，球是用软皮子缝制的，里面塞上犴毛，六个年轻人踢着球，三个小姑娘跟在后边跑，山谷里回荡着欢快的笑声。大人们在院子里看着笑着，心里充满了快乐和满足。

午夜，艾和音要生了，乌娜堪她们赶紧把她送进撮罗子，安布伦奶奶也过去了，布库把火点燃，烧了开水，冰冷的撮罗子渐渐有了温度。他走过来使劲地握着艾和音的手，十指相扣传递着温暖，四目相对诉说着深深的爱。他轻轻地对艾和音说："依曼妈妈，别怕，一切都会平安的，我在外面等着你和儿子！"艾和音看着布库，努力地点点头。布库去外面等着，鄂伦春族的习俗是女人生孩子，男人不能在跟前。

布库在院子里转来转去，焦急地等待着，心里不停地祈祷着母子平安，他跟艾和音感情特别好，艾和音遭罪，他的心也跟着疼。希克腾看他站了快一个时辰了，就叫他进地窨子:“哥哥，你先进来暖和暖和吧，女人生孩子哪有那么快？”布库进来坐了一会儿又出去了，他的心里充满了担心。

太阳出来了，红彤彤的光芒照亮了山林，忽然，一声婴儿的啼哭打破了宁静，几个男人高兴地欢呼着:“生了，生了！”别雅儿从撮罗子里探出头喊了一声:“是个儿子！”

男人们又一阵欢呼，过了一会儿，就见别雅儿拿着桦皮盆装了半盆雪端进去了，鄂伦春族有个习俗，婴儿出生在夏天就用凉水洗澡，冬天就用雪搓身子，他们认为这样孩子终生都不怕寒冷。

撮罗子里传来婴儿“哇哇”的啼哭，苏热笑着说:“这小子，嗓门可真大！”又等了一会儿，沙吉雅抱着用狍皮包着的孩子出来了，递给布库，布库接过来，打开皮子，露出一个红扑扑的小脸儿，布库的眼泪掉了下来，不停地叫着:“儿子，儿子！”男人们都围了过来，苏热接过孩子，高兴地说道:“好小子！”乌热松爷爷也激动地说:“又是一个好猎手！”

这时，阳光下，一只披着金辉的山鹰从林中腾起，展翅飞向天空！

又一年开始了，又一个生命到来了，山里的生灵们繁衍生息，给山里的鄂伦春族带来新的希望！

猎人们继续着平淡而又忙碌的生活，每天随着日出去林子里寻找食物，晚上又随着日落进入梦乡，日复一日，年复一年，延续着千百年来的生活。兴安岭的游猎民族，用一匹马一杆枪谱写着民族的历史，用不变的信念坚守着血脉的传承！

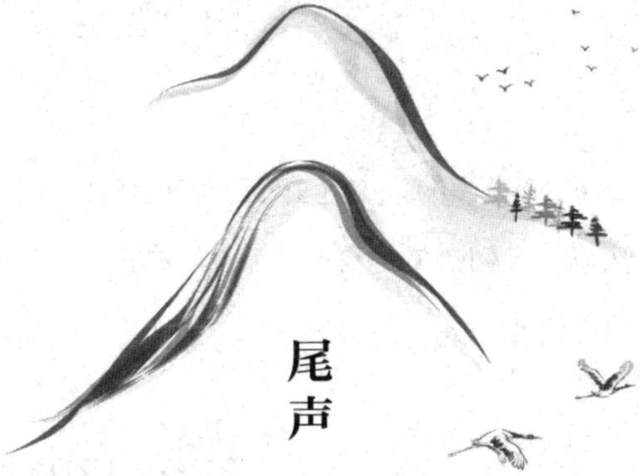

尾声

鄂伦春的莫拉乎尔氏族在繁衍生息，山林里的动物却随着山下的城市壮大、居民需求增多而日益减少。1932年，逊河佐治局和奇克特佐治局“将局改县”。1943年，逊河县和奇克县各取一个字，合并为逊克县。1953年，本着爱护自然、保护动物、尊重生命的宗旨，在党和政府的关怀下，黑龙江省的鄂伦春族全部下山定居，布库也带领莫拉乎尔氏族走出山林。鄂伦春族放下猎枪，结束了游猎生活，从原始社会末期走上了社会主义新生之路，走上了繁荣发展、兴旺发达之路！

2023年恰好是鄂伦春族下山定居七十周年。

朝暮轮转，岁月更迭，美丽的奇克山依然广袤苍翠，沾别拉河依然日夜奔流。月亮藏起生灵的身影，流水带走光阴的故事。

一百年过去了，奇克山的猎人远去了，奇克山的故事已成为传说，但在时光的记忆里，人们仍然记得：高高的兴安岭，一片大森林，森林里住着勇敢的鄂伦春……

2022年12月完成于逊克县